Frühlingsgeschichten
für glückliche Stunden

Herausgegeben von
Norma Schneider

FISCHER Klassik

Aus Verantwortung für die Umwelt hat sich der S. Fischer Verlag zu einer nachhaltigen Buchproduktion verpflichtet. Der bewusste Umgang mit unseren Ressourcen, der Schutz unseres Klimas und der Natur gehören zu unseren obersten Unternehmenszielen.

Gemeinsam mit unseren Partnern und Lieferanten setzen wir uns für eine klimaneutrale Buchproduktion ein, die den Erwerb von Klimazertifikaten zur Kompensation des CO_2-Ausstoßes einschließt.

Weitere Informationen finden Sie unter: www.klimaneutralerverlag.de

Erschienen bei FISCHER Taschenbuch
Frankfurt am Main, März 2022

© 2022 S. Fischer Verlag GmbH,
Hedderichstr. 114, D-60596 Frankfurt am Main

Satz: Dörlemann Satz, Lemförde
Druck und Bindung: GGP Media GmbH, Pößneck
Printed in Germany
ISBN 978-3-596-90735-9

Inhalt

»Immer im März wird die Welt uns zurückgeschenkt«

Frühlingsanfang

PETER KURZECK: Ein Kirschkern im März	9
STEFAN ZWEIG: Frühlingsfahrt durch die Provence	14
THOMAS MANN: Frühling auf dem Zauberberg	18
FRANZ KAFKA: Zerstreutes Hinausschauen	32
WILHELM RAABE: April	33
LEW TOLSTOI: Frühling	35

»… bestimmte Dinge geschahen nur an Ostern«

Märchenhafte Osterzeit

ZSUZSA BÁNK: Ostern	41
JOACHIM RINGELNATZ: Ostermärchen	50
OSCAR WILDE: Der selbstsüchtige Riese	53
ROBERT MUSIL: Kindergeschichte	58
WALTER BENJAMIN: Der enthüllte Osterhase oder Kleine Versteck-Lehre	62
IWAN BUNIN: Frühling	64

»… wie kräftig fing das bewegte Leben an, in ihm zu brausen …«

Euphorie und Aufbruch

VIRGINIA WOOLF: »Sei gegrüßt, Glück!«	75
FELICITAS HOPPE: Picknick der Friseure	77

JEAN PAUL: Maiwanderung............................ 81
JOHANN WOLFGANG GOETHE: »So unstet hast Du nichts
gesehn als dieses Herz« 89
ADALBERT STIFTER: Veilchen........................... 101
JOSEPH ROTH: Konzert im Volksgarten 105
KURT TUCHOLSKY: Frühlingsvormittag 108

»... und auch mein Herz will wieder blühen«

Sehnsucht und Frühlingsgefühle

RAINER MARIA RILKE: Heiliger Frühling 113
THEODOR STORM: Im Schloßgarten 122
ANTON TSCHECHOW: Der Kuss......................... 134
EDUARD VON KEYSERLING: »Mareiles seltsame
Ehegeschichte«...................................... 158
HEINRICH HEINE: »Es ist heute der erste Mai« 162
KLAUS MANN: »Ein windiger Frühlingstag«............... 165
JUDITH HERMANN: »Eine Einladung« 169

»Jetzt im Frühling lockt unwiderstehlich der Garten«

Gartenglück und prächtige Natur

JOHANN PETER UZ: Frühling auf dem Lande 179
GOTTFRIED KELLER: »Frohe Lüfte wehten« 181
ELIZABETH VON ARNIM: Verzauberter April 183
HUGO VON HOFMANNSTHAL: Gärten 197
JOSEPH VON EICHENDORFF: Lesen im Birnbaum........... 203
MAX HALBE: Der Frühlingsgarten 208
CHRISTOPH RANSMAYR: Der Eisgott..................... 215

»Immer im März wird die Welt uns zurückgeschenkt«

Frühlingsanfang

PETER KURZECK

Ein Kirschkern im März

Geniesel, Märzregen, Regentage. Und am Abend die Amsel.
Alle Abende. Im Regen, in einer Pause des Regens. Alles tropft.
Hat eben aufgehört und wird dann gleich weiterregnen. Grün
die Dämmerung und die Amsel singt. Wie in meiner Kindheit.
Wie in der Kaiserzeit bei uns in Franzensbad, sagt meine Mutter
jeden Abend in meinem Gedächtnis. Und dabei ihr Blick aus
unserem Staufenberger Flüchtlingsfamiliendachgeschoßnach-
kriegswohnküchenfenster, als ob sie in der Ferne Franzensbad
sieht (sieht oder sucht?). Die Amsel singt. Vor ein paar Tagen
noch war es um diese Zeit schon längst dunkel. Kugelschreiber,
Notizzettel, Regenschirm, Zigaretten und wer ich selbst bin!
Du suchst dir ein paar Wörter im Kopf zusammen, den Anfang
von einem Satz, und machst dich auf den Weg. Aus dem Haus.
Die Straße noch naß. Alles tropft. Aus dem Haus in den Abend
hinein. Durchs Westend nach Bockenheim. Zu Carina. In der
Küche, im Bad, im Schlafzimmer, sagt Sibylle am Abend zu mir.
Unter jedem Fenster. Warum fragst du? Vom Hof her die Amsel. Immer im März. Sogar sie als Kind schon, sagt sie. Hier in
Frankfurt. In Sachsenhausen in der Siemensstraße. Da war ich
als Kind oft allein und vor dem Fenster der Henninger Turm mit
seinen Lichtern wie ein freundlicher Riese, der mich beschützt.
Vielleicht nicht beschützt, aber tröstet. Und sieht mir bei meinem Alleinsein zu. Wenn man allein ist und froh oder traurig,
sagt sie, hört man die Amsel am besten. Abend. Die Wohnung.
Sibylle dünn und blaß. Wir wollen gleich noch mehr Bücher-
kartons in den Keller tragen. Sie hat mit dem Umräumen angefangen und dann nicht mehr weitergemacht. Die Regale abge-
baut. Leere Wände. Jürgen sucht dich, sagt sie. Er ruft jeden Tag
dreimal an. Hast du nichts von Pascale gehört? Hast du schon
gegessen? Sibylle hat ein neues Parfüm. Und wenn dann wie-

der Sommer ist, sagt Carina, dann rufen uns wieder die Tauben. Dann scheint jeden Tag schon die Sonne, obwohlst es dann noch in der Nacht ist, so früh. Und diesmal wolln mier uns aba merken, was die Tauben zu uns immer rufen! Müssen jetzt morgens und abends immer zusehen, Carina und ich, wie es schon jeden Tag länger hell. Siehst du es auch? Man sieht es am Himmel, man sieht es sogar auf der Uhr, sagte ich. Sechs Uhr abends, halb sieben. Wie gestern und vorgestern um diese Zeit müd an der Warte vorbei. Überall Autos. Viele Lichter im Abend. Straßenbahnen. Der Wind kommt daher. Die Straßen noch naß und trocknen in großen Flecken. Müssen oft stehenbleiben, Carina und ich. Auf jedem Weg. Für euch ist alles ein Spiel, sagt Sibylle, und von mir will sie sich dann nicht ins Bett bringen lassen. Erzähl, Peta! sagt Carina. Erzähl, wie du dir von den Häschen das schönste aussuchen durftest! Erzähl mir das Dorf, erzähl alle Tiere im Dorf! Wie ich ein Kind war, in Franzensbad im Frühling der Wald, sagt meine tote Mutter, Franzensbad steht ja mitten im Wald. Und dann im Mai, wenn der Kuckuck ruft, sagt sie und wird wieder durchsichtig. Will die Uhr lernen, sagt Carina. Und wie geht das mit dem Katzensprung? Daß jetzt von hier bis zum Frühling nur noch ein Katzensprung? Das hat meine Mutter, sagte ich, die du nicht gekannt hast, immer im März zu uns Kindern gesagt. Sag du es jetzt auch zu mir, sagt Carina. Lange stille Märzabenddämmerungen. Erst grau, dann grün, dann wie blaues Glas. Dämmerungen wie Kirchenfenster. Immer im März wird die Welt uns zurückgeschenkt. Und wir auch der Welt.

*

Ein Kirschkern, sagte ich. Ich stand in der Sonne. Weiß und trokken der Kirschkern auf meiner Hand. So rund und vertraut, daß du ihn fast in den Mund nimmst. Ein Kirschkern im März. Und war das nicht schon einmal? Wie früher in Staufenberg, sagte ich. Immer im März, wenn die Sonne scheint und die Wege sind trocken und hell. Das Leben ruft. Hell liegt die Erde vor uns.

Warum können nicht alle Tage so sein? Und dann findet man einen Kirschkern! Meistens im Gehen. Große Schritte. Du hast ihn noch nicht gesehen und stößt schon mit dem Fuß daran. Ein Steinchen? Ein Lichtfleck? Ein Kirschkern? Hüpft nichts je so leicht vor dir her wie ein Kirschkern im März! Müssen ihn alle drei ansehen. Vom vorigen Jahr, sagte ich. Kirschen aus Griechenland, aus Italien, vom Bodensee, aus dem Schwarzwald, aus der Pfalz, aus dem Rheingau, vom Main, aus der Wetterau und vom Taunusrand – lauter Obstgegenden, bevor sie alles zugebaut haben. Hier in der Gegend, sagte ich, die besten Kirschen kommen aus Ockstadt bei Friedberg. Hat einer sich auf der Leipziger Straße an einem Obststand ein Pfund Kirschen gekauft. Eine kleine Tüte voll und darf auch ein bißchen mehr sein. Und ißt sie gleich auf dem Heimweg. Ein Sommertag. Spitze braune Papiertüten. Lieber gleich ein Kilo, sonst kommt man heim und hat keine mehr. Wer? fragt Carina. Jemand, den wir nicht kennen, sagte ich. Vielleicht Leute mit Kindern. Vielleicht sehen wir sie öfter beim Einkaufen, sagte ich. Auf den Tüten steht: Eßt mehr Obst! Welche Kinder? fragt Carina. Vielleicht Geschwister, sagte ich. Eine große Schwester und ein kleiner Bruder oder Eltern mit vielen Kindern. Oder die Kinder kennen sich aus einem Kinderladen. Vielleicht wir, sagte ich. Sind letzten Sommer oft hier gegangen, Sibylle und du und ich. Manchmal nach dem Kinderladen und oft auch noch andere Kinder mit. Der Marcel, die Meike, die Myriam. Ein Nachmittag in der Kirschenzeit. Die Kirschen im Gehen in der Sonne. Immer noch eine Kirsche in den Mund. Erst muß man sich Kirschen an jedes Ohr. Zwillingskirschen, die schönsten! Vielleicht ist der Kern auch von dir, sagte ich zu Edelgard. Jedenfalls aus dem vorigen Sommer. Den vorigen Sommer, den wißt ihr doch noch? Und hat sich seither herumgetrieben, der Kern. Immer an der Luft. Sonne, Wind, Regen. Ein Vagabundenleben. Und lang auch unter dem Schnee. Erst ein Regen- und dann ein Schneewinter, sagte ich, ihr wißt es ja selbst. Und jetzt so hell und so leicht der Kern. Ausgebleicht und verwittert, sie trocknen von innen aus, deshalb so leicht.

Immer wenn man einen findet, jeden März oder alle paar Jahre, fallen einem alle früheren wieder ein. Und die Tage und Orte dazu. Und wer man gewesen ist und was man sich dabei gedacht hat. Die ersten warmen Tage. Barfuß im Sand, barfuß auf einem Holzbalken sitzen. Vielleicht doch, sagst du dir und erschrickst und mußt es dir noch öfter sagen. Vielleicht ja doch kommst du durch! Wenigstens bis zum Sommer. In den Sommer hinein. Und mit dir die Welt. Im Sommer heilt alles. In Böhmen, sagte ich, gibt es Kirschbaumalleen. Extra für die durstigen Wanderer. Und sah die Alleen gleich vor mir. Weiß im Mittagslicht und mit tiefen Schatten. Die Wanderer auch (der da geht, bist du selbst). Und in Staufenberg, sagte ich, wo dann noch einmal alles anfing. Erst alle Tage als Kinder das Obst gegessen und die Kerne weggespuckt, dann gesucht und wieder aufgehoben, betrachtet und eingegraben die Kerne. Nicht nur Kirschen, auch Pflaumen, Mirabellen, Aprikosen und Pfirsiche. Jedes Obst. Alle Kerne. Bei den Äpfeln extra die Äppelkrotzer manchmal nicht mitgegessen, obwohl es uns schwerfiel, darauf zu verzichten. Es heißt der Appelkrotze, aber die Äppelkrotzer! Manche sagen es falsch! Jeden Kern eingepflanzt. Und jetzt, sagte ich zu Edelgard und Carina, überall Obst! Jetzt ist die Erde voller Obstbäume. Und wird immer wieder Sommer. Erst Frühling, dann Sommer. Nicht nur in Staufenberg. Überall auf der Welt. Aber in Staufenberg hat es angefangen. Zuallererst in Tachau in Böhmen und dann in Staufenberg, sagte ich und konnte die Alleen in Böhmen vor mir sehen und das Staufenberger Kirschenwäldchen und gleich auch die Mirabellen, die Pflaumen, die Birnen. Die Nußbäume auch. Und jeden Apfelbaum, den ich in meinem Leben kannte. Noch besser, sagte ich, wenn man sie eine Weile im Mund behält und dann nochmal draufspuckt, bevor man die Kerne eingräbt. Aber sogar wenn man sie nur hinschmeißt, das reicht schon. In Böhmen die Kirschbaumalleen sind entstanden, weil die Wanderer unterwegs immer schnell viele Kirschen gegessen haben und die Kerne nach rechts und links gleichmäßig ausgespuckt. Und dabei den Horizont im Blick und mit großen Schritten.

Mit Äpfein und Pflaumen genauso. Immer wieder den gleichen Weg. Vielleicht sind wir mehrere und die Alleen werden mit jedem Jahr länger. Einmal, sagte ich, im Januar 1969 von Paris nach Prag gefahren und am Rand vom Böhmerwald gleich hinter Domažlice im Schnee mit dem Auto an einen Baum, einen Pflaumenbaum. Im Schreck, weil ich jäh denken mußte, warum fährst du hier? Erzähl jetzt keine Autogeschichten, sagt Edelgard, und auch keine Schneegeschichten! Gibt es in Staufenberg wirklich Aprikosen und Pfirsiche? Klar! sagte ich. In den Hausgärten und Baumgärten. Im Banggarten, in den Borngärten und in den Scheunengärten. Zart und entschlossen die Bäumchen. Ich kann dir jeden einzelnen Baum herbeireden. Drei oder vier Sorten Aprikosen. Gelbe und weiße Pfirsiche. Bei den weißen Pfirsichen eine Sorte, die sehen wie Rosenknospen aus und riechen auch so. Sind klein, aber das sind die besten! Erzähl, sagt Carina, erzähl von dir als Kind! Wie du einmal als Kind ein Häschen geschenkt gekriegt hast. Und erzähl jetzt, wie es dann weiterging.

Stefan Zweig

Frühlingsfahrt durch die Provence

Muß man sie nicht doch einmal schelten, die verbissenen Tadler der Eisenbahn, diese melancholischen Träumer verblichener Postwagenpoesie, diese heimlichen Biedermaier, die die Schönheit der Reise nur noch in den unmodischen Kostümen unseres alten Eichendorff verstehen wollen? Als ob nicht jede Zeit ihre Schönheit hätte, als ob nicht in dem großen Umschwung der Zeit neue und grandiose Linien der Betrachtung sich gezeichnet hätten. Gibt es denn ein lieblicheres Wunder als unsere Eisenbahn von heute? Besinne Dich nur an Deine vielen Sehnsuchtstage zum Frühling hin! Wochen hast du gewartet: wenn der Schnee, von einem linderen Wind gestreift, niederstäubte von den Bäumen, wenn die Dächer feucht in einer falben Sonne glänzten, wenn die Luft nur etwas wärmer wehte, war Dir schon, als sei ein Glück geschehen. Du glaubtest, ihn schon zu fühlen in Deinen Händen, wenn Du die mildere Luft streiftest, meintest, ihn schon zu trinken mit Deinem Atem, dachtest, ihn zu sehen in dem Flimmern der glänzenden Äste, ihn, dem Du entgegenbangtest mit all Deiner Sehnsucht: den Frühling. Und Wochen und Wochen so zwischen Hoffnung und Enttäuschung.

Und nun – sieh' das Wunder – da ist ein Ding, das bringt Dir den Frühling oder bringt Dich zu ihm in einem Tag, in einer Nacht. Wie Du es willst: Du kannst Dich hinlegen und ihn fertig, blühend und warm des Morgens empfangen, oder Du kannst ihn aufblühen und werden sehen in einer einzigen Fahrt, kannst sein langsames Nahen, seine stets stärkere Gewalt mit immer neuen Schauern der Beglückung verspüren. Habt Ihr das bedacht, Ihr Tadler, die Ihr die Eisenbahn »unpoetisch« findet, weil sie eisern rasselt und schwarzen Qualm durch die Landschaft jagt?

Abends noch in Paris. Ein letzter Gang über die Boulevards: die Bäume sind kahl und grau, an manchen hängt noch, ganz schwach und zitternd, ein letztes falbes Blatt, das der Herbstwind zu nehmen vergessen. Mild und klar ist der Abend, aber – Du fühlst es – es fehlt ihm die Frische, der Duft. Es ist trotz Schnee und Stürmen abgelebte Luft; schmacklos und leer, denn sie hat nicht jenes Quellen der aufbrechenden Erde, wenn sie die Sonne fühlt, nicht den Pollenduft der vielen werdenden Blüten. Wochen und Wochen noch ist es bis zum Frühling. Nachts dann im Zuge. Durch Stunden nur Dunkelheit und das Gestampf der Räder durch unbekanntes Land. Morgens, ganz früh, wenn das Morgenrot noch wie ein ungeheurer Brand am Horizonte flammt, siehst Du hinaus. Leer liegen die Felder, brandrot und erdig, unbelaubt stehen die Bäume. Aber doch ist etwas in der Landschaft – Du weißt es nicht zu sagen, was es ist – das schon vom Frühling spricht, eine Ahnung, daß die Blüten schon ganz nahe am Bast pochen, daß die Saat schon mit den unterirdischen Halmen die letzte Schichte der Erde berührt. Das Zittern der Äste im Wind scheint Dir halb noch Bitte und halb schon erfüllte Seligkeit. Und hier – ja hier, sieh' es nur, hier ist schon ein erstes Grün, das die Erde umflicht, ein helles, unsäglich zartes Grün. Und mehr und mehr: zwischen den leeren Bäumen hier und da solche, an denen schon die kleinen Schößlinge sprießen, manche schon mit großen, leuchtenden Blüten. Und immer mehr und mehr!

Jenen wundervollen Augenblick eines vielfältigen Geschehens fühlst Du, jene Tage und Wochen, in denen ein Frühling wird, zusammengepreßt in eine prächtige Stunde. Denn immer lebendiger wird das Bild, farbig belebt nun durch die ersten immergrünen Bäume, durch das steigende Licht, durch Wärme und Sonnenfeuer. Und mit dem Morgen bist Du in des Frühlings Land.

Hat der Frühling ein schöneres Land als die Provence? Kaum läßt es sich denken, wenn man sieht, wie in den Rahmen der Fensterscheibe sich in buntem Wechsel die blühenden Bilder stellen. Und denke der provenzalischen Lieder. Ist denn das nicht unendlich frühlingshaft, dieses zarte Minnen der Ritter um die geliebte Dame, die Pagenlieder und Aventiuren, dieser Eindruck, den wir aus Lied und Geschichte von dem blühenden Lande haben? Und so wunderbar eint sich dies alles: kaum staunte man, würde man auf weißem Zelter einen schmucken Ritter durch diese milde, sonnige Landschaft traben sehen. Er ist hier sanft und doch groß, der Frühling, groß auch ohne jenes ungeheure Geschehen seiner Leidenschaft, ohne den Mistral, jenen furchtbaren Föhn, der im Lande wühlt, der wie Fieber in das Blut schießt und wie Gottes Zorn in den Bäumen wettert. Norden und Süden eint sich hier wie in flüchtigem Kuß. Neben den immergrünen Sträuchern und Bäumen, die ohne Blüte und Frucht nur als Wächter der Schönheit im Lande warten, stehen friedlich jene Kulturen des Nordens, manche noch nackt und frierend, manche in dünnem Farbenflor. Und so weiß der Frühling hier doch noch zu beglücken, so gütig dem Anblicke auch der Winter ist.

Helle, freundliche Städte, Valence, Nîmes, Orange – in welcher wollte man nicht rasten? Aber der Zug wettert und eilt. Doch hier mußt Du bleiben, in dieser Stadt, die so wunderbar weiß leuchtet wie ein Traumschloß, die so breit und groß sich um die Rhone schmiegt, in Avignon, der Stadt der Päpste. Linien, wie mit lässiger Künstlerhand in das weite Gelände eingezeichnet, fesseln Deinen Blick: die weißen Straßen, flimmernder, glühender Kalk, und dazwischen jener blaue, flutende Streifen des Stromes, zweimal durchquert, einmal von der weißen Brücke, das andere Mal von den Überresten jenes stolzen Bogens, mit dem Papst Benezet die Umschließung der Stadt vollkommen zu machen hoffte. Ein grandioser, düsterer Anblick muß es an Herbsttagen sein, diese hohe, herrische Papstburg, die wie ein geharnischtes Haupt hoch über der niederen Stadt droht, und die Festungswälle, mit denen diese Gewaltigen gleichsam wie mit gespreiteten, geschienten Armen den ganzen Umkreis festhielten. Aber der Frühling nimmt sacht alles Tragische dieser Zwingburg: weiß glänzen ihre Kalkmauern ins Land, scharf in den tiefblauen Himmel eingeschnitten, ein edler Anblick ohne

Strenge: Wer denkt an die Folterkammern, wer will sich daran erinnern, daß von jenem viereckigen Turme im Revolutionsjahre die Opfer in die entsetzliche Tiefe hinabgeschleudert wurden, wer will sich dessen entsinnen, wenn die Sonne so sanft und zärtlich ist? Jetzt sind grüne Gärten mit schönen Gängen zwischen den herben Mauern, und von blühenden Terrassen sieht man in das Land hinab. Und Frühling, Frühling überall.

Weiter mit dem eilenden Zuge. Vorbei an kleinen, reizenden Städtchen, vorbei an Tarascon – bonjour, monsieur Tartarin! –

Thomas Mann

Frühling auf dem Zauberberg

Das geschah, als auf den in ewig eintönigem Rhythmus anrol-
lenden Meereswogen der Zeit Ostern herangetrieben war und
auf »Berghof« begangen wurde, wie man alle Etappen und Ein-
schnitte dort aufmerksam beging, um ein ungegliedertes Einerlei
zu vermeiden. Beim ersten Frühstück fand jeder Gast neben seinem Gedecke ein Veilchensträußchen, beim zweiten Frühstück
erhielt jedermann ein gefärbtes Ei, und die festliche Mittagstafel
war mit Häschen geschmückt aus Zucker und Schokolade.

»Haben Sie je eine Schiffsreise gemacht, Tenente, oder Sie,
Ingenieur?« fragte Herr Settembrini, als er nach Tische in der
Halle mit seinem Zahnstocher an das Tischchen der Vettern
herantrat ... Wie die Mehrzahl der Gäste kürzten sie heute den
Hauptliegedienst um eine Viertelstunde, indem sie sich hier zu
einem Kaffee mit Kognak niedergelassen hatten. »Ich bin erinnert durch diese Häschen, diese gefärbten Eier an das Leben auf
so einem großen Dampfer, bei leerem Horizont seit Wochen, in
salziger Wüstenei, unter Umständen, deren vollkommene Be-
quemlichkeit ihre Ungeheuerlichkeit nur oberflächlich vergessen läßt, während in den tieferen Gegenden des Gemütes das
Bewußtsein davon als ein geheimes Grauen leise fortnagt ...
Ich erkenne den Geist wieder, in dem man an Bord einer solchen Arche die Feste der terraferma pietätvoll andeutet. Es ist
das Gedenken von Außerweltlichen, empfindsame Erinnerung
nach dem Kalender ... Auf dem Festlande wäre heut Ostern,
nicht wahr? Auf dem Festlande begeht man heut Königs Geburtstag, – und wir tun es auch, so gut wir können, wir sind auch
Menschen ... Ist es nicht so?«

Die Vettern stimmten zu. Wahrhaftig, so sei es. Hans Castorp,
gerührt von der Anrede und vom schlechten Gewissen gespornt,
lobte die Äußerung in hohen Tönen, fand sie geistreich, vorzüg-

18

lich und schriftstellerisch und redete Herrn Settembrini aus allen
Kräften nach dem Munde. Gewiß, nur oberflächlich, ganz wie
Herr Settembrini es so plastisch gesagt habe, lasse der Komfort
auf dem Ozean-Steamer die Umstände und ihre Gewagtheit vergessen, und es liege, wenn er auf eigene Hand das hinzufügen
dürfe, sogar eine gewisse Frivolität und Herausforderung in diesem vollendeten Komfort, etwas dem ähnliches, was die Alten
Hybris genannt hätten (sogar die Alten zitierte er aus Gefall-
sucht), oder dergleichen, wie »Ich bin der König von Babylon!«,
kurz Frevelhaftes. Auf der anderen Seite aber involviere (»involviere«!) der Luxus an Bord doch auch einen großen Triumph
des Menschengeistes und der Menschenehre, – indem er diesen
Luxus und Komfort auf die salzigen Schäume hinaustrage und
dort kühnlich aufrecht erhalte, setze der Mensch gleichsam den
Elementen den Fuß auf den Nacken, den wilden Gewalten, und
das involviere den Sieg der menschlichen Zivilisation über das
Chaos, wenn er auf eigene Hand diesen Ausdruck gebrauchen
dürfe ...

Herr Settembrini hörte ihm aufmerksam zu, die Füße ge-
kreuzt und die Arme ebenfalls, wobei er sich auf zierliche Art
mit dem Zahnstocher den geschwungenen Schnurrbart strich.

»Es ist bemerkenswert«, sagte er. »Der Mensch tut keine nur
einigermaßen gesammelte Äußerung allgemeiner Natur, ohne
sich ganz zu verraten, unversehens sein ganzes Ich hineinzule-
gen, das Grundthema und Urproblem seines Lebens irgendwie
im Gleichnis darzustellen. So ist es Ihnen soeben ergangen, Ingenieur. Was Sie da sagten, kam in der Tat aus dem Grunde Ihrer
Persönlichkeit, und auch den zeitlichen Zustand dieser Persönlichkeit drückte es auf dichterische Weise aus: es ist immer noch
der Zustand des Experimentes ...«

»Placet experiri!« sagte Hans Castorp nickend und lachend,
mit italienischem c.

»Sicuro, – wenn es sich dabei um die respektable Leidenschaft der Welterprobung handelt und nicht um Liederlichkeit.
Sie sprachen von ›Hybris‹, Sie bedienten sich dieses Ausdrucks.

Aber die Hybris der Vernunft gegen die dunklen Gewalten ist höchste Menschlichkeit, und beschwört sie die Rache neidischer Götter herauf, per esempio, indem die Luxusarche scheitert und senkrecht in die Tiefe geht, so ist das ein Untergang in Ehren. Auch die Tat des Prometheus war Hybris, und seine Qual am skythischen Felsen gilt uns als heiligstes Martyrium. Wie steht es dagegen um jene andere Hybris, um den Untergang im buhlerischen Experiment mit den Mächten der Widervernunft und der Feindschaft gegen das Menschengeschlecht? Hat das Ehre? Kann das Ehre haben? Sì o no!«

Hans Castorp rührte in seinem Täßchen, obgleich nichts mehr darin war.

»Ingenieur, Ingenieur,« sagte der Italiener mit dem Kopfe nickend, und seine schwarzen Augen hatten sich sinnend »festgesehen«, »fürchten Sie nicht den Wirbelsturm des zweiten Höllenkreises, der die Fleischessünder prellt und schwenkt, die Unseligen, die die Vernunft der Lust zum Opfer brachten? Gran Dio, wenn ich mir einbilde, wie Sie kopfüber, kopfunter umhergepustet flattern werden, so möchte ich vor Kummer umfallen wie eine Leiche fällt ...«

Sie lachten, froh, daß er scherzte und Poetisches redete. Aber Settembrini setzte hinzu:

»Am Faschingsabend beim Wein, Sie erinnern sich, Ingenieur, nahmen Sie gewissermaßen Abschied von mir, doch, es war etwas dem ähnliches. Nun, heute bin *ich* an der Reihe. Wie Sie mich hier sehen, meine Herren, bin ich im Begriff, Ihnen Lebewohl zu sagen. Ich verlasse dies Haus.«

Beide verwunderten sich aufs höchste.

»Nicht möglich! Das ist nur Scherz!« rief Hans Castorp, wie er bei anderer Gelegenheit auch gerufen hatte. Er war fast ebenso erschrocken wie damals. Aber auch Settembrini erwiderte:

»Durchaus nicht. Es ist, wie ich Ihnen sage. Und übrigens trifft Sie diese Nachricht nicht unvorbereitet. Ich habe Ihnen erklärt, daß in dem Augenblick, wo sich meine Hoffnung, in irgendwie absehbarer Zeit in die Welt der Arbeit zurückkehren zu können, als unhaltbar erweisen werde, ich hier meine Zelte abzubrechen und irgendwo im Orte mich für die Dauer einzurichten entschlossen sei. Was wollen Sie nun, – dieser Augenblick ist eingetreten. Ich kann nicht genesen, es ist ausgemacht. Ich kann mein Leben fristen, aber nur hier. Das Urteil, das endgültige Urteil, lautet auf lebenslänglich, – mit der ihm eigenen Aufgeräumtheit hat Hofrat Behrens es mir verkündet. Gut denn, ich ziehe die Folgerungen. Ein Logis ist gemietet, ich bin im Begriffe, meine geringe irdische Habe, mein literarisches Handwerkszeug dorthin zu schaffen ... Es ist nicht einmal weit von hier, in ›Dorf‹, wir werden einander begegnen, gewiß, ich werde Sie nicht aus den Augen verlieren, als Hausgenosse aber habe ich die Ehre, mich von Ihnen zu verabschieden.«

So Settembrinis Eröffnung am Ostersonntag. Die Vettern hatten sich außerordentlich bewegt darüber gezeigt. Des längeren noch, und wiederholt, hatten sie mit dem Literaten über seinen Entschluß gesprochen: darüber, wie er auch privatim den Kurdienst weiter werde ausüben können, über die Mitnahme und Fortführung ferner der weitläufigen enzyklopädischen Arbeit, die er auf sich genommen, jener Übersicht aller schöngeistigen Meisterwerke, unter dem Gesichtspunkt der Leidenskonflikte und ihrer Ausmerzung; endlich auch über sein zukünftiges Quartier im Hause eines »Gewürzkrämers«, wie Herr Settembrini sich ausdrückte. Der Gewürzkrämer, berichtete er, habe den oberen Teil seines Eigentums an einen böhmischen Damenschneider vermietet, der seinerseits Aftermieter aufnehme ... Diese Gespräche also lagen zurück. Die Zeit schritt fort, und mehr als eine Veränderung hatte sie bereits gezeigt. Settembrini wohnte wirklich nicht mehr im internationalen Sanatorium »Berghof«, sondern bei Lukaček, dem Damenschneider, – schon seit einigen Wochen. Nicht in Form einer Schlittenabreise hatte sein Auszug sich abgespielt, sondern zu Fuß, in kurzem, gelbem Paletot, der am Kragen und an den Ärmeln ein wenig mit Pelz besetzt war, und begleitet von einem Mann, der auf einem Schubkarren das literarische und das irdische Handgepäck des

Schriftstellers beförderte, hatte man ihn stockschwingend davongehen sehen, nachdem er noch unterm Portal eine Saaltochter mit den Rücken zweier Finger in die Wange gezwickt ... Der April, wie wir sagten, lag schon zu einem guten Teil, zu drei Vierteln, im Schatten der Vergangenheit, noch war es tiefer Winter, gewiß, im Zimmer hatte man knappe sechs Wärmegrade am Morgen, draußen war neungradige Kälte, die Tinte im Glase, wenn man es in der Loggia ließ, gefror über Nacht noch immer zu einem Eisklumpen, einem Stück Steinkohle. Aber der Frühling nahte, das wußte man; am Tage, wenn die Sonne schien, spürte man hie und da bereits eine ganz leise, ganz zarte Ahnung von ihm in der Luft; die Periode der Schneeschmelze stand in naher Aussicht, und damit hingen die Veränderungen zusammen, die sich auf »Berghof« unaufhaltsam vollzogen, – nicht aufzuhalten selbst durch die Autorität, das lebendige Wort des Hofrats, der in Zimmer und Saal, bei jeder Untersuchung, jeder Visite, jeder Mahlzeit das populäre Vorurteil gegen die Schneeschmelze bekämpfte.

Ob es Wintersportsleute seien, fragte er, mit denen er es zu tun habe, oder Kranke, Patienten? Wozu in aller Welt sie denn Schnee, gefrorenen Schnee brauchten? Eine ungünstige Zeit, – die Schneeschmelze? Die allergünstigste sei es! Nachweislich gäbe es im ganzen Tal um diese Zeit verhältnismäßig weniger Bettlägrige, als irgendwann sonst im Jahre! Überall in der weiten Welt seien die Wetterbedingungen für Lungenkranke zu dieser Frist schlechter als gerade hier! Wer einen Funken Verstand habe, der harre aus und nutze die abhärtende Wirkung der hiesigen Witterungsverhältnisse. Danach dann sei er fest gegen Hieb und Stich, gefeit gegen jedes Klima der Welt, vorausgesetzt nur, daß der volle Eintritt der Heilung abgewartet worden sei – und so fort. Aber der Hofrat hatte gut reden, – die Voreingenommenheit gegen die Schneeschmelze saß fest in den Köpfen, der Kurort leerte sich; wohl möglich, daß es der sich nähernde Frühling war, der den Leuten im Leibe rumorte und seßhafte Leute unruhig und veränderungssüchtig machte, – jedenfalls mehrten die »wilden« und »falschen« Abreisen sich auch im Hause Berghof bis zur Bedenklichkeit. Frau Salomon aus Amsterdam zum Beispiel, trotz dem Vergnügen, das die Untersuchungen und das damit verbundene Zurschaustellen feinster Spitzenwäsche ihr bereiteten, reiste vollständig wilder- und falscherweise ab, ohne jede Erlaubnis und nicht, weil es ihr besser, sondern weil es ihr immer schlechter ging. Ihr Aufenthalt hier oben verlor sich weit zurück hinter Hans Castorps Ankunft; länger als ein Jahr war es her, daß sie eingetroffen war, – mit einer ganz leichten Affektion, für die ihr drei Monate zudiktiert worden waren. Nach vier Monaten hatte sie »in vier Wochen sicher gesund« sein sollen, aber sechs Wochen später hatte von Heilung überhaupt nicht die Rede sein können: sie müsse, hatte es geheißen, mindestens noch vier Monate bleiben. So war es fortgegangen, und es war ja kein Bagno und kein sibirisches Bergwerk hier, – Frau Salomon war geblieben und hatte feinstes Unterzeug an den Tag gelegt. Da sie nun aber nach der letzten Untersuchung, im Angesicht der Schneeschmelze, eine neue Zulage von fünf Monaten erhalten hatte, wegen Pfeifens links oben und unverkennbarer Mißtöne unter der linken Achsel, war ihr die Geduld gerissen, und mit Protest, unter Schmähungen auf »Dorf« und »Platz«, auf die berühmte Luft, das internationale Haus Berghof und die Ärzte reiste sie ab, nach Hause, nach Amsterdam, einer zugigen Wasserstadt.

War das klug gehandelt? Hofrat Behrens hob Schultern und Arme auf und ließ die letzteren geräuschvoll gegen die Schenkel zurückfallen. Spätestens im Herbst, sagte er, werde Frau Salomon wieder da sein, – dann aber auf immer. Würde er recht behalten? Wir werden sehen, wir sind noch auf längere Erdenzeit an diesen Lustort gebunden. Aber der Fall Salomon war also durchaus nicht der einzige seiner Art. Die Zeit zeitigte Veränderungen, – sie hatte das ja immer getan, aber allmählicher, nicht so auffallend. Der Speisesaal wies Lücken auf, Lücken an allen sieben Tischen, am Guten Russentisch wie am Schlechten, an den längs- wie an den querstehenden. Nicht gerade, daß dies von der Frequenz des Hauses ein zuverlässiges Bild gegeben hätte; auch Ankünfte, wie jederzeit, hatten stattgefunden; die Zimmer mochten besetzt sein, aber da handelte es sich eben um Gäste, die durch finalen Zustand in ihrer Freizügigkeit eingeschränkt waren. Im Speisesaal, wie wir sagten, fehlte manch einer dank noch bestehender Freizügigkeit; manch einer aber tat es sogar auf eine besonders tiefe und hohle Weise, wie Dr. Blumenkohl, der tot war. Immer stärker hatte sein Gesicht den Ausdruck angenommen, als habe er etwas schlecht Schmeckendes im Munde; dann war er dauernd bettlägrig geworden und dann gestorben, – niemand wußte genau zu sagen, wann; mit aller gewohnten Rücksicht und Diskretion war die Sache behandelt worden. Eine Lücke. Frau Stöhr saß neben der Lücke, und sie graute sich vor ihr. Darum siedelte sie an des jungen Ziemßen andere Seite über, an den Platz Miß Robinsons, die als geheilt entlassen worden, gegenüber der Lehrerin, Hans Castorps linksseitiger Nachbarin, die fest auf ihrem Posten geblieben war. Ganz allein saß sie derzeit an dieser Tischseite, die übrigen drei Plätze waren frei. Student Rasmussen, der täglich dümmer und schlaffer geworden, war bettlägrig und galt für moribund; und die Großtante war mit ihrer Nichte und der hochbrüstigen Marusja verreist, – wir sagen »verreist«, wie alle es sagten, weil ihre Rückkehr in naher Zeit eine ausgemachte Sache war. Zum Herbst schon würden sie wieder eintreffen, – war das eine Abreise zu nennen? Wie nah war nicht Sommersonnenwende, wenn erst einmal Pfingsten gewesen war, das vor der Türe stand; und kam der längste Tag, so gings ja rapide bergab, auf den Winter zu, – kurzum, die Großtante und Marusja waren beinahe schon wieder da, und das war gut, denn die lachlustige Marusja war keineswegs ausgeheilt und entgiftet; die Lehrerin wußte etwas von tuberkulösen Geschwüren, die die braunäugige Marusja an ihrer üppigen Brust haben sollte, und die schon mehrmals hatten operiert werden müssen. Hans Castorp hatte, als die Lehrerin davon sprach, hastig auf Joachim geblickt, der sein fleckig gewordenes Gesicht über seinen Teller geneigt hatte.

Die muntere Großtante hatte den Tischgenossen, also den Vettern, der Lehrerin und Frau Stöhr ein Abschiedssouper im Restaurant gegeben, eine Schmauserei mit Kaviar, Champagner und Likören, bei der Joachim sich sehr still verhalten, ja, nur einzelnes mit fast tonloser Stimme gesprochen hatte, so daß die Großtante in ihrer Menschenfreundlichkeit ihm Mut zugesprochen und ihn dabei, unter Ausschaltung zivilisierter Sittengesetze, sogar geduzt hatte. »Hat nichts auf sich, Väterchen, mach dir nichts draus, sondern trink, iß und sprich, wir kommen bald wieder!« hatte sie gesagt. »Wollen wir alle essen, trinken und schwatzen und den Gram – Gram sein lassen, Gott läßt Herbst werden, eh wirs gedacht, urteile selbst, ob Grund ist zum Kummer!« Am nächsten Morgen hatte sie zur Erinnerung bunte Schachteln mit »Konfäktchen« an fast alle Besucher des Speisesaales verteilt und war dann mit ihren beiden jungen Mädchen etwas verreist.

Und Joachim, wie stand es um ihn? War er befreit und erleichtert seitdem, oder litt seine Seele schwere Entbehrung angesichts der leeren Tischseite? Hing seine ungewohnte und empörerische Ungeduld, seine Drohung, wilde Abreise halten zu wollen, wenn man ihn länger an der Nase führe, mit der Abreise Marusjas zusammen? Oder war vielmehr die Tatsache, daß er vorderhand eben doch noch nicht reiste, sondern der hofrätlichen Verherrlichung der Schneeschmelze sein Ohr lieh, auf jene andere zurückzuführen, daß die hochbusige Marusja nicht ernstlich abgereist, sondern nur etwas verreist war und in fünf kleinsten Teileinheiten hiesiger Zeit wieder eintreffen würde? Ach, das war wohl alles auf einmal der Fall, alles in gleichem Maße; Hans Castorp konnte es sich denken, auch ohne je mit Joachim über die Sache zu sprechen. Denn dessen enthielt er sich ebenso streng, wie Joachim es vermied, den Namen einer anderen etwas Verreisten zu nennen.

Unterdessen aber, an Settembrinis Tisch, an des Italieners Platz – wer saß dort seit kurzem, in Gesellschaft holländischer Gäste, deren Appetit so ungeheuer war, daß jeder von ihnen

25

sich zu Anfang des täglichen Fünf-Gänge-Diners, noch vor der
Suppe, drei Spiegeleier servieren ließ? Es war Anton Karlowitsch
Ferge, er, der das höllische Abenteuer des Pleura-Choks erprobt
hatte! Ja, Herr Ferge war außer Bett; auch ohne Pneumothorax
hatte sein Zustand sich so gebessert, daß er den größten Teil des
Tages mobil und angekleidet verbrachte und mit seinem gut-
mütig-bauschigen Schnurrbart und seinem ebenfalls gutmütig
wirkenden großen Kehlkopf an den Mahlzeiten teilnahm. Die
Vettern plauderten manchmal mit ihm in Saal und Halle, und
auch für die Dienstpromenaden taten sie sich dann und wann,
wenn es sich eben so traf, mit ihm zusammen, Neigung im Herzen für den schlichten Dulder, der von hohen Dingen gar nichts
zu verstehen erklärte und, dies vorausgesandt, überaus behaglich von Gummischuhfabrikation und fernen Gebieten des russischen Reiches, Samara, Georgien, erzählte, während sie im
Nebel durch den Schneewasserbrei stapften.

Denn die Wege waren wirklich kaum gangbar jetzt, sie befanden sich in voller Auflösung, und die Nebel brauten. Der
Hofrat sagte zwar, es seien keine Nebel, es seien Wolken; aber
das war Wortfuchserei nach Hans Castorps Urteil. Der Frühling
focht einen schweren Kampf, der sich, unter hundert Rückfäl-
len ins Bitter-Winterliche, durch Monate, bis in den Juni hinein,
erstreckte. Schon im März, wenn die Sonne schien, war es auf
dem Balkon und im Liegestuhl, trotz leichtester Kleidung und
Sonnenschirm, vor Hitze kaum auszuhalten gewesen, und es gab
Damen, die schon damals Sommer gemacht und bereits beim
ersten Frühstück Musselinkleider vorgeführt hatten. Sie waren
in einem Grade entschuldigt durch die Eigenart des Klimas hier
oben, das Verwirrung begünstigte, indem es die Jahreszeiten
meteorologisch durcheinander warf; aber es war auch bei ihrem
Vorwitz viel Kurzsicht und Phantasielosigkeit im Spiel, jene
Dummheit von Augenblickswesen, die nicht zu denken ver-
mag, daß es noch wieder anders kommen kann, sowie vor allem
Gier nach Abwechslung und zeitverschlingende Ungeduld: man
schrieb März, das war Frühling, das war so gut wie Sommer, und

man zog die Musselinkleider hervor, um sich darin zu zeigen, ehe der Herbst einfiel. Und das tat er, gewissermaßen. Im April fielen trübe, naßkalte Tage ein, deren Dauerregen in Schnee, in wirbelnden Neuschnee überging. Die Finger erstarrten in der Loggia, die beiden Kamelhaardecken traten ihren Dienst wieder an, es fehlte nicht viel, daß man zum Pelzsack gegriffen hätte, die Verwaltung entschloß sich, zu heizen, und jedermann klagte, man werde um seinen Frühling betrogen. Alles war dick verschneit gegen Ende des Monats; aber dann kam Föhn auf, vorausgesagt, vorausgewittert von erfahrenen und empfindlichen Gästen: Frau Stöhr sowohl, wie die elfenbeinfarbene Levi, wie nicht minder die Witwe Hessenfeld spürten ihn einstimmig schon, bevor noch das kleinste Wölkchen über dem Gipfel des Granitbergs im Süden sich zeigte. Frau Hessenfeld neigte alsbald zu Weinkrämpfen, die Levi wurde bettlägrig, und Frau Stöhr, die Hasenzähne störrisch entblößt, bekundete stündlich die abergläubische Befürchtung, ein Blutsturz möchte sie ereilen; denn die Rede ging, daß Föhnwind dergleichen befördere und bewirke. Unglaubliche Wärme herrschte, die Heizung erlosch, man ließ über Nacht die Balkontür offen und hatte trotzdem morgens elf Grad im Zimmer; der Schnee schmolz gewaltig, er wurde eisfarben, porös und löcherig, sackte zusammen, wo er zu Hauf lag, schien sich in die Erde zu verkriechen. Ein Sickern, Sintern und Rieseln war überall, ein Tropfen und Stürzen im Walde, und die geschaufelten Schranken an den Straßen, die bleichen Teppiche der Wiesen verschwanden, wenn auch die Massen allzu reichlich gelegen hatten, um rasch zu verschwinden. Da gab es wundersame Erscheinungen, Frühlingsüberraschungen auf Dienstwegen im Tal, märchenhaft, nie gesehen. Ein Wiesengebreite lag da, – im Hintergrunde ragte der Schwarzhornkegel, noch ganz im Schnee, mit dem ebenfalls noch tief verschneiten Scalettagletscher rechts in der Nähe, und auch das Gelände mit seinem Heuschober irgendwo lag noch im Schnee, wenn auch die Decke schon dünn und schütter war, von rauhen und dunklen Bodenerhebungen da und dort unterbrochen, von trockenem

Grase überall durchstochen. Das war jedoch, wie die Wanderer fanden, eine unregelmäßige Art von Verschneitheit, die diese Wiese da aufwies, – in der Ferne, gegen die waldigen Lehnen hin, war sie dichter, im Vordergrund aber, vor den Augen der Prüfenden, war das noch winterlich dürre und mißfarbene Gras mit Schnee nur noch gesprenkelt, betupft, beblümt … Sie sahen es näher an, sie beugten sich staunend darüber, – das war kein Schnee, es waren Blumen, Schneeblumen, Blumenschnee, kurzstielige kleine Kelche, weiß und weißbläulich, es war Krokus, bei ihrer Ehre, millionenweise dem sickernden Wiesengrunde entsprossen, so dicht, daß man ihn gut und gern hatte für Schnee halten können, in den er weiterhin denn auch ununterscheidbar überging.

Sie lachten über ihren Irrtum, lachten vor Freude über das Wunder vor ihren Augen, diese lieblich zaghafte und nachahmende Anpassung des zuerst sich wieder hervorgetrauenden organischen Lebens. Sie pflückten davon, betrachteten und untersuchten die zarten Bechergebilde, schmückten ihre Knopflöcher damit, trugen sie heim, stellten sie in die Wassergläser auf ihren Zimmern; denn die unorganische Starre des Tales war lang gewesen, – lang, wenn auch kurzweilig.

Aber der Blumenschnee wurde mit wirklichem zugedeckt, und auch den blauen Soldanellen, den gelben und roten Primeln erging es so, die ihm folgten. Ja, wie schwer der Frühling es hatte, sich durchzuringen und den hiesigen Winter zu überwältigen! Zehnmal ward er zurückgeworfen, bevor er Fuß fassen konnte hier oben, – bis zum nächsten Einbruch des Winters, mit weißem Gestöber, Eiswind und Heizungsbetrieb. Anfang Mai (denn nun ist es gar schon Mai geworden, während wir von den Schneeblumen erzählten), Anfang Mai war es schlechthin eine Qual, in der Loggia nur eine Postkarte ins Flachland zu schreiben, so schmerzten die Finger vor rauher Novembernässe; und die fünfeinhalb Laubbäume der Gegend waren kahl wie die Bäume der Ebene im Januar. Tagelang währte der Regen, eine Woche lang stürzte er nieder, und ohne die versöhnenden Eigenschaften des hiesigen Liegestuhltyps wäre es überaus hart gewesen, im Wolkenqualm, mit nassem, starrem Gesicht, so viele Ruhestunden im Freien zu verbringen. Insgeheim aber war es ein Frühlingsregen, um den es sich handelte, und mehr und mehr, je länger er dauerte, gab er als solcher sich auch zu erkennen. Fast aller Schnee schmolz unter ihm weg; es gab kein Weiß mehr, nur hie und da noch ein schmutziges Eisgrau, und nun begannen wahrhaftig die Wiesen zu grünen!

Welch milde Wohltat fürs Auge, das Wiesengrün, nach dem unendlichen Weiß! Und noch ein anderes Grün war da, an Zartheit und lieblicher Weiche das Grün des neuen Grases noch weit übertreffend. Das waren die jungen Nadelbüschel der Lärchen, – Hans Castorp konnte auf Dienstwegen selten umhin, sie mit der Hand zu liebkosen und sich die Wange damit zu streicheln, so unwiderstehlich lieblich waren sie in ihrer Weichheit und Frische. »Man könnte zum Botaniker werden,« sagte der junge Mann zu seinem Begleiter, »man könnte wahr und wahrhaftig Lust bekommen zu dieser Wissenschaft vor lauter Spaß an dem Wiedererwachen der Natur nach einem Winter bei uns hier oben! Das ist ja Enzian, Mensch, was du da am Abhange siehst, und dies hier ist eine gewisse Sorte von kleinen gelben Veilchen, mir unbekannt. Aber hier haben wir Ranunkeln, sie sehen unten ja auch nicht anders aus, aus der Familie der Ranunkulazeen, gefüllt, wie mir auffällt, eine besonders reizende Pflanze, zwittrig übrigens, du siehst da eine Menge Staubgefäße und eine Anzahl Fruchtknoten, ein Andrözeum und ein Gynäzeum, soviel ich behalten habe. Ich glaube bestimmt, ich werde mir einen oder den anderen botanischen Schmöker zulegen, um mich etwas besser zu informieren auf diesem Lebens- und Wissensgebiet. Ja, wie es nun bunt wird auf der Welt!«

»Das kommt noch besser im Juni«, sagte Joachim. »Die Wiesenblüte hier ist ja berühmt. Aber ich glaube doch nicht, daß ich sie abwarte. – Das hast du wohl von Krokowski, daß du Botanik studieren willst?«

Krokowski? Wie meinte er das? Ach so, er kam darauf, weil

Dr. Krokowski sich neulich botanisch gebärdet hatte bei einer seiner Konferenzen. Denn der ginge freilich fehl, der meinte, die durch die Zeit gezeitigten Veränderungen wären so weit gegangen, daß Dr. Krokowski keine Vorträge mehr gehalten hätte! Vierzehntägig hielt er sie, nach wie vor, im Gehrock, wenn auch nicht mehr in Sandalen, die er nur sommers trug und also nun bald wieder tragen würde, – jeden zweiten Montag im Speisesaal, wie damals, als Hans Castorp, mit Blut beschmiert, zu spät gekommen war, in seinen ersten Tagen. Drei Vierteljahre lang hatte der Analytiker über Liebe und Krankheit gesprochen, – nie viel auf einmal, in kleinen Portionen, in halb- bis dreiviertelstündigen Plaudereien, breitete er seine Wissens- und Gedankenschätze aus, und jedermann hatte den Eindruck, daß er nie werde aufzuhören brauchen, daß es immer und ewig so weitergehen könne. Das war eine Art von halbmonatlicher »Tausendundeine Nacht«, sich hinspinnend von Mal zu Mal ins Beliebige und wohlgeeignet, wie die Märchen der Scheherezade, einen neugierigen Fürsten zu befrieden und von Gewalttaten abzuhalten. In seiner Uferlosigkeit erinnerte Dr. Krokowskis Thema an das Unternehmen, dem Settembrini seine Mitarbeit geschenkt, die Enzyklopädie der Leiden; und als wie abwandlungsfähig es sich erwies, möge man daraus ersehen, daß der Vortragende neulich sogar von Botanik gesprochen hatte, genauer: von Pilzen … Übrigens hatte er den Gegenstand vielleicht ein wenig gewechselt; es war jetzt eher die Rede von Liebe und *Tod*, was denn zu mancher Betrachtung teils zart poetischen, teils aber unerbittlich wissenschaftlichen Gepräges Anlaß gab. In diesem Zusammenhang also war der Gelehrte in seinem östlich schleppenden Tonfall und mit seinem nur einmal anschlagenden Zungen-R auf Botanik gekommen, das heißt auf die Pilze, – diese üppigen und phantastischen Schattengeschöpfe des organischen Lebens, fleischlich von Natur, dem Tierreich sehr nahe stehend, – Produkte tierischen Stoffwechsels, Eiweiß, Glykogen, animalische Stärke also, fanden sich in ihrem Aufbau. Und Dr. Krokowski hatte von einem Pilz gesprochen, berühmt schon seit dem klas-

30

sischen Altertum seiner Form und der ihm zugeschriebenen Kräfte wegen, – einer Morchel, in deren lateinischem Namen das Beiwort impudicus vorkam, und dessen Gestalt an die Liebe, dessen Geruch jedoch an den Tod erinnerte. Denn das war auffallenderweise Leichengeruch, den der Impudicus verbreitete, wenn von seinem glockenförmigen Hute der grünliche, zähe Schleim abtropfte, der ihn bedeckte, und der Träger der Sporen war. Aber bei Unbelehrten galt der Pilz noch heute als aphrodisisches Mittel.

Na, etwas stark war das ja gewesen für die Damen, hatte Staatsanwalt Paravant gefunden, der, moralisch gestützt durch des Hofrats Propaganda, die Schneeschmelze hier überdauerte. Und auch Frau Stöhr, die ebenfalls charaktervoll standhielt und jeder Versuchung zu wilder Abreise die Stirne bot, hatte bei Tische geäußert, heute sei Krokowski denn aber doch »obskur« gewesen mit seinem klassischen Pilz. »Obskur«, sagte die Unselige und schändete ihre Krankheit durch namenlose Bildungsschnitzer. Worüber aber Hans Castorp sich wunderte, war, daß Joachim auf Dr. Krokowski und seine Botanik anspielte; denn eigentlich war zwischen ihnen von dem Analytiker ebensowenig die Rede wie von der Person Clawdia Chauchats oder der Marusjas, – sie erwähnten ihn nicht, sie übergingen sein Wesen und Wirken lieber mit Stillschweigen. Jetzt aber also hatte Joachim den Assistenten genannt, – in mißlaunigem Tone, wie übrigens auch schon seine Bemerkung, daß er die volle Wiesenblüte nicht abwarten wolle, recht mißlaunig geklungen hatte. Der gute Joachim, nachgerade schien er im Begriff, sein Gleichgewicht einzubüßen; seine Stimme schwankte beim Sprechen vor Gereiztheit, er war an Sanftmut und Besonnenheit durchaus nicht mehr der alte. Entbehrte er das Apfelsinenparfüm? Brachte die Fopperei mit der Gaffky-Nummer ihn zur Verzweiflung? Konnte er nicht mit sich selber ins Reine darüber kommen, ob er den Herbst hier erwarten oder falsche Abreise halten sollte?

Zerstreutes Hinausschauen

Was werden wir in diesen Frühlingstagen tun, die jetzt rasch kommen? Heute früh war der Himmel grau, geht man aber jetzt zum Fenster, so ist man überrascht und lehnt die Wange an die Klinke des Fensters.

Unten sieht man das Licht der freilich schon sinkenden Sonne auf dem Gesicht des kindlichen Mädchens, das so geht und sich umschaut, und zugleich sieht man den Schatten des Mannes darauf, der hinter ihm rascher kommt.

Dann ist der Mann schon vorübergegangen und das Gesicht des Kindes ist ganz hell.

WILHELM RAABE

April

Der April, der einst mensis novarum hieß, ist der wahre Monat des Humors. Regen und Sonnenschein, Lachen und Weinen trägt er in seinem Sack; und Regenschauer und Sonnenblicke, Gelächter und Tränen brachte er auch diesmal mit, und manch einer bekam seinen Teil. Ich liebe diesen janusköpfigen Monat, welcher mit dem einem Gesichte grau und mürrisch in den endenden Winter zurückschaut, und mit dem anderen jugendlich fröhlich dem nahen Frühling entgegenlächelt. Wie ein Gedicht Jean Pauls greift er hinein in seine Schätze und schlingt ineinander Reif und keimendes Grün, verirrte Schneeflocken und kleine Marienblümchen, Regentropfen und Veilchenknospen, flackerndes Osterfeuer und Schneeglöckchen, Aschermittwochsklagen und Auferstehungsglocken.

Ich liebe den April, welchen sie den Veränderlichen, den Unbeständigen nennen, und den sie mit »Herrengunst und Frauenlieb« in einen so böswilligen Reim gebracht haben.

Ich wurde diesen Morgen schon ziemlich früh durch das Geräusch des Regens, der an meine Fenster schlug, erweckt, blieb aber noch eine geraume Zeit liegen und träumte zwischen Schlaf und Wachen in diese monotone Musik hinein. Das benutzte ein schadenfroher Dämon des Trübsinns und des Ärgernisses, um mich in ein Netz trauriger, regenfarbiger Gedanken einzuspinnen, welches mir Welt und Leben in einem so jämmerlichen Lichte vorspiegelte und so drückend wurde, daß ich mich zuletzt nur durch einen herzhaften Sprung aus dem Bette daraus erretten konnte.

Aprilwetter! Die Hosen zog ich – wie weiland Freund Yorik – bereits wieder als ein Philosoph an, und der erste Sonnenblick, der pfeilschnell über die Fenster der gegenüberliegenden Häuser und die Nase des mir zuwinkenden Strobels glitt, vertrieb alle

Nebel, welche auf meiner Seele gelastet hatten. Frischen Mutes konnte ich mich wieder an meine Vanitas setzen, und als ich gar in einem der schweinsledernen, verstaubten Tröster, die ich gestern von der königlichen Bibliothek mitgebracht hatte, eine alte vertrocknete Blume aus einem vergangenen Frühling fand, konnte ich schon wieder die seltsamsten Mutmaßungen über die Art und Weise, wie das tote Frühlingskleid zwischen diese Blätter kam, anstellen. Hatte sie vielleicht an einem lang vergangenen Feiertage ein uralter, längst vermoderter Kollege mitgebracht von einem lustigen Feldwege, oder hatte sie vielleicht eins seiner Kinder spielend in dem Folianten des gelehrten Vaters gepreßt? Hatte sie etwa ein Student von der Geliebten erhalten und hier aufbewahrt und vergessen? Welche Vermutungen! Hübsch und anmutig, und umso hübscher und anmutiger, als sie nicht unwahrscheinlich sind.

Oh, versteht es nur, Blumen zwischen die öden Blätter des Lebens zu legen; fürchtet euch nicht, kindisch zu heißen bei zu klugen Köpfen; ihr werdet keine Reue empfinden, wenn ihr zurückblättert und auf die vergilbten Angedenken trefft!

Sei mir gegrüßt, wechselnder April, du verzogenes Kind der alten Mutter Zeit und …

LEW TOLSTOI

Frühling

In dem Jahr, in welchem ich die Universität bezog, fiel das Osterfest spät in den April, so daß die Prüfungen auf die Woche nach dem Sonntage Quasimodogeniti angesetzt waren, und somit mußte ich in der Passionswoche sowohl zu den Sakramenten gehen als auch mein Studium fürs Examen beenden.

Das Wetter war nach dem nassen Schnee – von dem Karl Iwanowitsch zu sagen pflegte: »Der Sohn löst den Vater ab,« – schon seit etwa drei Tagen windstill, warm und klar. Auf den Straßen sah man kein Fleckchen Schnee mehr, statt des schmutzigen Breies erschienen das feuchtglänzende Pflaster und schnell dahinrieselnde Rinnsale. Von den Dächern tauten im Sonnenschein die letzten Tröpfchen herab, im Vorgärtchen schwollen die Knospen der Bäume, auf dem Hofe führte ein trockener Pfad zum Pferdeställe hin, vorüber am gefrorenen Düngerhaufen, und an der Veranda grünte zwischen den Steinen moosiges Gras. Es war die Zeit des Frühlings, die am allerstärksten auf die menschliche Seele einwirkt: überall helles, leuchtendes, aber nicht heißes Sonnenlicht, Bächlein und von Schnee befreite Stellen, duftige Frische in der Luft und ein zartblauer Himmel mit langen, durchsichtigen Wölkchen. Ich weiß nicht warum, aber mir scheint dieses erste Frühlingserwachen in der großen Stadt noch fühlbarer und mächtiger auf die Seele zu wirken, – man sieht weniger davon, aber man ahnt desto mehr. Ich stand vor dem Fenster, durch dessen Doppelscheiben die Morgensonne staubige Strahlen auf den Fußboden meines mir bis zur Unerträglichkeit überdrüssig gewordenen Unterrichtszimmers warf, und bemühte mich, an der Tafel eine lange algebraische Gleichung zu lösen. In einer Hand hielt ich die zerrissene, zerdrückte »Algebra« von Franker, in der andern ein kleines Stück Kreide, mit der ich schon beide Hände, mein Gesicht und die

Ellbogen meines Rockes beschmutzt hatte. Nikolaj – mit vor-
gebundener Schürze und aufgestreiften Ärmeln – schlug an dem
Fenster, das in das Vorgärtchen führte, die Winterverklebung ab
und bog die Nägel zurück. Seine Arbeit und das Geklopfe, das
er vollführte, störten meine Aufmerksamkeit. Überdies war ich
in sehr schlechter, mißvergnügter Stimmung. Alles mißglückte
mir: ich hatte bei Beginn der Rechnung einen Fehler gemacht,
so daß ich noch einmal von vorne anfangen mußte; die Kreide
hatte ich zweimal fallen lassen, ich fühlte, daß ich mir Gesicht
und Hände schmutzig gemacht hatte, der Schwamm war nicht
zu finden, der Lärm, den Nikolaj machte, ließ meine Nerven
schmerzlich erzittern. Ich hatte Lust, mich zu ärgern und zu
schelten; ich warf Kreide und Buch beiseite und begann im Zimmer auf- und niederzugehen. Doch da erinnerte ich mich, daß
wir heute zur Beichte gehen sollten und daß ich mich daher von
allem Bösen zurückhalten müßte, und plötzlich überkam mich
ein eigentümlicher, sanfter Gemütszustand, und ich trat an Nikolaj heran.

»Erlaube, daß ich dir helfe, Nikolaj,« sagte ich, indem ich
mich bemühte, in sanftestem Tone zu sprechen; der Gedanke,
daß ich gut handelte, wenn ich meinen Ärger unterdrückte und
ihm half, verstärkte in mir noch diese weiche Gemütsstimmung.

Die Verklebung war heruntergeklopft, die Nägel waren zu-
rückgebogen, aber obgleich Nikolaj mit aller Kraft an dem
Querholz zog, gab der Fensterrahmen nicht nach.

»Wenn der Rahmen jetzt, sobald ich ziehen helfe, herauskommt,« dachte ich, »so bedeutet es Sünde, und ich darf heute
nicht mehr studieren.« Der Rahmen gab seitwärts nach und ließ
sich herausnehmen.

»Wohin soll ich ihn tragen?« fragte ich.

»Erlauben Sie, ich werd' allein fertig werden,« erwiderte Nikolaj, sichtlich erstaunt und, wie es schien, gar nicht zufrieden
mit meinem Eifer; »man darf sie nicht verwechseln, ich habe sie
dort in der Bodenkammer nach Nummern geordnet.«

»Ich werd' ihn mir merken,« sagte ich, den Rahmen hochhebend. Ich glaube, wenn die Bodenkammer zwei Werst entfernt und der Fensterrahmen doppelt so schwer gewesen wäre, so hätte mich das gefreut. Ich wollte mich abmühen, indem ich Nikolaj diese Gefälligkeit erwies. Als ich ins Zimmer zurückkam, waren die Ziegelsteinchen und Salzpyramidchen bereits auf dem Fensterbrett zusammengeschoben, und Nikolaj kehrte mit einem Flederwisch Sand und schläfrige Fliegen zum offenen Fenster hinaus. Die frische, wohlriechende Luft war schon ins Zimmer gedrungen und füllte es ganz. Durch das Fenster tönte der Lärm der Stadt und das Zwitschern der Sperlinge im Vorgarten.

Alle Gegenstände waren hell beleuchtet, das Zimmer sah heiterer aus, ein leichter Frühlingswind bewegte die Blätter meiner Algebra und die Haare auf Nikolajs Kopf. Ich trat ans Fenster, setzte mich aufs Fensterbrett, beugte mich hinaus in den Vorgarten und versank in Gedanken.

Ein mir neues, außerordentlich starkes und angenehmes Gefühl erfüllte plötzlich meine Seele. Die feuchte Erde, aus der hier und da hellgrüne Grashalme auf gelben Stengeln hervorsproßten, die in der Sonne glänzenden Bächlein, in denen Erdstückchen und Späne tanzten, die rötlich schimmernden Fliederzweige mit den dicken Knospen, die gerade unter meinem Fenster schaukelten, das geschäftige Zwitschern der Vöglein, die im Gesträuch hin- und herflatterten, der schwärzliche, von zergehendem Schnee nasse Zaun und vor allem die würzige, feuchte Luft und der fröhliche Sonnenschein, – all das sprach zu mir laut und verständlich von etwas Neuem, Schönem, das ich zwar nicht so wiedergeben kann, wie es zu mir sprach, aber das ich mich bemühen will, so wiederzugeben, wie ich es aufnahm, – alles sprach mir von Schönheit, Glück und Tugend, sagte mir, daß eines und das andere für mich leicht und erreichbar sei, daß eines ohne das andere nicht sein könne, und sogar, daß Schönheit, Glück und Tugend ein und dasselbe seien. »Wie habe ich das nicht verstehen können? Wie schlecht war ich früher! Wie gut und glücklich könnte und kann ich doch in Zukunft sein!«

sprach ich zu mir selbst; »gleich, gleich, noch in diesem Augenblick muß ich ein anderer Mensch werden und ein neues Leben beginnen!« Dessenungeachtet saß ich noch lange untätig und in Träumereien versunken auf dem Fensterbrett.

Ist es euch einmal passiert, daß ihr euch an einem Sommernachmittage bei trübem, regnerischem Wetter schlafen legtet und, bei Sonnenuntergang erwachend, die Augen aufschlugt und durch das Fensterviereck, welches unterhalb der leinenen, aufgeblähten und gegen das Fensterbrett schlagenden Stores sichtbar ist, die regennasse, violett schimmernde Schattenseite einer Lindenallee und den feuchten Gartenpfad, der von schrägfallenden Sonnenstrahlen beleuchtet ist, erblicktet, plötzlich das lustige Treiben der Vögel im Garten hörtet und die Insekten sahet, die, von der Sonne durchleuchtet, in der Fensteröffnung umherflattern, den Duft der regenfrischen Luft spürtet und euch dachtet: »Schäme ich mich denn wirklich nicht, einen solchen Abend zu verschlafen!« und daß ihr dann schnell aufsprangt, um in den Garten zu gehen und euch des Lebens zu freuen? Wenn euch das je passiert ist, so habt ihr einen Begriff von dem mächtigen Gefühl, das ich in jener Stunde empfand.

»... *bestimmte Dinge geschahen nur an Ostern*«

Märchenhafte Osterzeit

ZSUZSA BÁNK

Ostern

Évi mochte den Winter nicht, und wenn er kam, mit Eis und Schnee, setzte sie alles daran, ihn nicht zu beachten, seine nassen, dunklen Tage zu übergehen, wenn die Scheiben beschlugen und sie Küchentücher in die Rahmen steckte, damit Wind und Regen draußen blieben. Erst wenn der Frost seine Spuren zeichnete und die Fenster nicht mehr freigab, hörte sie auf, den Winter zu leugnen, wenn sie auch im Haus die fingerlosen Handschuhe trug und Aja nicht länger in ihrem Zimmer schlief, weil ihr Atem in der kalten Luft zu sehen und ihr Kopfkissen klamm geworden war. Dann ließ sie Aja neben sich auf der Liege schlafen und erzählte ihr jeden Abend dieselbe Geschichte, die Aja später Karl und mir erzählte, vom Frühling, der einen großen Hut mit flatternden gelben Bändern trägt und anklopft, um einen müden Winter abzulösen und über Nacht Frost und Schnee und Eisblumen zu vertreiben. Évi suchte die dunklen Monate zu verkürzen, die Zeit allein durchs Erzählen zu beschleunigen, während sie Aja mit allen Decken und Tüchern zudeckte, die sie finden konnte, und sich zum Schlafen neben sie legte, ohne die fingerlosen Handschuhe abzuziehen. Bevor Aja aufwachte, stieg Évi aus dem Bett, wischte mit dem Handrücken über die Glastür und suchte den Himmel nach einem Zeichen des Frühlings ab, wie sie sagte, zog Stiefel über die nackten Füße und den Mantel übers Nachthemd, schlug mit einem großen Stock, den sie am Abend vor die Stufen gelegt hatte, rund ums Haus an die Wasserleitung und die Regenrinne, um das Eis zu lösen, kochte Tee, wärmte sich die Hände im heißen Dampf und brachte das Frühstück ins Zimmer, damit Aja unter ihren Decken blieb, bis der Tee sie gewärmt hatte und sie ihr Bett verlassen konnte, ohne zu frieren.

Im Winter verbrachte Évi viel Zeit am Fenster. Wenn wir an

ihrem Tisch saßen und ein Blatt nach dem anderen bemalten, mit dicken Stiften, die Évi mit dem Küchenmesser spitzte, wenn wir unsere Lieder sangen und bunte Karten legten, mischten und neu verteilten, stand sie neben ihren kurzen Gardinen und schaute hinaus, als könne sie den Augenblick verpassen, in dem sich der Winter zurückziehen würde. Sobald Aja das Februarblatt vom Kalender riss, verlegte Évi ihr Leben in den Garten und fing an, die Tage bis Ostern an den Händen abzuzählen, so wie meine Mutter es ihr gezeigt hatte. Es war ihr gleich, ob Himmel und Wetter mitspielten, ob es bis weit in den April hinein eisig blieb und noch einmal Schnee auf ihr Dach fiel, auf das Zigi im Herbst geklettert war, um es abzutasten und zu flicken. Sie packte Mützen und Schals schon in Kisten, sobald die Tage nur länger und heller wurden, ließ sie in ihrem neuen Schrank verschwinden, als müsse sie sofort alles loswerden, was zum Winter gehörte, und sie blieb stur in diesen Dingen. Auch wenn der Wind an ihren Haaren zerrte, ging Aja im April schon ohne Mütze, in dünner Jacke und in Schuhen, die erst für den Sommer gut waren. Évi setzte Lilien in Töpfe, obwohl jeder sagte, bis Mai werde es nachts Frost geben, und war sie an den Nachmittagen nicht im Fotoladen, stand sie im Garten und nahm Erde aus großen Tüten, die jemand vom Blumengeschäft im Fahrradanhänger gebracht hatte. Wenn es nach zwei Sonnentagen und einem täuschend blauen Himmel, unter dem Évi in ihrem Korbstuhl gesessen hatte, wieder kälter wurde, ging sie nachts im Bademantel nach draußen, kniete im Gras, legte ihre flachen Hände auf den Boden, und wenn er hart von Frost war, sammelte sie die Töpfe mit den Lilien ein und stellte sie hinter den Hühnern ins Gartenhäuschen, das Zigi in einem dieser Herbste gezimmert hatte. Aja brauchte nur die dunklen Flecken auf Évis Bademantel zu sehen und wusste, Évi hatte nachts den Boden abgetastet und die Kübel eingesammelt und dann, bevor Aja aufwachte, auf ihre Abdrücke im Garten zurückgestellt, als wolle sie geheim halten, dass sie die Blumen noch vor Frost schützen musste, als sei es ihre Schuld, dass der Frühling uns noch immer warten ließ.

Jeden Abend zählten wir im Kalender die Tage bis Ostern, in dreiundzwanzig, in zweiundzwanzig Tagen, zählten wir, und Évi jammerte, wie wenig Zeit ihr bleibe, alles vorzubereiten. Sie aß wenig in diesen Wochen, es fiel ihr nicht schwer zu verzichten, auf die vielen Dinge, die es sonst in ihrer Küche gab, nur auf den kleinen schwarzen Kaffee am Morgen, den sie wie Zigi in zwei Zügen aus ihrer roten Tasse trank und nach dem sie süchtig war, wie sie oft genug sagte. Wenn Aja fragte, warum nur sie ihr Haus noch nicht geschmückt hätten, wo man in ganz Kirchblüt schon bunte Eier in die Vorgärten gehängt habe, schüttelte Évi den Kopf und schimpfte, diese Leute wüssten nichts von Ostern. Sie hatte meine Mutter gebeten, dass ich in der Osternacht und am Ostersonntag bei ihr bleiben dürfe, und weil meiner Mutter nie viel daran lag, ließ sie es zu, vielleicht auch, weil Évi in einem Ton gefragt hatte, als dürfe sie es ihr nicht abschlagen.

Freitags saß ich schon an ihrem Tisch, während Évi mit der Kelle klare Suppe mit Linsen in unsere Teller gab, die sie nur an diesem einen Tag im Jahr kochte, der in ihrer Sprache Großer Freitag hieß und den sie weiter so nannte, weil sie fand, es klinge besser als Karfreitag. Später stellte sie den Klappspiegel neben der Spüle auf, wickelte ein dunkles Tuch um ihren Kopf und klopfte am Zaun ihren guten Mantel mit dem Kochlöffel ab, weil sie nichts anderes zur Hand hatte. Dann ging sie mit ihren schnellen, leichten Schritten zur Pforte und den Weg hinab, unter dem ersten Grün der Bäume, um bei der Karfreitagsandacht auf die zwei roten Stickrosen ihres Taschentuchs zu weinen. Selbst auf dem Weg zurück weinte sie noch, wenn wir in unseren Linden saßen und schon an der Brücke sehen konnten, wie sie sich die Tränen wegtupfte und den Regenschauer nicht beachtete, der Aja und mich zurück ins Haus jagte und der die Schultern von Évis Mantel getränkt hatte, wenn sie das Fliegengitter löste und sich schüttelte. Am Abend heulte der Wind vor den Fenstern, und Évi erzählte uns, was sie gehört hatte, sie ließ diesen Namen fallen, mit dem man in ihrer Nähe schnell in Berührung kam, Pontius Pilatus, der gesagt habe, man solle nicht Jesus von Nazareth, König der Juden, auf das Kreuz schreiben, sondern, es ist nur der, der gesagt hat, er sei Jesus von Nazareth, König der Juden. Später hörte sie mit einem Satz auf, über dem sie still wurde und jedes Jahr aufs Neue ins Grübeln geriet, als habe sie ihn zum ersten Mal vernommen, der über dem Küchentisch aufstieg und über unseren Köpfen zu kreisen begann, sobald Évi ihn gesagt hatte, und der lange nachhallte, weil sie ihn so ausgesprochen hatte, dass er nicht zu übergehen und nicht wegzudenken war. Was ich geschrieben habe, habe ich geschrieben, mit diesem letzten Satz schickte uns Évi ins Bett, wo es uns nicht gelingen wollte, wie sonst zu kichern und unsere Lieder zu singen, weil diese Worte weiter durchs Zimmer schwebten und an die dünnen Wände stießen, als suchten sie einen Weg hinaus und fänden ihn nicht, und weil sie den Schlaf von uns fernhielten, auf den wir am Abend des Großen Freitags warteten wie sonst nie.

Zur Osternacht trug Aja ein neues Kleid, das ihr bis zu den Knöcheln reichte. Évi hatte es aus hellbraunem Samt genäht, den sie in einer Auslage entdeckt und der nicht viel gekostet hatte, ohne Schnittbogen und ohne Maß zu nehmen, nur mit einem Stück weißer Kreide, mit dem sie in schnellen Bewegungen auf die Innenseite des Stoffs und das Futter Striche gezogen hatte, weil sie kein Metermaß brauchte und es ihr reichte, auf Aja zu schauen, wenn sie von einer losen Platte zur nächsten zum Tor sprang, um zu wissen, wie weit und wie lang es zu sein hatte. Évi legte ein Kopftuch übers Haar und band es unter dem Kinn zusammen, zog uns den Scheitel nach, mit dem Kamm aus Horn, der neben dem Fliegengitter an einer Schnur hing, nahm uns an den Händen, und während über uns der Wind Wolken jagte, liefen wir zur Kirche, mit gleich schnellen Schritten, als hätten wir es plötzlich eilig, als könnten auch Aja und ich das lange Warten bis zur Lichtfeier nicht mehr aushalten.

Auf dem großen Platz standen wir um ein Feuer, aus dem der Wind Funken trieb und das uns kaum wärmte, bevor wir in die Kirche traten, in eine Dunkelheit, die später von vielen Lichtern durchbrochen werden würde. Aja und ich kämpften gegen den Schlaf, zupften an unseren Jacken, die wir an die Haken vor uns gehängt hatten, und schauten auf Évi, ich konnte sehen, wie sich ihre Züge lösten und ihr Blick sich änderte, selbst wenn sie den Kopf gesenkt hielt, konnte ich es sehen, jetzt, da sie ihre Hände zusammenlegte, das Kinn zur Brust neigte und die Lippen ohne einen Laut bewegte. In den Wochen vor Ostern war sie schweigsam gewesen, sie schien verschwunden, selbst wenn sie da gewesen war, und wenn wir sie etwas gefragt hatten, hatte es gedauert, bis sie eine Antwort hatte geben können, die knapper ausgefallen war als sonst, als habe Évi es sich auferlegt, in der Zeit vor Ostern wenig zu reden. Jetzt wartete sie zwischen Aja und mir auf sieben Wörter: In dieser Nacht zu vertreiben das Dunkel, um auf dem Weg zurück wie erlöst durch Kirchblüt zu gehen, vorbei an den Lichtern vor Fenstern und Türen, die uns den Weg hinaus zu den Feldern leuchteten. Nachdem Évi in den jüngsten Wochen so leise wie möglich durchs Haus und über die schmalen Pfade ringsum gelaufen war, sang sie jetzt und schlug mit den Absätzen aufs Pflaster, das noch nass vom letzten Schauer war. Aja und ich hatten uns die Finger am heißen Wachs der Kerzen verbrannt, aber es machte uns nichts, da Évi wieder redete und summte und sich bewegte wie sonst, da wir sie wiederhatten und wenige Schritte hinter ihr durch die stillen Straßen sprangen.

In der Osternacht ging Évi nicht schlafen. Sie war nicht müde in diesen Stunden, in denen die Zeit gegen sie lief, weil sie viel zu tun hatte bis zum Morgen, wenn wir aufwachen und mit einer Decke über den Schultern in den Garten eilen würden. Sie ließ ein Feuer brennen, in einer großen Schale aus Eisen, über der sie im Sommer auf einem Rost Kartoffeln briet, den sie jetzt aber abgenommen hatte, um Holzscheite zu stapeln. Wir sahen das Feuer vor Ajas Zimmer, vor dem kleinen Fenster mit den kurzen Vorhängen, sein rotgelbes Licht und seine Funken, die es zum Osterhimmel schickte, und wir hörten, wie es knackte zu Évis Summen und Pfeifen, bevor Aja unter flackernden Schatten wegdämmerte. Sie sang im Schlaf, aber kein Lied, das wir auf unseren Wegen durch den Wald sangen: Es tanzt ein …, Es tönen die …, Es klappert die …, wenn wir von den Rädern sprangen, in einem Meer aus Felsen verschwanden und einen Unterschlupf fanden. Es klang wie eine Geschichte, die sie vor dem Morgen noch loswerden wollte, und etwas ließ sie dabei aussehen wie Zigi, eingewickelt in bunte Decken, die Évi aus Stoffresten genäht hatte, ihr Gesicht zu mir gedreht, auf ihrer Hand mit den drei Fingern, das wirre Haar in der Stirn, ohne dass es sie gestört hätte – als liege plötzlich Zigi neben mir, geschrumpft auf Ajas Größe.

Évi hatte so viele Eier versteckt, dass wir bis Mittag suchen konnten, und wir wurden nicht müde davon, auch später nicht, als wir an keinen Hasen mehr glaubten, der bemalte Eier über die Felder zu uns brachte. Wir warfen uns in Nachthemden ins morgennasse Gras, rutschten unter Sträucher, unter die drei Stufen, die vom Fliegengitter zu den losen Platten hinabführten, öffneten das Häuschen, das Zigi gezimmert hatte, und den Verschlag mit den Hühnern, die hochflatterten und die Federn aufwirbelten. Wir streiften den Zaun und kletterten in die Bäume, um das Gras mit unseren Blicken abzusuchen, und weil Évi jedes Mal Verstecke vergaß, fanden wir Wochen später noch Eier, die der Regen aufgeweicht oder ein Tier angenagt hatte. Évi hatte die Nacht über Eier mit Zwiebelschalen eingerieben und mit einem Pinsel Schleifen aufgetragen, die wie Zuckerguss aussahen, hübscher als die Verzierungen der Torten, die es in der Konditorei hinter dem großen Platz zu kaufen gab. Sie hatte Eier in eine Schüssel ausgeblasen, und am Morgen briet sie für uns Rühreier in einer Pfanne, die schief über der Flamme stand. Sie hatte feine Bänder durch die Schalen gezogen und die Eier an Weidenzweige gehängt, deren Enden sie vor Wochen schon mit einem Hammer aufgeschlagen hatte, damit sie bis Ostern grün würden. Um die Bäume hatte sie gelben Krepp gewickelt und die Kissen in neue Bezüge gesteckt, die sie im Winter unter ihrer kleinen Lampe am Küchentisch genäht hatte. Sie hatte Kuchen in einer Lammform gebacken, Aja und ich hatten ihn durch ein feines Sieb mit Puderzucker bestäuben dürfen, und als meine Mutter mittags kam und Évi mit dem Messer sah, sagte sie, er sei zum Anschneiden zu schön, wir könnten unmöglich davon essen. Sie legte den Kopf in den Nacken und schaute in die geschmückten Zweige, sie staunte über die Eier, die Aja und ich im Gras gesammelt und in Körbe gelegt hatten, über alles, was Évi in dieser Nacht aus ihrem Garten gemacht hatte, am meisten aber über die Hasen, denen Évi grüne Schleifen um den Hals gebunden hatte und die Aja und ich aus dem Stall holen und auf unsere Brust setzen durften.

Jedes Jahr blieb ich an Ostern bei Évi, auch später, als sie aufhörte, Eier mit Zwiebelschalen zu färben, und nur noch Pulver aus Tütchen in Essigwasser auflöste. Meine Mutter hatte nichts dagegen, sie genoss die stillen Tage, und weil ihr nichts an Ostern lag, fiel es ihr nie schwer, Évi diese Freude zu machen. Irgendwann durfte auch Karl über die Feiertage zu Évi, obwohl seine Mutter gefragt hatte, wie Évi zu einem Gott beten könne, der es ihrem Kind erlaubt habe, in einen Wagen zu steigen und mitzufahren, und es geklungen hatte, als habe Évi Schuld daran. Als könne man ihr den Vorwurf machen, zu einem Gott zu beten, der es zugelassen hatte, dass Karls Mutter jede Straße, jeden Weg in Kirchblüt und jeden Baum im nahen Wald abgesucht hatte, um eine Spur zu finden, der ihr nichts gelassen hatte als ein Kästchen mit Murmeln, und Évi hatte keine Antwort gewusst und war den ganzen langen Abend still geblieben. Karl fand schnell Gefallen an Évis Ostern, vielleicht, weil alle Feste aus seinem Leben verschwunden waren, sogar Weihnachten, das sie kaum mehr feierten, seit Ben nicht mehr bei ihnen war. Jedes Jahr hatten Karls Eltern etwas davon weggenommen, erst die Sterne und Kugeln am Weihnachtsbaum, dann die Lichter, die Spitze, später den Baum selbst, den sie durch einen Kranz ersetzten, dann auch den Kranz, für den sie eine Kerze aufstellten, und irgendwann selbst diese eine Kerze, die Lieder und Geschenke, bis sie alles seinließen, bis sie den Tag und das Fest vergaßen und sich nicht beraubt, sondern leichter fühlten, so jedenfalls sagte es Karls Mutter, weil sie Weihnachten ohne Ben nicht mehr feiern mussten.

Évi glaubte, bestimmte Dinge geschahen nur an Ostern, nur an diesen zwei Tagen im Jahr, an denen der Himmel am Morgen nach der Lichtfeier anders aussah. Deshalb wunderte es sie nicht, dass Karl ausgerechnet an einem Ostersonntag etwas einfiel, mit dem er seine letzte Erinnerung an seinen Bruder verfeinern und sein letztes Bild von ihm zu Ende malen konnte. Vielleicht war es, weil die Hühner hochgeflattert waren und mit ihren Flügeln gegen das Drahtnetz geschlagen hatten, als wir beim Eiersuchen die Tür zu ihrem Käfig geöffnet hatten, jedenfalls erinnerte sich Karl daran, dass sein Bruder an ihrem letzten gemeinsamen Sonntag früher als sonst zu ihm und seiner Mutter gebracht worden war, weil sein Vater mit dem Wagen eine weite Strecke hatte fahren müssen, vier, fünf Stunden in eine Stadt im Süden, wo er an diesem Tag noch arbeiten sollte. Als sie klopften, war seine Mutter noch im Morgenmantel gewesen, was sonst nie geschah, weil sie schon am Frühstückstisch gewaschen, angezogen und gekämmt war und das Gleiche von ihren Kindern verlangte. Ben hatte in der geöffneten Tür gestanden und sich länger als sonst von seinem Vater verabschiedet, als hätten sich die beiden nicht trennen wollen, als hätten sie am Morgen oder am Abend davor gestritten und sich nicht aussöhnen können. Als Karls Vater sich umdrehte, um loszugehen, flog ein kleiner schwarzer Vogel über ihren Köpfen ins Haus und flatterte dicht unter der Decke in den Flur, über die Treppen und in die Küche, wo er über frischen Brötchen und heißem Kakao kreiste und heftig mit dem Schnabel und den Flügeln gegen das Fensterglas schlug.

Karl und Ben sprangen kreischend hinter ihm her, ein bisschen aus Angst, ein bisschen vor Aufregung, als ihr Vater einen Besen aus der schmalen Kammer nahm und den Vogel hinauszuscheuchen versuchte, zurück zur Diele, wo er ihm entwich und zu den Treppen flog, als wolle er hinauf zu den Zimmern, zu ihren Betten und Schränken, bis er die Richtung erneut änderte und sich in den dicken Vorhängen verfing, die sonst die kalte Luft abwehrten, jetzt aber zur Seite gezogen waren und Karls Mutter versteckten, als habe sie Angst vor einem kleinen schwarzen Vogel, der ins Haus geflogen war und nicht hinausfand, der sich festkrallte am schweren Stoff, wo alle sehen konnten, wie schnell er atmete und wie heftig seine Flügel zitterten. Ben und Karl zerrten am Samt der Vorhänge, sie riefen und ruderten mit den Armen, als könnten sie ihm den Weg zeigen, bis sich der Vogel freiflatterte und durch die weitgeöffnete Tür endlich hinausfand, um so schnell von zwei Buchen verschluckt zu werden, als habe es ihn gar nicht gegeben.

Ostermärchen

Am Abend vor Gründonnerstag lag der kleine Fritz mit wachen Augen im Bett und konnte und konnte nicht einschlafen. Beständig mußte er an morgen denken, wo er mit seinen Geschwistern – wie alle Jahre – Ostereier suchen würde. Wieviel es wohl sein und wie sie wohl aussehen und wie groß sie sein würden?

Während er noch darüber nachsann, hörte er plötzlich hinter sich ein feines Stimmchen seinen Namen rufen. Mehr erstaunt als erschreckt, drehte er sich um und sah – einen kleinen Hasen auf dem Stuhl am Kopfende seines Bettes sitzen.

»Mein Name ist Kohlfraß«, sagte das Häschen. »Darf ich Dich zu einem Spaziergange einladen?«

Fritzchen verwunderte sich zwar ein bißchen über den Einfall, jetzt spazierenzugehen, erklärte sich aber bereit und folgte, nachdem er sich angezogen, dem Häschen, das in schnellem Laufe durch Zimmer und Vorsaal, die Treppen hinunter, zur Stadt hinaus, über Wiesen und Felder voraneilte. Schneller war Fritz noch nie gelaufen. Endlich hielt sein Führer vor einem hohen Felsen. »Dies ist der Osterhasen-Palast«, sagte Kohlfraß. »Hier werden die Eier verfertigt, die wir Hasen dann in den Gärten und Stuben für artige Kinder verstecken. Eigentlich dürfen Kinder hier nicht hinein. Da Du aber besonders brav gewesen bist, so will ich Dir heute einmal alles zeigen.«

Hierauf zog das Häschen aus einem seiner Ohren ein Schlüsselchen hervor, das es in eine Felsritze steckte. Sogleich öffnete sich eine Thüre und sie traten in einen finstern Gang. Plötzlich ward es hell, und nun standen sie vor einem ungeheueren offenen Thore, durch das man in einen großen, hellen Saal schaute, der wieder in drei kleinere Säle abgeteilt war. Vor dem Thore stand eine Hasen-Schildwache mit einem Gewehre, das sie sofort auf Fritzchen anlegte.

Dieser flüchtete erschreckt hinter seinen Begleiter.

Kohlfraß aber raunte der Schildwacht nur ein Wörtchen zu, worauf diese sogleich das Gewehr senkte und ehrerbietig präsentierte. Die zwei traten nun in den ersten Saal.

»Hier werden die Eier gelegt«, erklärte Kohlfraß.

Fritzchen sah mit Staunen: Da kauerten Tausende von Hasen und Häschen am Fußboden, der mit weichem Moos belegt war. Sie hielten sämtlich die Vorderpfoten in die Seiten gestemmt und stöhnten und keuchten ganz schrecklich – das Legen mußte doch sehr anstrengend sein! –, während der Eierhaufen neben einem jeden immer größer und größer wurde. Es waren auch Zuckerhasen darunter, die legten natürlich Zuckereier. Fritzchen sah auch welche aus Marzipan, Chokolade, ja aus Glas – und sogar aus purem Golde! Ging einmal ein Ei entzwei, dann geschah was Schnurriges: Es schlüpfte nämlich sofort ein Häschen daraus, das sogleich fleißig mit legen half. Andere Hasen gingen umher, sammelten die Eier in Körbchen und trugen diese fort.

Fritzchen wurde nun von seinem Begleiter in den zweiten Saal geführt. Hier saßen Tausende von Hasen auf Kohlblättern, große Farbentöpfe neben sich und Pinsel in den Pfoten. Fritzchen bemerkte, daß sie fast alle mit Farbenklexen bespritzt waren. Sie trugen große Brillen auf der Nase, ließen die Ohren hängen und thaten sehr wichtig.

»Die Maler«, erklärte Kohlfraß.

Fritzchen beobachtete mit Vergnügen, wie die langohrigen Künstler mit erstaunlicher Geschwindigkeit die Eier rot, gelb, blau und grün bepinselten, allerlei Figuren hineinkratzten und auf den Zucker- und Chokoladen-Eiern mittels kleiner Spritzen Herzen, Namenszüge und andere Formen aus Zuckerguß anbrachten.

Die auf diese Weise fertiggestellten Eier wurden von anderen Hasen in den dritten Saal geschafft, wo sie, sorgfältig mit Moos umhüllt, in Körbe gepackt und von Hasen-Dienstmännern fortgetragen wurden.

Fritzchen war inzwischen von Kohlfraß in den Saal vor den Osterhasen-König geführt worden.

Dieser, ein Hase von riesenhafter Größe, saß in einer ungeheueren Eierschale, von einer Schar von Hasen-Höflingen umgeben, die alle bei Fritzchens Eintreten aufsprangen und höflich »Männchen« machten – was bei den Hasen dasselbe wie bei unseren Soldaten das Salutieren ist. Seine Majestät hatte erstaunlich lange Ohren, die durch den ganzen Saal reichten und deren er sich ab und zu bediente, einem unfolgsamen Unterthanen eine Ohrfeige zu verabreichen. Er redete übrigens Fritz sehr freundlich und leutselig an, riet ihm, immer so brav und gut zu bleiben wie bisher, und überreichte ihm schließlich ein Osterei.

Hocherfreut seinen Dank stammelnd, wollte Fritzchen es entgegennehmen, erfaßte es auch bereits, doch o weh! – entglitt es seiner Hand und zerschlug – klacks – auf dem Fußboden. Sogleich kamen eine Menge Hasen daraus hervor, die fingen an zu legen und legten und legten – ein Ei nach dem andern, in einem fort, in einem fort! Im Nu war der ganze Boden mit Eiern bedeckt. Die Hasen aber legten weiter und immer weiter: Jetzt reichte der Eierhaufen schon bis an Fritzchens Schultern! Und mit einmal ward es ihm schwarz vor den Augen; ihn überkam eine furchtbare Angst, er schrie laut und – erwachte.

Er lag in seinem Bette: Alles war verschwunden, bis auf ein kleines Chokoladen-Ei, das er in der Hand hielt. Darauf stand ein K und ein L: König Lampe.

OSCAR WILDE

Der selbstsüchtige Riese

Jeden Nachmittag gingen die Kinder, wenn sie aus der Schule kamen, in den Garten des Riesen, um dort zu spielen.

Es war ein großer hübscher Garten mit weichem grünem Gras. Da und dort lugten aus dem Grase hervor schöne Blumen gleich Sternen, und zwölf Pfirsichbäume waren da, die im Frühling zarte, weißlich rote Blüten trugen und im Herbste von Früchten schwer waren. Die Vögel wiegten sich auf den Bäumen und sangen so süß, dass die Kinder zuweilen im Spielen aufhörten, um ihnen zuzuhören. »Wie glücklich wir doch sind!«, riefen sie einander zu.

Eines Tages kam der Riese zurück. Er hatte seinen Freund, den gehörnten Menschenfresser, besucht und war bei ihm sieben Jahre lang geblieben. Als die sieben Jahre um waren, hatte er ihm alles gesagt, was er ihm zu sagen hatte, denn sein Unterhaltungstalent war beschränkt, und so beschloss er denn, in sein Schloss zurückzukehren. Als er ankam, sah er die Kinder in seinem Garten spielen.

»Was treibt ihr hier?«, rief er sehr verdrießlich. Und die Kinder liefen davon. »Mein Garten ist mein Garten«, sagte der Riese, »das muss jedermann einsehen und nur ich darf darin spielen.« Deshalb zog er eine hohe Mauer um den Garten und pflanzte eine Warnungstafel auf.

> Das Betreten dieses Gartens
> ist verboten!

Es war eben ein sehr selbstsüchtiger Riese.

Die armen Kinder aber wussten jetzt nicht mehr, wo sie spielen sollten. Sie versuchten auf der Straße zu spielen, aber die Straße war sehr staubig und voll harter Steine, und das mochten sie nicht leiden. Sie wanderten, wenn die Schule aus war, um die hohe Mauer und schwärmten von dem Garten, der dahinter lag. »Wie glücklich waren wir da!«, sagten sie zueinander.

Dann kam das Frühjahr und im ganzen Lande gab es kleine Blüten und kleine Vögel. Nur im Garten des selbstsüchtigen Riesen war immer noch Winter. Die Vögel hatten keine Lust zu singen, da keine Kinder mehr da waren, und die Bäume vergaßen zu blühen. Einmal steckte zwar eine schöne Blume ihr Köpfchen aus dem Gras, aber als sie die Warnungstafel sah, taten ihr die Kinder so leid, dass sie in die Erde zurückschlüpfte und wieder schlafen ging. Die einzigen Leute, die sich darüber höchlich zufrieden zeigten, waren der Schnee und der Frost.

»Der Frühling hat den Garten vergessen«, riefen sie, »so werden wir das ganze Jahr hindurch hier leben!« Der Schnee bedeckte das Gras mit einem großen weißen Mantel und der Frost strich alle Bäume silberweiß an. Dann luden sie den Nordwind ein, zu ihnen zu kommen, und er kam. Er war ganz in Pelze gewickelt und schrie den ganzen Tag im Garten herum und blies die Schornsteine von den Dächern. »Hier ist gut sein«, sagte er, »wir müssen den Hagel auch einmal zu Besuch herbitten.« Und so kam der Hagel. Jeden Tag prasselte er drei Stunden lang auf das Dach des Schlosses herunter, bis er die meisten Dachziegel zerbrochen hatte, und dann lief er im Garten herum, so rasch er konnte. Er war ganz grau gekleidet und sein Atem war wie Eis.

»Ich verstehe nicht, warum der Frühling heuer so spät kommt«, sagte der selbstsüchtige Riese, der am Fenster saß und in seinen kalten weißen Garten hinausblickte. »Ich hoffe, das Wetter wird sich bald ändern!«

Aber der Frühling kam nicht und der Sommer kam auch nicht. Der Herbst bescherte jedem Garten goldene Früchte, aber im Garten des Riesen gab es keine. »Er ist so selbstsüchtig«, sagte der Herbst. So blieb es dort nun immer Winter und der Nordwind, der Hagel und der Schnee tanzten um die Bäume herum.

Eines Morgens lag der Riese wach in seinem Bette, als er eine wunderliebliche Musik hörte. Es klang so süß an sein Ohr, dass er glaubte, des Königs Musikanten zögen vorbei. Es war aber nur ein Hänfling, der draußen vor dem Fenster sang. Nur war es so lange her, dass er einen Vogel in seinem Garten hatte singen hören, dass ihm die Stimme des Hänflings wie die schönste Musik der Welt vorkam. Dann hörte der Hagel auf, über seinem Kopfe zu tanzen, und der Nordwind brüllte nicht mehr und ein wunderbarer Duft drang durchs offene Fenster zu ihm. »Ich glaube, der Frühling kommt endlich!«, sagte der Riese. Und er sprang aus dem Bette und sah hinaus.

Und was sah er da?

Da sah er etwas ganz Wunderbares. Durch ein kleines Loch in der Mauer waren die Kinder in den Garten geschlüpft und saßen nun in den Zweigen der Bäume. In jedem Baum, den er sehen konnte, saß ein kleines Kind. Und die Bäume waren so glücklich, die Kinder wieder bei sich zu haben, dass sie sich mit Blüten bedeckt hatten und ihre Arme über den Köpfen der Kinder anmutig hin- und herbewegten. Die Vögel flogen umher und zwitscherten voll Entzücken und die Blumen guckten durch das grüne Gras und lachten. Es war ein entzückender Anblick. Nur in einem Winkel des Gartens war noch Winter. Es war die entfernteste Ecke des Gartens, und dort stand ein kleiner Junge. Er war so klein, dass er die Zweige nicht erreichen konnte, und so trippelte er immer um den Stamm herum und weinte bitterlich. Der arme Baum war noch ganz bedeckt mit Schnee und Reif und der Nordwind blies und brüllte um ihn her. »Komm doch herauf, kleiner Junge«, sagte der Baum und bog seine Zweige, so tief er konnte. Aber der Junge war zu klein.

Und des Riesen Herz schmolz, als er hinaussah. »Wie selbstsüchtig ich doch gewesen bin!«, sagte er. »Nun weiß ich, warum der Frühling nicht kommen wollte. Ich will den armen kleinen Buben auf die Spitze des Baumes setzen und dann will ich die Mauer niederreißen und mein Garten soll für ewige Zeiten ein Spielplatz sein.« Es tat ihm wirklich leid, dass er so selbstsüchtig gewesen war.

So schlich er denn die Treppe hinunter und öffnete ganz leise die Haupttür und ging in den Garten hinaus. Als ihn aber die Kinder erblickten, erschraken sie so, dass sie alle davonstürmten und hinaus auf die Straße, und sogleich war wieder Winter im Garten. Nur der kleine Bube lief nicht fort, denn seine Augen waren so von Tränen verschleiert, dass er den Riesen nicht kommen sah. Und der Riese stahl sich leise hinter ihn heran und nahm ihn sanft in seine Hand und setzte ihn auf den Baum hinauf. Und allsofort bedeckte sich der Baum mit Blüten und die Vögel kamen und sangen darin und der kleine Bursche streckte seine beiden Ärmchen aus und schlang sie um des Riesen Hals und küsste ihn. Und als die anderen Kinder sahen, dass der Riese gar nicht mehr böse sei, kamen sie zurückgelaufen und mit ihnen kam auch der Frühling. »Das ist jetzt euer Garten, liebe Kinder!«, sagte der Riese und nahm eine große Axt und schlug die Mauer nieder. Und als die Leute mittags zum Markt gingen, sahen sie, wie der Riese mit den Kindern in seinem Garten spielte und wie sein Garten der schönste der Welt war.

Den ganzen Tag spielten sie und am Abend kamen sie zum Riesen, um ihm Lebewohl zu sagen.

»Wo ist aber euer kleiner Kamerad«, fragte er, »der Junge, den ich den Baum hinaufgehoben habe?« Der Riese liebte ihn am meisten, weil er ihn geküsst hatte.

»Das wissen wir nicht«, sagten die Kinder, »er ist fortgegangen!«

»Ihr müsst ihm sagen, ja sicher morgen wiederzukommen«, bat der Riese. Aber die Kinder sagten, sie wüssten nicht, wo er wohne, und sie hätten ihn vorher nie gesehen. Und da wurde der Riese sehr traurig.

Jeden Nachmittag, wenn die Schule aus war, kamen die Kinder und spielten mit dem Riesen. Aber der kleine Bursche, den der Riese liebte, ließ sich nicht wieder sehen. Der Riese war sehr lieb zu allen Kindern, aber doch sehnte er sich nach seinem ersten kleinen Freunde und sprach oft von ihm. »Wie gern möcht ich ihn einmal wiedersehen!«, pflegte er zu sagen.

Jahre gingen vorüber und der Riese wurde sehr alt und

schwach. Er konnte nicht mehr herumtollen und saß in seinem riesigen Lehnstuhl, schaute den Kindern bei ihren Spielen zu und freute sich über seinen Garten. »Ich habe viel schöne Blumen«, sagte er, »aber die Kinder sind doch die allerschönsten Blumen von allen.«

Eines Wintermorgens sah er aus seinem Fenster, als er sich gerade ankleidete. Er hasste jetzt auch den Winter nicht mehr, denn er wusste, dass der Frühling schlief und dass ihm die Blumen blieben.

Plötzlich rieb er sich ganz verwundert die Augen und schaute und schaute. Was er sah, war wirklich höchst wunderbar. In der fernsten Ecke des Gartens stand ein Baum, ganz bedeckt mit herrlichen weißen Blüten. Seine Zweige waren aus eitel Gold, und silberne Früchte hingen von ihnen hernieder, und darunter stand wieder der kleine Knabe, den er so geliebt hatte.

Der Riese lief in großer Freude die Treppe hinunter und hinaus in den Garten. Er eilte durch das Gras und näherte sich dem Kinde. Aber als er ganz nahe gekommen war, wurde sein Gesicht ganz rot vor Wut und er rief: »Wer hat es gewagt, dich zu verwunden?« Denn in den Flächen der Kinderhändchen waren die Male von zwei Nägeln und die Male von zwei Nägeln waren auf den kleinen Füßen.

»Wer hat es gewagt, dich zu verwunden?«, schrie der Riese. »Sag es mir und ich nehme ein großes Schwert und schlage ihn nieder!«

»Nein, nein!«, antwortete das Kind, »denn dies sind die Wunden der Liebe.«

»Wer bist du?«, sagte der Riese und eine seltsame Scheu befiel ihn und er kniete vor dem kleinen Kinde nieder.

Und das Kind lächelte den Riesen an und sagte: »Du hast mich einmal in deinem Garten spielen lassen, heute sollst du mit mir kommen in meinen Garten, und das ist das Paradies.«

Und als die Kinder nachmittags in den Garten stürmten, fanden sie den Riesen tot unter dem Baume liegen, ganz bedeckt mit weißen Blüten.

ROBERT MUSIL

Kindergeschichte

Herr Piff, Herr Paff und Herr Puff sind miteinander auf die Jagd gegangen. Und weil es Herbst war, wuchs nichts auf den Äckern; außer Erde, die der Pflug so aufgelockert hatte, daß die Stiefel hoch über die Schäfte davon braun wurden. Es war sehr viel Erde da, und so weit das Auge reichte, sah man stille braune Wellen; manchmal trug eine davon ein Steinkreuz auf ihrem Rücken oder einen Heiligen oder einen leeren Weg; es war sehr einsam.

Da gewahrten die Herren, als sie wieder in eine Mulde hinabstiegen, vor sich einen Hasen, und weil es das erste Tier war, das sie an diesem Tag antrafen, rissen alle drei ihre Schießrohre rasch an die Backe und drückten ab. Herr Piff zielte über seine rechte Stiefelspitze, Herr Puff über seine linke, und Herr Paff zwischen beiden Stiefeln geradeaus, denn der Hase saß ungefähr gleichweit von jedem und sah ihnen entgegen. Nun erhob sich ein fürchterlicher Donner von den drei Schüssen, die Schrotkörner prasselten in der Luft wie drei Hagelwolken gegeneinander, und der Boden staubte wild getroffen auf; aber als sich die Natur von diesem Schrecken erholt hatte, lag auch der Hase im Pfeffer und rührte sich nicht mehr. Bloß wußte jetzt keiner, wem er gehöre, weil alle drei geschossen hatten. Herr Piff hatte schon von weitem ausgerufen, wenn der Hase rechts getroffen sei, so gehöre er ihm, denn er habe von links geschossen; das Gleiche behauptete Herr Puff über die andere Hand; aber Herr Paff meinte, daß der Hase sich doch auch im letzten Augenblick umgedreht haben könnte, was nur zu entscheiden wäre, wenn er den Schuß in der Brust oder im Rücken habe: dann aber, und somit unter allen Umständen, gehöre er ihm! Als sie nun hinkamen, zeigte sich jedoch, daß sie durchaus nicht herausfinden konnten, wo der Hase getroffen sei, und natürlich stritten sie jetzt erst recht um die Frage, wem er zukomme.

58

Da erhob sich der Hase höflich und sagte: »Meine Herren, wenn Sie sich nicht einigen können, will ich so frei sein und noch leben! Ich bin, wie ich sehe, bloß vor Schreck umgefallen.« Da waren Herr Piff und Herr Puff, wie man zu sagen pflegt, einen Augenblick ganz paff, und bei Herrn Paff versteht sich das eigentlich immer von selbst. Aber der Hase fuhr unbeirrt fort. Er machte große, hysterische Augen – wahrscheinlich doch, weil ihn der Tod gestreift hatte – und begann, den Jägern ihre Zukunft vorauszusagen. »Ich kann Ihnen Ihr Ende prophezeien, meine Herren«, sagte er, »wenn Sie mich am Leben lassen! Sie, Herr Piff, werden schon in sieben Jahren und drei Monaten von der Sense des Todes in Gestalt der Hörner eines Stieres hingemäht werden; und der Herr Paff werde zwar sehr alt werden, aber ich sehe etwas äußerst Unangenehmes am Ende – etwas – ja, das läßt sich nicht so leicht sagen –«; er stockte und blickte Paff teilnahmsvoll an, dann brach er ab und sagte rasch: »Aber der Herr Puff wird an einem Pfirsichkern ersticken, das ist einfach.« Da wurden die Jäger bleich, und der Wind pfiff durch die Einöde.

Aber indes die Röhrenstiefel an ihren Beinen noch im Winde klapperten, luden ihre Finger schon von neuem das Gewehr, und sie sprachen: »Wie kannst Du wissen, was noch nicht geschehen ist, Du Lügner!« »Der Stier, der mich in sieben Jahren aufspießen soll«, sagte Herr Piff, »ist heute doch noch gar nicht geboren; wie kann er spießen, wenn er vielleicht überhaupt nicht geboren wird!?« Und Herr Puff tröstete sich damit, daß er sagte: »Ich brauche bloß keine Pfirsiche mehr zu essen, so bist Du schon ein Betrüger!« Herr Paff aber sagte nur: »Na, na!« Der Hase erwiderte: »Das können die Herren halten, wie sie wollen; es wird Ihnen nichts nützen.« Da machten die Jäger Miene, den Hasen mit ihren Stiefelabsätzen totzutreten, und schrien: »Du wirst uns nicht abergläubisch machen!!« – Aber in diesem Augenblick kam ein häßliches altes Weib vorbei, das einen Haufen Reisig am Rücken schleppte, und die Jäger mußten rasch dreimal ausspucken, damit ihnen der Anblick nicht schade.

Da wurde das Weib, das es bemerkt hatte, böse und schrie zurück: »Bin a mol schön gwen!« Niemand hätte zu sagen vermocht, welche Mundart das sei; es klang aber geradezu wie der Dialekt der Hölle. Diesen Augenblick benutzte der Hase, um zu entwischen.

Die Jäger donnerten aus ihren Büchsen hinter ihm drein, aber der Hase war nicht mehr zu sehen, und auch das alte Weib war verschwunden; man glaubte nur während der drei Schüsse ein unbändiges Hohngelächter gehört zu haben.

Da wischte sich Herr Paff den Schweiß von der Stirn und ihn fror. Herr Piff sagte: »Gehen wir nach Hause.«

Und Herr Puff kletterte schon den Abhang empor.

Als sie oben bei dem steinernen Kreuz angelangt waren, fühlten sie sich aber in seinem Schutze sicher und blieben wieder stehen. »Wir haben uns selbst zum besten gehalten«, sagte Herr Puff, »– es war ein ganz gewöhnlicher Hase.« »Aber er hat gesprochen –« sagte Herr Paff.

»Das kann nur der Wind gewesen sein, oder das Blut war uns in der Kälte zu Ohren gestiegen« – belehrten ihn Herr Piff und Herr Puff. Da flüsterte der liebe Gott am Steinkreuz: »Du sollst nicht töten …!« Die drei schraken von neuem ordentlich zusammen und gingen mindestens zwanzig Schritte dem steinernen Kreuz aus der Nähe; es ist aber auch zu arg, wenn man sich nicht einmal dort sicher fühlen kann! Und ehe sie noch etwas erwidern konnten, sahen sie sich mit großen Schritten nach Hause eilen. Erst als der Rauch ihrer Dächer sich über den Büschen kräuselte, die Dorfhunde bellten und Kinderstimmen durch die Luft zu schießen begannen wie die Schwalben, hatten sie ihre Beine wieder eingeholt, blieben auf ihnen stehn, und es wurde ihnen wohl und warm. »An irgendetwas muß schließlich jeder sterben« – meinte Herr Paff gelassen, der es bis dahin nach der Prophezeiung des Hasen am weitesten hatte; er wußte noch verdammt gut, weshalb er das sagte, doch plagte ihn jetzt mit einemmal ein Zweifel, ob wohl auch seine Gefährten davon wüßten, und er schämte sich, sie zu fragen.

Aber Herr Piff antwortete genau so: »Wenn ich nicht töten dürfte, dann dürfte ich doch auch nicht getötet werden? Ergo sage ich, da hat es einen grundsätzlichen Widerspruch!« Das mochte nun jeder beziehen, worauf er wollte; eine vernünftige Antwort war es nicht, und Herr Piff schmunzelte philosophisch, um zu verbergen, daß er brennend gern erfahren wollte, ob ihn die anderen trotzdem verstünden oder ob in seinem Kopf etwas nicht in Ordnung gewesen sei.

Herr Puff, der dritte, zertrat nachdenklich einen Wurm unter der Stiefelsohle und erwiderte: »Wir töten ja nicht nur die Tiere, sondern wir hegen sie auch und halten auf Ordnung im Feld.« Da wußte jeder, daß auch die andern wußten; und indes sich jeder heimlich noch daran erinnerte, begann das Erlebte schon zu zerrinnen wie ein Traum nach dem Erwachen, denn was drei gehört und gesehen haben, kann kein Geheimnis sein und also auch kein Wunder, sondern höchstens eine Täuschung. Und alle drei seufzten plötzlich: Gott sei Dank! Herr Piff seufzte es über seiner linken Stiefelspitze, Herr Puff über seiner rechten, denn beide schielten nach dem Gott im Feld zurück, dem sie heimlich dafür dankten, daß er ihnen nicht wirklich erschienen sei; Herr Paff aber, weil die beiden anderen wegsahen, konnte sich ganz zum Kreuz umdrehen, kniff sich in die Ohren und sagte: »Wir haben heute auf nüchternen Magen Branntwein getrunken; das sollte ein Jäger nie tun.« »So ist es!« sagten alle drei, sangen ein fröhliches Jägerlied, worinnen viel von Grün die Rede war, und warfen mit Steinen nach einer Katze, die verbotenerweise auf die Felder schlich, um Haseneier zu fangen; denn nun fürchteten sich die Jäger ja auch nicht mehr vor dem Hasen. Aber dieser letzte Teil der Geschichte ist nicht ganz so verbürgt wie das übrige, denn es gibt Leute, welche behaupten, daß die Hasen nur zu Ostern Eier legen.

WALTER BENJAMIN

Der enthüllte Osterhase oder Kleine Versteck-Lehre

Verstecken heißt: Spuren hinterlassen. Aber unsichtbare. Es ist die Kunst der leichten Hand. Rastelli konnte Sachen in der Luft verstecken.

Je luftiger ein Versteck, desto geistreicher. Je freier es dem Blick nach allen Seiten preisgegeben, desto besser.

Also beileibe nichts in Schubladen, Schränke, unter die Betten oder ins Klavier stecken.

Fairneß am Ostermorgen: Alles so zu verstecken, daß es entdeckt werden kann, ohne daß irgendein Gegenstand vom Fleck bewegt werden muß.

Es braucht darum nicht frei zu liegen: eine Falte in der Tischdecke, ein Bausch im Vorhang kann schon den Ort verraten, an dem man zu suchen hat.

Sie kennen Poes Geschichte vom »Entwendeten Brief«? Dann erinnern Sie sich sicher der Frage: »Haben Sie nicht bemerkt, daß alle Menschen, wenn sie einen Brief verstecken, ihn, wenn auch nicht gerade in ein ausgehöhltes Stuhlbein, so doch wenigstens in irgend einem verborgenen Loch oder Winkel unterbringen?« Herr Dupin, Poes Detektiv, weiß das. Und darum findet er den Brief da, wo sein sehr gerissener Gegenspieler ihn aufbewahrt: nämlich im Kartenhalter an der Wand, vor aller Leute Augen. Nicht in der »guten Stube« suchen lassen. Ostereier gehören ins Wohnzimmer, und je unaufgeräumter es ist, desto besser.

Im achtzehnten Jahrhundert hat man gelehrte Abhandlungen über die seltsamsten Dinge geschrieben: über Findelkinder und Spukhäuser, über die Arten des Selbstmordes und die Bauchrednerei. Ich könnte mir eine übers Eierverstecken ausdenken, die es an Gelehrsamkeit mit den genannten aufnehmen könnte.

Sie würde zerfallen in drei Hauptstücke oder Kapitel. Darinnen würde der Leser bekanntgemacht mit den drei Urprinzipien oder Anfangsgründen aller Verstecke-Kunst.

Ad eins: Das Prinzipium der Klammer. Das wäre die Anweisung zur Ausnutzung von Fugen und Spalten. Der Unterricht in der Kunst, Eier in der Schwebe zu halten zwischen Riegeln und Klinken, zwischen Bild und Wand, zwischen Tür und Angel, in der Öffnung eines Schlüssels so gut wie zwischen den Röhren einer Zentralheizung.

Ad zwei: Das Prinzipium der Füllung. In diesem Kapitel würde man lernen, Eier als Pfropfen auf den Flaschenhals, als Lichter auf den Kerzenhalter, als Staubgefäß in einen Blumenkelch, als Birne in eine elektrische Lampe zu praktizieren.

Ad drei: Das Prinzipium der Höhe und Tiefe. Bekanntlich fassen die Leute zuerst ins Auge, was ihnen in Blickhöhe gegenüber ist; dann schauen sie nach oben, erst ganz zuletzt kümmern sie sich um das, was zu ihren Füßen liegt. Kleine Eier kann man auf Bildleisten balancieren lassen, größere auf dem Kronleuchter, wenn man ihn noch nicht abgeschafft hat. Aber was hat das alles zu sagen im Vergleich mit der Fülle von abgefeimten Asylen, die wir fünf oder zehn Zentimeter überm Fußboden zur Verfügung haben. Da kommt in Gestalt von Tischfüßen, Sockeln, Teppichfransen, Papierkörben, Klavierpedalen das Gras, in das der echte Osterhase allein seine Eier legt, sozusagen in der Großstadtwohnung zu Ehren.

Und da wir einmal bei der Großstadt sind, soll auch ein Trostwort für die noch dastehen, die zwischen spiegelglatten Wänden in stählernen Möbeln hausen und ihr Dasein, ganz ohne Rücksicht auf den Festkalender, rationalisiert haben. Die mögen sich ihr Grammophon oder ihre Schreibmaschine nur einmal aufmerksam angucken, darin werden sie sehen, daß sie auf kleinstem Raum an ihnen soviel Löcher und Verstecke haben, als bewohnten sie eine Siebenzimmerwohnung im Makartstil.

Und nun wäre es gut, diese gewitzte Liste den Kleinen nicht vor Ostermontag in die Hände fallen zu lassen.

IWAN BUNIN

Frühling

In Knjaschoje ist Feiertag – es ist Frühling.

Morgens haftet kupferfarbener Tau auf dem Buschwerk im Garten, auf den Johannisbeersträuchern, den Brennnesseln und dem Unkraut hinter den Schuppen. Tagsüber ist es warm und heiter, am blauen Himmel blähen sich hübsche weiße Wolken. Das abgeblätterte Eisendach des Hauses, seine bemoosten Balken-wände und die dunklen Fensterscheiben brüten in der Sonne. In der Dachluke, zur Sonnenseite hin, gurren die Tauben. Am rissigen, brüchigen Fundament des Hauses und am Flieder im Vorgarten kleben unzählige große Fliegen. Der dunkelbraune, hell gefleckte Hengst des Fürsten steht im Küchenhaus, einer gegenüber dem Haupthaus gelegenen, langgestreckten, rauchfanglosen Kate aus der Zeit der Leibeigenschaft. Er ist nervös, verweigert den in einem Trog auf der Bank aufgeschütteten Hafer. Den Kopf durch die Fensterhöhle gestreckt, blickt er auf den weiten, schon grün schimmernden Hof und wiehert kläglich und leidenschaftlich.

Der Fürst kommt nach dem langen Winter allmählich wieder zu sich. Auch diesen Winter hat er sich dem Trunk ergeben – vor lauter Einsamkeit, wie alle sagen; wenn er einmal nüchtern war, ging er zur Jagd, spielte Karten mit dem Krämer, saß mit den Knechten in der Gesindestube und aß manchmal sogar mit ihnen, wenn es sich ergab, ansonsten las er in seinem warmen Kabinett und legte sich gegen sechs Uhr schlafen. Jetzt verläßt er das Haus wieder häufiger und erteilt Anordnungen. Sein orientalisches Gesicht mit dem üppigen grauen Schnurrbart zeigt keinen Ausdruck.

Dem Fürsten ist eingefallen, daß es Zeit ist, im Garten Ordnung zu machen und zu harken: So ist es seit alters her Brauch in Knjaschoje. Er befiehlt dem Starosta, ein paar Tagelöhnerinnen vorbeizuschicken. Die Mädchen singen den lieben langen Tag, während sie das Laub auf Alleen und Gartenwegen rechen, ihre roten und gelben Sarafane blitzen hier und da in dem fast kahlen, erst zart grünenden Garten auf. Bald wird auch das Haus fröhlicher: Die Türen zur Vortreppe stehen offen, die Hunde schleichen sich ins Haus, ein hochrotes Weib mit geschürztem Rocksaum und Knien, rot wie Mohrrüben, schlägt mit einem nassen Lappen nach ihnen und rennt gebückt mit Eimern heißen Wassers umher; in den Vorfenstern, die sie krachend herausreißt, blitzen die Scheiben in der Sonne und werfen helle, spiegelnde Lichtkringel an die Decke. Milde, sonnige Luft strömt in die Zimmer, die Spatzen lärmen im Flieder vor dem Haus, auf dem warmen Fensterbrett sitzt starr der erste Schmetterling ... Der Fürst, im Bauernhemd mit seitlich geknöpftem Stehkragen, in abgeschabten weiten Samthosen und geteerten Stiefeln, geht mit den Knechten über die umzäunte Wiese hinter dem Schuppen und stellt die von erbostem, melodischem Gesumm erfüllten Rahmen aus dem Winterbienenhaus ins Freie.

Am Thomas-Sonntag werden, auch das wiederum seit alters her, die Gebete auf dem Feld, auf der Wintersaat, abgehalten. Das ganze Dorf betet und bestellt Gottesdienste, und der Fürst zahlt dafür aus seinen bescheidenen Mitteln.

Die Nacht vor dem Thomas-Sonntag ist kalt und mondhell. Die Tagelöhnerinnen sind noch lange wach, sie sitzen auf der Vortreppe des Gesindehauses, singen halblaut und versichern sich gegenseitig: Das ist Sünde, morgen ist ein großer Feiertag. Sie wohnen im Garten, in der Banja, aber heute ist die Banja eingeheizt, der Fürst will baden. Als er auf dem Weg dorthin mit umgehängtem Pelzmantel im Mondlicht über den Hof geht, laufen sie in den hellen Garten und von dort zu den Fenstern der Banja, wo sie mit diesem erstickten, besonderen, geheimnisvollen Lachen, mit dem Frauen in mondhellen Frühjahrsnächten lachen, hineinspähen und kleine Zweige gegen die Scheiben werfen. Der Fürst schlägt mit zögerndem Lächeln die Faust gegen die Wand. Auch Nikolaj, der Kutscher des Fürsten, badet – in der Kate, wo der Hengst steht: Er nimmt zwei Eimer mit und stellt einen brennenden Kerzenstummel auf die Bank. Die Mädchen kommen herbeigelaufen, stellen sich unter die Fensterhöhle und bewerfen auch ihn mit kleinen Zweigen. Der Hengst, durch das Kerzenlicht noch unruhiger, schielt zu ihnen hinüber, raschelt mit dem feuchten Stroh, das am Boden ausgebreitet ist, und macht federnde Trippelschritte, während Nikolaj auf dem Stroh sitzt und sich den Kopf einseift. Auf das Gelächter und Gepolter am Fenster hin springt er auf, fängt mit ernster Miene und seifengrauem Kopf an zu tanzen und sich auf die nackten, nassen Schenkel zu klopfen.

Der Morgen ist warm und sonnig. Es ist schön, wenn an einem solchen Morgen die Glocken läuten, schön, zu diesem Geläut den Sonntagsstaat anzulegen. Die weißen Wolken über dem Garten blähen sich noch duftiger, das leuchtende Blau zwischen ihnen vergeht, vom Hof aus sieht man die über den Feldern, über der jungen Saat und den violett schattierten Äckern aufsteigenden Dunstschwaden dahintreiben.

»Das gibt Regen, es ist so schwül«, sagt der Starosta, der mit der Schafschere in der Hand um einen vor dem Küchenhaus stehenden abgewetzten Stuhl herumgeht, auf dem Nikolaj, der seinen Nacken schon im voraus lang gestreckt und gebeugt und ein Handtuch über die Schultern gebreitet hat, im offenen Hemd fügsam Platz genommen hat.

Während im Nacken seine trockenen rotblonden Haare abgesäbelt werden, starrt Nikolaj unentwegt in den grünen Splitter eines billigen Spiegels. Gelbe Büschel fallen auf das Handtuch, Nikolajs Kopf wird schmaler, die Ohren stehen zu den Seiten ab. Er nimmt die Schere vom Starosta und schneidet sich auch den Schnurrbart: Seine sommersprossige Schwanennase wird noch länger. Anschließend macht er sich fein: Er zieht ein dunkelblaues Atlashemd an, mit Manschetten, bauschigen Ärmeln und drei großen, weißen Knöpfen an dem hohen, spitzengesäumten Kragen, und schlingt einen himbeerroten, geflochtenen Seidengurt mit Fransen darum; die Füße steckt er in ein Paar schmale Stiefel mit eng anliegenden Schäften aus Lackleder. Das Hemd ist zu kurz, Nikolajs Beine, von Reiterhosen umspannt, sind zu dünn, er ist mager und hält sich krumm, seine Augen sind klein und grün, sein Gesicht hat einen Stich ins Violette. Er ist unbeholfen, unansehnlich, aber die Mädchen schwärmen für ihn: Er ist schön angezogen, und Harmonika spielt er besser als irgendwer sonst.

Im fürstlichen Haus ist es dämmrig. Die milde Luft, die zu den offenen Fenstern hereinströmt, wärmt es nur langsam. Den Winter über ist alles ganz ausgekühlt, im Saal hat sich die Tapete gelöst und hängt wie ein riesiger Bauch mit braunen Wasserflekken von der Decke herab. Der Frost und die Zeit haben auch den Spiegeln zugesetzt, sie milchig und silbrig werden lassen. Breitbeinig besieht sich der Fürst das trübe Spiegelbild seines faltigen Gesichts und schabt mit einer stumpfen Rasierklinge über seine Wangen. Nach der Rasur ist sein Gesicht eigenartig verjüngt: Der Fürst wäscht sich selten das Gesicht, und er rasiert sich nur, bevor er anfängt zu trinken. Aber er ist die Sauferei leid, höchste Zeit, daß er endlich aufhört, Wodka mit Zitronenschale anzusetzen! Obendrein ist immer mehr Salz in seinem schwarzen Schnurrbart, und die Haare werden weniger ... Nachdem er sie befeuchtet und gekämmt hat, zieht der Fürst einen neuen dunkelblauen Mantel über sein buntes Stehkragenhemd, stülpt die Adelskappe auf und tritt mit der Riemenpeitsche in der Hand hinaus auf die Vortreppe, wo Nikolaj schon in der Renndroschke sitzt und den Hengst zügelt.

Der Gottesdienst ist vorbei, im Glockenturm erklingt dünnes, feiertägliches Geläut; die bunte Menge strömt über den Dorfanger aufs Feld. Fünf Männer, barhäuptig, in neuen Galoschen und schwarzglänzenden, rotgegürteten Tuchmänteln, tragen die Kirchenfahnen und das mit weißen, bestickten Tüchern umwundene Kreuz. Zwei übermäßig weiß geschminkte Mädchen in leuchtend grünen Kleidern tragen die Ikone der Gottesmutter. Als die Menge sich schon jenseits des Eichenwäldchens auf dem Feld befand, wo ein milder Wind blies und die Lerchen sangen, fuhr vor der Kirche ein kleiner, geflochtener Wagen ab, dem ein grauer, geapfelter Wallach vorgespannt war. Der Pope von Knjaschoje litt an der Schwindsucht und trug einen langen, dicken Tuchmantel, eine Wintermütze und hohe Überschuhe. Auf dem Kutschbock saßen sie zu zweit: der Kirchendiener, der den Wallach lenkte, und der Sohn des Popen, Wassja, ein einfältiger Bursche, der seinen ganzen Verstand versoffen hatte und fortwährend selig-vergnügter Stimmung war. In der Kirche unterstützte er den Kirchendiener mit seiner Diskantstimme, den Gottesdienst kannte er besser als die gesamte Geistlichkeit, aber sein Vater vertrieb ihn immer wieder vom Altar, weil er betrunken war, und hatte ihn auch heute nicht mitnehmen wollen. Doch Wassja, der schon frühmorgens seine schiefgetretenen Stiefel gebürstet, einen unter der Achsel zerrissenen Rock angezogen und einen schmutzig blauen Hemdkragen mit rosa Krawatte aus Atlasseide umgebunden hatte, weinte so heftig, als er erfuhr, daß man ihn zu Hause lassen wollte, daß der Pope klein beigab.

Der Fürst überholte den Popen und nickte ihm zu.

»Herzlichen Glückwunsch zum Feiertag, Euer Erlaucht, und zum Bittgottesdienst!« krähte Wassja, der nichts lieber hatte als Feiertage, Namenstage und Glückwünsche, und schluchzte freudig auf.

Der Pope schüttelte mit einem Blick auf Wassjas dicht auf dem Hemdkragen liegende Haare nur den Kopf.

Rechts neben dem Wagen ging im Gleichschritt mit dem Pferd, ohne zurückzubleiben oder vorauszulaufen, die alte Marfa, eine freiwillige Kirchenhelferin, hochgewachsen, dürr, mit einem Haselstecken in der einen und einem kupfernen Kaffeekännchen, aus dem ein Weihwedel herausragte, in der anderen Hand. Der Kirchendiener trieb von Zeit zu Zeit das Pferd an und blickte sich dann lachend zu Marfa um. Jedes Mal beschleunigte sie verärgert, aber ohne ein Wort zu verlieren, ihren Schritt.

Gebetet wurde auf dem Acker des reichen Bauern Danila. Auf der jungen, hellgrünen neuen Saat war dort, nah an der Straße, ein Tisch vorbereitet, mit einem sauberen, ungebleichten Tischtuch, einer roten Holzschüssel mit Getreidekörnern und einem Bündel in Papier eingewickelter Kerzen. Im Südosten, jenseits des grauen fürstlichen Gartens und der durchsichtig zitronengelben Weiden im Dorf, zogen sich die mattblau schimmernden Wolken bisweilen zu einer Gewitterwolke zusammen. Abwechselnd auf die Wolken und den herannahenden Wagen blickend, etwas abseits von der nach rotem Fahnentuch riechenden Menge, stand Danila, ein weißblonder alter Mann. Breitbeinig, den Arm weit ausschwingend zum Kreuzzeichen und sich verneigend, ging er dem Popen entgegen – und das laue Lüftchen, das den Geruch nach feuchter Erde vom Feld herbeiwehte, fuhr ihm in die Haare und entblößte die rosafarbene Haut seines Schädels. Der Wagen kam zum Stehen, doch der Pope blieb sitzen und wartete auf den Fürsten, der ihn zuerst überholt hatte und dann wieder hinter ihm zurückgeblieben war.

Der Fürst zügelte das Pferd in einer Gefühlsaufwallung, die ihn auf dem Feld ergriffen hatte. Die frisch grünende Wintersaat verlief auf der einen Seite, das Eichenwäldchen auf der anderen. Dort hing noch hier und da trockenes braunes Laub, doch auch das kündete vom Frühling. Bläulich leuchteten die Schneeglöckchen, es roch nach den Schneeresten im Dickicht und nach Frühlingskühle. Eine Trojka prächtiger, nußbrauner und mit teurem Sattelzeug geschmückter Pferde stand am Waldrand. In dem neuen Tarantas verzehrte der lockenköpfige Kutscher der reichen Nachbarin in halb liegender Stellung Stücke geweihten Brots vom Abendmahl direkt aus der Hand. Das gemahnte den Fürsten an seine Jugend, an einen anderen, lange zurückliegenden Frühling ...

Weiter vorn fuhr langsam ein Wagen, in dem ein kranker Bauer lag, der Vater von Nikolaj. Seine Mutter, eine verhärmte, sehnige Alte in einem groben schwarzen Rock, lenkte ungeschickt das kleingewachsene Pferd.

»Lebt er noch?« rief der Fürst.

Aus dem Stroh im Wagen ragte unter einer tief in die Stirn gezogenen Mütze eine spitze, wächserne Nase empor. Der Kranke lag in einem weiten Halbpelz auf dem Rücken. Er versuchte zu lächeln und streckte mit Mühe die dünne Hand nach seiner Mütze aus. Nikolaj begrüßte seine Eltern wie ein Fremder. Und die ausdruckslosen Augen des Fürsten schienen noch ausdrucksloser zu werden.

Von der Menge wurde er ungeduldig erwartet.

Marfa stand schon seit einer Weile neben dem Tisch bereit. Sie hatte den Wagen überholt, war zu Danilos schwangerer junger Frau gegangen und hatte ihr den Haselstecken gegeben. Das Kaffeekännchen hatte sie auf den Tisch gestellt, und das samtene violette Gebetbuch für den Bittgottesdienst, das darauf lag, an den Rand geschoben. Sobald der Pope einen Fuß aus dem Wagen streckte und seinen dicken Tuchmantel heruntergleiten ließ, fing Marfa diesen geschickt auf und küßte dabei die kalte, schlaffe, schwere Hand des Popen. Dieser schritt wacker zum Tisch, verneigte sich vor dem reichen Fräulein – einem fülligen, schielenden, schüchternen jungen Mädchen, dessen Trojka am Saum des Eichenwäldchens stand. Er überragte alle ringsum, sein Kopf mit dem erhobenen, fahlen Gesicht, sein schütteres Bärtchen und der graue Hals waren von weitem zu sehen. Er wandte sich mehrmals um und wartete auf den Fürsten. Der Fürst kam vorgefahren. Der Pope tat einen flüchtigen, aber frommen Blick nach oben, zu den hohen Frühlingswolken, seufzte, zog aus dem langen Ausschnitt seiner wattierten Kutte ein rotes Tuch, fuhr damit über seine breite, glänzende Stirn – Marfa hatte seine Mütze schon aufgefangen streifte das goldene Meßgewand über, setzte die goldene Brille auf und entzündete mit ernster Miene das Bündel Kerzen, deren fröhlicher, flackernder Glanz sich mit Hunderten Pünktchen in den Brillengläsern spiegelte. Mit einer tiefen Verneigung vor dem Fürsten, der neben dem Tisch stand, den linken Fuß beharrlich vorgeschoben, strich er seine dünnen Haare aus dem Stehkragen des Meßgewands, legte den Kopf zurück, schloß die trüben Augen mit den entzündeten Lidern und begann mit einem undeutlichen Murmeln, das sich in der milden Feldluft verlor, zu beten ... Wieder wurde dem Fürsten traurig zumute, er empfand Mitleid mit sich selbst und Freude für diese ewig junge Erde, die darum bat, der Himmel möge sich mit seiner wohltuenden Frühlingsfeuchte auf sie herabsenken.

Er wechselte das Standbein und schob den rechten Fuß vor, und seine Augen verschleierten sich. Um nicht denken zu müssen, begann er, der friedlichen, beruhigenden, flehenden Stimme zu lauschen, die von Zeit zu Zeit im Gesang mit den Stimmen von Wassja und dem Kirchendiener verschmolz.

Die Menge verneigte und bekreuzigte sich, drückte fest die Finger gegen die Stirn und betete das einzige Mal im Jahr innig und aus ganzem Herzen. Das füllige, schielende Mädchen warf dem Fürsten ab und an einen schüchternen Blick zu. Danilos Frau, ganz in Rosa, riß bald sinnlos die Augen auf und rieb sich die schweißfeuchten Hände mit einem Taschentuch ab, bald fing sie an, sich schnell und ängstlich zu bekreuzigen. Zu ihren Füßen stand, mit seinem eingeölten, gerade gekämmten Kopf ihren runden Bauch stützend, ein kleiner Junge in Samthose und Ziegenlederstiefelchen, dessen hellblaues Hemdchen unter den Achseln gegürtet war. Als die gesamte Geistlichkeit zu singen begann, bekreuzigte sie sich eilig, drückte dem Jungen die linke Hand auf den Kopf und ließ ihn hinknien. Anschließend ließ sie selbst sich mühsam nieder, breitete ihren weißen, spitzenbedeckten Unterrock auf dem jungen Roggengrün aus und berührte mit der Stirn den Boden. Der Junge betete scheinheilig und schielte dabei auf die Stiefel des Fürsten.

Ein leichter Wind wehte und zerrte an den Haaren, zarte Wolken zogen am Himmel dahin, und ihre Schatten wanderten über die grünen Felder – in der kristallklaren Frühlingsluft konnte man weithin sehen. Die Kerzenflämmchen zitterten und flackerten, der sorglose, fröhliche Gesang der Lerchen störte den Gesang der Geistlichkeit nicht, sondern ergänzte ihn auf schöne Weise ... *Gib, o Gott, der Erde neue Freude, neue Saat,* lauteten die Worte der Gebete, die in der milden Luft verklangen. *Segne sie mit neuem Leben, auf daß in ihr modert in Vergänglichkeit der Same des Alten, aus dem sie geboren wird, jung und rein ...* Danach sang man über die Auferstehung Christi von den Toten. Die Augen des Fürsten füllten sich mit Tränen – und bis zum Schluss des Gottesdienstes konnte er nichts mehr erkennen.

Als er mit geneigtem Kopf das kühle, nach Kupfer riechende Kreuz und die leblose Hand des Geistlichen küßte, glitt die Sonne hinter eine graugoldene, zur Mitte hin dunkle Wölke, und nach Süden zu zeichnete sich die dunkelblaue Gewitterwolke mit dunstigen Regenstreifen am Horizont ab.

»Ich gratuliere Ihnen zum Feiertag, Euer Erlaucht, Gottes Segen zu wünschen«, sagte der Geistliche und verneigte sich so tief vor ihm, daß seine Stola weit vor der Brust herabhing.

Nikolaj war in der Menge geblieben, er hatte sich freigeben lassen, um mit seinem Vater zu sprechen. Der Fürst fuhr allein zurück und begegnete unterwegs der Trojka, die ihm unter zartem Schellengeklingel entgegenschwebte. Die Sonne war hinter einer Wolke verschwunden – und alle Farben der weiten, deutlich sichtbaren Felder wurden kräftiger, samtener. Das Summen der Bienen in den Weiden am Dorfeingang war deutlicher zu vernehmen, und es roch nach der Frische und dem jungen Grün der ausschlagenden Birken. Die dunkelblaue Wolke im Süden zerfloß allmählich, wurde nur noch manchmal von kleinen Blitzen durchzuckt ... Dann blickte die Sonne wieder hervor, beschien jugendlich heiter alles ringsum, und aus der Wolke regneten mit trockenem Prasseln vereinzelte Diamanten.

An der Kirchenmauer nahm der Fürst die Kappe ab, bekreuzigte sich zu der baufälligen Kapelle über der alten fürstlichen Gruft hin und dachte daran, wie er einst in seiner Jugend hierher gekommen war, ebenfalls im Frühling, ein halbes Jahr nach dem Tod des Vaters ... Ein halbes Jahr – keine lange Zeit! Aber schon in jenem glücklichen Frühling war von dem sündigen alten Fürsten nichts, gar nichts mehr geblieben als die Knochen in dem schweren Zinksarg und der üppige Tau auf seiner Oberfläche – silbrige Gaze, der Äther des ewigen Lebens, der aus den dunklen, eisigen Katakomben durch die geöffnete Luke entweicht in den blauen Himmel, in die Wärme der Frühlingssonne!

Um nicht wieder das Trinken anzufangen, fuhr der Fürst am nächsten Tag in aller Frühe mit dem alten Pankrat nach Sadonsk. Das Sommergetreide säte man ohne ihn.

*»… wie kräftig fing das bewegte Leben an,
in ihm zu brausen …«*

Euphorie und Aufbruch

VIRGINIA WOOLF

»Sei gegrüßt, Glück!«

Sei gegrüßt! natürliche Sehnsucht! Sei gegrüßt! Glück! göttliches
Glück! und Freuden aller Arten, Blumen und Wein, wenn auch
die einen verblühen und der andere berauscht; und Fahrkarten
zu einer halben Krone hinaus aus London am Sonntag, und in
einer dunklen Kapelle Hymnen singen vom Tod, und alles, alles,
was das Klappern der Schreibmaschinen und das Abheften von
Briefen und das Schmieden von Gliedern und Ketten, die das
Empire zusammenhalten, durchbricht und zur Hölle schickt.
Gegrüßt seien sogar die schreienden, roten Bögen auf den Lippen der Ladenmädchen (als hätte Cupido, sehr ungeschickt,
seinen Daumen in rote Tinte getaucht und im Vorbeigehen ein
Zeichen hingeschmiert). Sei gegrüßt, Glück! Eisvogel, der von
Ufer zu Ufer zuckt, und alle Erfüllung natürlicher Sehnsüchte,
ob sie nun das sind, was der männliche Romanschreiber sagt,
das sie seien; oder Gebet oder Entsagung; gegrüßt sei es! in welcher Form auch immer es kommt, und möge es mehr Formen
davon geben, und seltsamere. Dann fließt der Strom – wenn es
doch nur wahr wäre, wie der Reim andeutet, »wie ein Traum
davon« –, aber dumpfer und schlimmer als dies ist unser gewöhnliches Los; ohne Träume, aber lebendig, selbstgefällig,
fließend, gewohnheitsmäßig, unter Bäumen, deren Schatten von
Olivgrün das Blau der Schwingen des schwindenden Vogels er-
tränkt, wenn er urplötzlich von Ufer zu Ufer stürzt.

Sei also gegrüßt, Glück, und nach dem Glück seien nicht gegrüßt jene Träume, die das scharfe Bild aufgedunsen machen
wie fleckige Spiegel das Gesicht im Salon eines Landgasthofes;
Träume, die das Ganze zersplittern und uns zerreißen und uns
verwunden und uns zerspalten in der Nacht, wenn wir schlafen
wollen; doch schlaf, schlaf, so tief, daß alle Formen zu Staub von
unendlicher Sanftheit zermahlen werden, zu Wasser von uner-

forschlicher Dunkelheit, und da, zusammengekrümmt, umhüllt wie eine Mumie, wie ein Falter, laß uns reglos liegen auf dem Sand am Grund des Schlafes.

Aber warte! aber warte! wir gehen nicht, nicht dieses Mal, das blinde Land zu besuchen. Blau, wie ein Streichholz, das mitten im Apfel des innersten Auges angerissen wird, fliegt er, brennt er, sprengt er das Siegel des Schlafes; der Eisvogel; so daß jetzt, zurücklaufend wie die Flut, der rote, dicke Strom des Lebens wieder zurückfließt; blubbernd, triefend; und wir uns erheben; beben (denn wie gelegen kommt doch ein Reim, um uns sicher über den beschwerlichen Übergang vom Tod zum Leben zu helfen), denn unser Blick fällt auf – (hier hört die Drehorgel abrupt auf zu spielen).

»Es ist ein prachtvoller Junge, Mylady«, sagte Mrs. Banting, die Hebamme, Orlando ihr erstgeborenes Kind in die Arme legend. Mit anderen Worten, Orlando wurde am Donnerstag, dem 20. März, um drei Uhr morgens, glücklich eines Sohnes entbunden.

FELICITAS HOPPE

Picknick der Friseure

Jedes Jahr im Mai kommen die Friseure. Wir möchten Fähnchen schwenken wie sie und weiße Kittel tragen mit demselben Stolz. Wir bewundern ihre langen, geschmeidigen Hände und verdrehen gierig die Augen nach den großen Körben, die verheißungsvoll an ihren Armen hängen, gefüllt mit weißen Kaninchen und Eiern, Wein und Gebäck.

Es regnet nie, wenn die Friseure kommen. Sie brauchen nicht nach oben zu schauen, um zu wissen, daß der Himmel blau ist und die Sonne sich in ihren blanken Köpfen spiegelt. Wie Netze werfen sie weiche Decken aus, gleich neben dem See unter schattigen Bäumen in unserem Stadtpark. Sie haben nie Eile und liegen, wie Sommerstudenten, die Arme verschränkt unter den Nacken, mit halbgeschlossenen Lidern im Gras. Was hinter den Lidern vorgeht, wissen wir nicht, sie öffnen keine Bücher und hinterlassen keine Notizen in den Papierkörben. Wir lauern flach im Gebüsch und lauschen ihrem unschuldigen Atem, bis endlich einer sich erhebt, um das erste Kaninchen zu schlachten.

Zu den Tätigkeiten des Friseurs gehört das Waschen, das Schneiden, das Legen, das Kämmen, das Blondieren, das Färben, das Tönen, das Pflegen, das Ondulieren, das Glätten der Haare gegen den Wind, das Rasieren, das Maniküren, das Pediküren, das Anfertigen von Perücken und Haarteilen. Das liest das Kaninchen aus der haarlosen Hand des Friseurs, das wissen auch wir, zitternde Spione im Maibusch, aber wenn die Schere aufblitzt, kneifen wir fest die Augen zusammen und pressen die Hände auf Ohren und Kopf, als hätten wir noch immer den Trick nicht begriffen, wie alles nachwächst. Da lacht der Friseur und winkt uns zu und schlägt ein Ei in die Pfanne.

Wir aber gehörten nicht dazu. Mit Kahlköpfen speisen, das bringt kein Glück, sagte unsere Großmutter und rümpfte die

Nase, als hinge ein Unglück in der Luft. Sie schnitt uns die Haare nach eigener Art mit stumpfer Schere kreuz und quer, wer wollte schon schön sein bei solchem Wetter. Sie verhängte die Fenster mit schweren Tüchern, wenn die Friseure vorbeizogen, und nagelte Bretter vor die Tür. Aber wir entwischten durch den Keller und hörten sie hinter uns keifen, als wir die Straße hinunterjagten. Wir konnten nicht warten, wir wollten schön sein, wir wollten auf weichen Decken sitzen und mittafeln an einem richtigen Tisch, ein weißes Tuch ohne Flecken und Reste, denn die Friseure saugten mit glänzenden Lippen das Fleisch von den Knochen, bis sie schimmerten wie polierte Zähne. Dann warfen sie sie in hohem Bogen über ihre Schultern in den See. Und so traten wir atemlos in ihre Dienste.

Als der Abend kam, trugen wir stolz die Körbe voller leerer Flaschen, weshalb wir leicht schwankten, als wir ein letztes Mal am Haus unserer Großmutter vorübergingen, die Tür vernagelt und die Fenster verhängt, aber wir sahen sie deutlich hinter den Tüchern stehen, die Fäuste zum Abschied geballt.

Wir lernten das Handwerk gründlich und schnell. Den Sommer über wuschen wir Kittel und bügelten sie unter schweren Eisen, bis sie keine Falte mehr zeigten. Als die Blätter fielen, begannen wir, zu schneiden und zu kämmen, zu färben und zu blondieren, so lange, bis uns die Haare endgültig ausgingen an den Händen, die weich und geschmeidig wurden wie die eines Meisters. Morgens prüften wir unsere Nägel auf Spuren der Arbeit, denn nur eine saubere Hand garantiert den Erfolg des Geschäfts.

Als der Winter kam, wurde uns kalt auf den Köpfen. Wir blickten auf von der Arbeit und sahen sie im Spiegel glänzen wie frische Kanonenkugeln hinter den Gesichtern der bleichen Gäste. Und als uns abends nicht mehr warm wurde zwischen den Decken, erzählten wir einander Geschichten von endlosen Sommern am See, die zu lang waren für unsere Nächte, denn schon im Morgengrauen stand die Kundschaft vor der Tür. Sie schlugen mit Fäusten gegen die zugefrorenen Scheiben, in die sie Löcher bliesen mit ihrem ungeduldigen Atem. Dann drängten sie zur Tür herein und schubsten sich gegenseitig von den Stühlen, als sei nicht Platz genug für alle. Das Wasser dampfte nicht schnell genug in den Kesseln, wir schwitzten und froren zwischen den Becken und brannten Locke um Locke und schwenkten Kämme, Bürsten und Spiegel: da seht ihr, wie schön wir euch hergerichtet haben, denn Weihnachten steht vor der Tür! Nachts fegten wir keuchend die Fliesen und schafften in Eimern die Haare in den Keller, um Perücken zu bauen wie Wintermützen. In unbeobachteten Momenten zogen wir sie uns gegenseitig über die Ohren und lachten haltlos beim Blick in den Spiegel, aber warm wurde uns nicht dabei.

Zu Neujahr kam die Rasur. Jetzt hielten wir endlich das Messer in Händen am Hals mit der Klinge aus Stahl, biegsam zwischen zwei Platten gespannt, und schäumten die schmutzigen Bärte ein. Die Gesichter der Kunden waren müde. Träge starrten sie in die Spiegel und fragten nicht lange nach dem Verbleib ihrer Bärte. Am Ende warfen wir ihnen frisches Wasser ins Gesicht und glätteten es mit unseren Händen. Wir pinselten letzte Haare aus ihren Nacken. Wenn wir ihnen die weißen Tücher von der Brust zogen, waren sie schön wie zum Aufbahren. Sie traten hinaus in das neue Jahr wie frisch gebadete Kinder, die glauben, daß wieder ein Frühling kommt. Er kam, und wir nahmen die Kittel und trugen sie hinab in den Keller, um sie zu verbrennen. Wir schliefen heimlich neben den Öfen und träumten von großen Reisen in wärmere Länder, die bartlosen Gesichter eng aneinandergeschmiegt.

Aber im Mai marschieren wir ein in die Stadt, den Rucksack gestopft mit Kaninchen und Hühnern und allem, was wir unterwegs zu fassen bekommen. Der Himmel ist blau, und die Mädchen schwenken bunte Fahnen. Im Stadtpark schlagen wir unsere Zelte auf und lassen uns von den Mädchen die Stiefel von den Füßen ziehen. Wir legen uns in ihre Arme und ziehen gierig an ihren Zöpfen, aber wenn wir sie küssen wollen, springen sie seitwärts weg in die Büsche und legen sich auf die Lauer. Erst wenn der Duft unverkennbar aufsteigt zwischen den Bäumen, hält es die Mädchen nicht länger. Sie springen hervor und lassen sich füttern und lachen und wischen uns mit ihren Zöpfen das Fett von den Wangen. Wir schlagen lang hin und kugeln ins Gras, als hätten wir nicht begriffen, daß nichts nachwächst.

JEAN PAUL

Maiwanderung

Die Abdankung des Nachtwächters trieb ihn endlich aus dem Schlafsessel in den gestirnten, wehenden Morgen hinaus.

Er schlich aber vorher noch einmal in die Kammer an das heißträumende Rosenmädchen, drückte ein Fenster zu, dessen kalte Zugluft heimlich ihr wehrloses Herz anfiel, und hielt seine nahen Lippen vom weckenden Kusse ab und sah sie bloß so gut an, als es das Sternenlicht und das blasse Morgenrot erlaubten, bis er das zu dunkel werdende Auge beim Gedanken wegwandte: ich sehe sie vielleicht zum letzten Mal.

Bei dem Durchgange durch die Stube sah ihn ordentlich ihr Flachsrocken mit seinen breiten farbigen Papierbändern, womit sie ihn aus Mangel an Seidenband zierlich umwickelt hatte, und ihr stilles Spinnrad an, das sie gewöhnlich in dunkler Morgen- und Abendzeit, wo nicht gut zu nähen war, zu treten gepflegt; und als er sich vorstellte, wie sie während seiner Abwesenheit ganz einsam das Rädchen und die Flöckchen so eifrig handhaben werde: so riefen alle Wünsche in ihm: es gehe der Armen doch gut, und immer, wenn ich sie auch wiedersehe.

Dieser Gedanke des letzten Mals wurde draußen noch lebhafter durch den kleinen Schwindel, den die Wallungen und der Abbruch des Schlummers ihm in den physischen Kopf setzten, und durch das wehmütige Zurückblicken auf sein weichendes Haus, auf die verdunkelte Stadt und auf die Verwandlung des Vorgrunds in einen Hintergrund und auf das Entfliehen der Spaziergänge und aller Höhen, auf denen er oft sein erstarrtes, in den vorigen Winter eingefrornes Herz warm getragen hatte. Hinter ihm fiel das Blatt, worauf er sich als Blattwickler und Minierraupe herumgekäuet hatte, als *Blätterskelett* herab.

Aber die erste *fremde* Erde, die er noch mit keinen Stationen seines Leidens bezeichnet hatte, sog schon, wie Schlangenstein, aus seinem Herzen einige scharfe Gifttropfen des Grams.

Nun schoß die Sonnenflamme immer näher herauf an die entzündeten Morgenwolken – endlich gingen am Himmel und in den Bächen und in den Teichen und in den blühenden Taukelchen hundert Sonnen miteinander auf, und über die Erde schwammen tausend Farben, und aus dem Himmel brach ein einziges lichtes Weiß.

Das Schicksal pflückte aus Firmians Seele, wie Gärtner im Frühling aus Blumen, die meisten alten, gelben, welken Blättchen aus. – Durch das Gehen nahm das Schwindeln mehr ab als zu. In der Seele stieg eine überirdische Sonne mit der zweiten am Himmel. In jedem Tal, in jedem Wäldchen, auf jeder Höhe warf er einige pressende Ringe von der engen Puppe des winterlichen Lebens und Kummers ab und faltete die nassen Ober- und Unterflügel auf und ließ sich von den Mailüften mit vier ausgedehnten Schwingen in den Himmel unter tiefere Tagschmetterlinge und über höhere Blumen wehen.

Aber wie kräftig fing das bewegte Leben an, in ihm zu gären und zu brausen, da er aus der Diamantgrube eines Tales voll Schatten und Tropfen heraustieg, einige Stufen unter dem Himmeltore des Frühlings. – Wie aus dem Meere, und noch naß, hatte ein allmächtiges Erdbeben eine unübersehliche, neugeschaffne, in Blüte stehende Ebene mit jungen Trieben und Kräften heraufgedrängt – das Feuer der Erde loderte unter den Wurzeln des weiten hangenden Gartens, und das Feuer des Himmels flammte herab und brannte den Gipfeln und Blumen die Farben ein – zwischen den Porzellantürmen weißer Berge standen die gefärbten blühenden Höhen als Throngerüste der Fruchtgöttinnen – über das weite Lustlager zogen sich Blütenkelche und schwüle Tropfen als bevölkerte Zelte hinauf und hinab, der Boden war mit wimmelnden Bruttafeln von Gräsern und kleinen Herzen belegt, und ein Herz ums andere riß sich geflügelt oder mit Floßfedern oder mit Fühlfäden aus den heißen Brutzellen der Natur empor und sumste und sog und schnalzte und sang, und für jeden Honigrüssel war schon lange der Freudenkelch aufgetan. – Nur das Schoßkind der unendlichen Mutter, der Mensch, stand allein mit hellen frohen Augen auf dem Marktplatz der lebendigen Sonnenstadt voll Glanz und Lärm und schauete trunken rund herum in alle unzählige Gassen. – Aber seine ewige Mutter ruhte verhüllt in der Unermeßlichkeit, und nur an der Wärme, die an sein Herz ging, fühlte er, daß er an ihrem liege … – Firmian ruhte in einer Bauerhütte von diesem zweistündigen Rausch des Herzens aus. Der brausende Geist dieses Freudenkelchs stieg einem Kranken wie ihm leichter in das Herz, wie andern Kranken in den Kopf.

Als er wieder ins Freie trat, lösete sich der Glanz in Helle auf, die Begeisterung in Heiterkeit. Jeder rote hängende Maikäfer und jedes rote Kirchendach und jeder schillernde Strom, der Funken und Sterne sprühte, warf fröhliche Lichter und hohe Farben in seine Seele. Wenn er in den laut atmenden und schnaubenden Waldungen das Schreien der Köhler und das Widerhallen der Peitschen und das Krachen fallender Bäume vernahm – wenn er dann hinaustrat und die weißen Schlösser anschauete und die weißen Straßen, die wie Sternbilder und Milchstraßen den tiefen Grund aus Grün durchschnitten, und die glänzenden Wolkenflocken im tiefen Blau – und wenn die Funkenblitze bald von Bäumen tropften, bald aus Bächen stäubten, bald über ferne Sägen glitten: – so konnte ja wohl kein dunstiger Winkel seiner Seele, keine umstellte Ecke mehr ohne Sonnenschein und Frühling bleiben; das nur im feuchten Schatten wachsende Moos der nagenden zehrenden Sorge fiel im Freien von seinen Brot- und Freiheitbäumen ab, und seine Seele mußte ja in die tausend um ihn fliegenden und sumsenden Singstimmen einfallen und mitsingen: das Leben ist schön, und die Jugend ist noch schöner, und der Frühling ist am allerschönsten.

Der vorige Winter lag hinter ihm wie der düstere zugefrorne Südpol, und der Reichsmarktflecken lag unter ihm wie ein dumpfiges tiefes Schulkarzer mit triefendem Gemäuer. Bloß über seine Stube kreuzten heitere breite Sonnenstreife; und noch dazu dachte er sich seine Lenette darin als Alleinherrscherin, die heute kochen, waschen und reden durfte, was sie wollte, und die überdies den ganzen Tag den Kopf (und die Hände) davon voll hatte, was abends Liebes komme. Er gönnt' ihr heute in ihrer engen Eierschale, Schwefelhütte und Kartause recht von Herzen den herumfließenden Glanz, den in ihr Petrus-Gefängnis der eintretende Engel mitbrachte, der Pelzstiefel. »Ach, in Gottes Namen«, dacht' er, »soll sie so freudig sein wie ich, und noch mehr, wenns möglich ist.«

Je mehr Dörfer vor ihm mit ihren wandernden Theatertruppen vorüberliefen: desto theatralischer kam ihm das Leben vor* – seine Bürden wurden Gastrollen und aristotelische Knoten – seine Kleider Opernkleider – seine neuen Stiefeln Kothurne – sein Geldbeutel eine Theaterkasse – und eine der schönsten Erkennungen auf dem Theater bereitete sich ihm an dem Busen seines Lieblinges zu ...

Nachmittags um 3 ½ Uhr wurde auf einmal in einem noch schwäbischen Dorfe, nach dessen Namen er nicht gefragt, in seiner Seele alles zu Wasser, zu Tränen, so daß er sich selber über die Erweichung verwunderte. Die Nachbarschaft um ihn ließ eher das Widerspiel vermuten: er stand an einem alten, ein wenig gesenkten Maienbaum mit dürrem Gipfel – die Bauerweiber begossen die im Sonnenlicht glänzende Leinwand auf dem Gemeindeanger – und warfen den gelbwollichten Gänsen die zerhackten *Eier* und Nesseln als Futter vor – Hecken wurden von einem adeligen Gärtner beschoren, und die Schafe, die es schon waren, wurden vom Schweizerhorn des Hirten um den Maienbaum versammelt. – Alles war so jugendlich, so hold, so italienisch – der schöne Mai hatte alles halb oder ganz entkleidet, die Schafe, die Gänse, die Weiber, den Hornisten, den Heckenscherer und seine Hecken ...

---

* Jede Reise verwandelt das Spießbürgerliche und Kleinstädtische in unserer Brust in etwas Weltbürgerliches und Göttlichstädtisches (Stadt Gottes).

Warum wurd' er in einer so lachenden Umgebung zu weich? – Im Grunde weniger darum, weil er heute den ganzen Tag zu froh gewesen war, als hauptsächlich, weil der Schaf-Fagottist durch seine Komödienpfeife seine Truppe unter den Maienbaum rief. Firmian hatte in seiner Kindheit hundertmal den Schafstall seines Vaters dem blasenden Prager und Schäfer unter den Hirtenstab getrieben – und dieser Alpen-Kuhreigen weckte auf einmal seine rosenrote Kindheit, und sie richtete sich aus ihrem Morgentau und aus ihrer Laube von Blütenknospen und eingeschlafnen Blumen auf und trat himmlisch vor ihn und lächelte ihn unschuldig und mit ihren tausend Hoffnungen an und sagte: »Schau' mich an, wie schön ich bin – wir haben zusammen gespielt – ich habe dir sonst viel geschenkt, große Reiche und Wiesen und Gold und ein schönes, langes Paradies hinter dem Berg – aber du hast ja gar nichts mehr! Und bist noch dazu so bleich! Spiele wieder mit mir!« – O wem unter uns wird nicht die Kindheit tausendmal durch Musik geweckt, und sie redet ihn an und fragt ihn: »Sind die Rosenknospen, die ich dir gab, denn noch nicht aufgebrochen?« O wohl sind sie's, aber weiße Rosen warens.

Seine Freudenblumen schloß der Abend mit ihren Blättern über ihren Honiggefäßen zu, und auf sein Herz fiel der Abendtau der Wehmut kälter und größer, je länger er ging. Gerade vor Sonnenuntergang kam er vor ein Dorf – leider ists mir aus dem Gedächtnis wie ausgestrichen, obs Honhart oder Honstein oder Jaxheim war: so viel darf ich für gewiß ausgeben, daß es eines von dreien war, weil es neben dem Fluß Jaxt und an der Ellwangschen Grenze im Anspachschen lag. Sein Nachtquartier rauchte vor ihm im Tal. Er legte sich, eh' ers bezog, auf einem Hügel unter einen Baum, dessen Blätter und Zweige ein Chorpult singender Wesen waren. Nicht weit von ihm glänzte in der Abendsonne das Rauschgold eines zitternden Wassers, und über ihm flatterte das vergoldete Laubwerk um die weißen Blüten, wie Gräser um Blumen. Der Guckguck, der sein eigner Resonanzboden und sein eignes vielfaches Echo ist, redete ihn aus finstern Gipfeln mit einer trüben Klagstimme an – die Sonne floß dahin – über den Glanz des Tages warfen die Schatten dichtere Trauerflöre – unser Freund war ganz allein – und er fragte sich: »Was wird jetzt meine Lenette tun, und an wen wird sie denken, und wer wird bei ihr sein?« – Und hier durchstieß der Gedanke: »Aber ich habe keine Geliebte an meiner Hand!« mit einer Eishand sein Herz. Und als er sich die schöne, zarte weibliche Seele recht klar gemalet hatte, die er oft gerufen, aber nie gesehen, der er gern so viel, nicht bloß sein Herz, nicht bloß sein Leben, sondern alle seine Wünsche, alle seine Launen hingeopfert hätte: so ging er freilich den Hügel mit schwimmenden Augen, die er vergeblich trocknete, hinunter; aber wenigstens jede gute weibliche Seele, die mich liest und die vergeblich oder verarmend geliebt, wird ihm seine heißen Tropfen vergeben, weil sie selber erfahren, wie der innre Mensch gleichsam durch eine vom giftigen Samielwinde durchzogne Wüste reiset, in welcher entseelte, vom Winde getroffne Gestalten liegen, deren Arme sich abreißen von der eingeäscherten Brust, wenn der Lebendige sie ergreift und anziehen will an seine warme. Aber ihr, in deren Händen so manche erkalteten durch Wankelmut oder durch Todesfrost, ihr dürft doch nicht so klagen wie der Einsame, der nie etwas verloren, weil er nie etwas gewonnen, und der nach einer ewigen Liebe schmachtet, von der ihm nicht einmal eine zeitliche ein Trugbild jemals zum Troste zugesandt.

Firmian brachte eine stille, weiche, sich träumend-heilende Seele in sein Nachtlager und auf sein Bette mit. Wenn er darin den Blick aufschlug aus dem Schlummer, schimmerten die Sternbilder, die sein Fenster ausschnitt, freundlich in seine frohen hellen Augen und warfen ihm die astrologische Weissagung eines heitern Tages herab.

Er flatterte mit der ersten Lerche und mit ebenso viel Trillern und Kräften aus der Furche seines Bettes auf. Er konnte diesen Tag, wo die Ermüdung seinen Phantasien die Paradiesvogel-Schwingen berupfte, nicht ganz aus dem Anspachischen gelangen.

Den Tag darauf erreichte er das Bambergische (denn Nürnberg und dessen pays coutumiers und pays du droit écrit ließ er rechts liegen). Sein Weg lief von einem Paradies durch das andere – Die Ebene schien aus musivisch aneinander gerückten Gärten zu bestehen – Die Berge schienen sich gleichsam tiefer auf die Erde niederzulegen, damit der Mensch leichter ihre Rükken und Höcker besteige – Die Laubholz-Waldungen waren wie Kränze bei einem Jubelfest der Natur umhergeworfen, und die einsinkende Sonne glimmte oft hinter der durchbrochnen Arbeit eines Laubgeländers auf einem verlängerten Hügel wie ein Purpurapfel in einer durchbrochnen Fruchtschale – In der einen Vertiefung wünschte man den Mittagschlaf zu genießen, in einer andern das Frühstück, an jenem Bache den Mond, wenn er im Zenith stand, hinter diesen Bäumen ihn, wenn er erst aufging, unten an jener Anhöhe vor *Streitberg* die Sonne, wenn sie in ein grünes Gitterbette von Bäumen steigt.

Da er den Tag darauf schon mittags nach *Streitberg* kam, wo man alle jene genannte Dinge auf einmal erleben wollte: so hätt' er recht gut – er mußte denn kein so flinker Fußgänger sein als sein Lebenbeschreiber – noch gegen Abend die Baireuther Turmknöpfe das Rot der Abend-Aurora auflegen sehn können; aber er wollte nicht, er sagte zu sich: »Ich wäre dumm, wenn ich so hundmüde und ausgetrocknet die erste Stunde der schönsten Wiedererkennung anfinge und so mich und ihn (Leibgebern) um allen Schlaf und am Ende um das halbe Vergnügen (denn wie viel könnten wir heute noch reden?) brächte. Nein, lieber morgen früh um 6 Uhr, damit wir doch einen ganzen langen Tag zu unserm tausendjährigen Reiche vor uns haben.«

Er übernachtete daher in Fantaisie, einem artistischen Lust- und Rosen- und Blütental, eine halbe Meile von Baireuth. Es wird mir schwer, das papierne Modell, das ich von diesem Seifersdorfer Miniatur-Tal hier aufzustellen vermöchte, so lange zurückzutun, bis ich einen geräumigem Platz vorfinde; aber es muß sein, und bekomm' ich keinen, so steht mir allemal noch hinten vor dem Buchbinderblatte dazu ein breiter offen.

Firmian ging neben Fledermäusen und Maikäfern – dem Vor-
trab und den Vorposten eines blauen Tages – und hinter den
Baireuthern, die ihren Sonntag und ihre Himmelfahrt be-
schlossen – es war der 7te Mai – und zwar so spät, daß das erste
Mondviertel recht deutlich alle Blüten und Zweige auf der grünen Grundierung silhouettieren konnte – – also so spät ging er
noch auf eine Anhöhe, von der er auf das von der Brautnacht des
Frühlings sanft überdeckte und mit Lunens Funken gestickte
Baireuth, in welchem der geliebte Bruder seines Ichs verweilte
und an ihn dachte, tränen- und freudentrunkne Blicke werfen
konnte ... Ich kann in seinem Namen es mit »Wahrlich« beteu-
ern, daß er beinahe mir nachgeschlagen wäre: ich hätte nämlich
mit einem solchen warmquellenden Herzen, in einer solchen
von Gold und Silber und Azur zugleich geschmückten Nacht
vor allen Dingen einen Sprung getan in den Gasthof zur Sonne,
an meines unvergeßlichen Freundes Leibgebers Herz.

JOHANN WOLFGANG GOETHE

»So unstet hast Du nichts gesehn als dieses Herz«

am 4. May. 1771.

Wie froh bin ich, daß ich weg bin! Bester Freund, was ist das
Herz des Menschen! Dich zu verlassen, den ich so liebe, von
dem ich unzertrennlich war, und froh zu seyn! Ich weis, Du
verzeihst mir's. Waren nicht meine übrigen Verbindungen recht
ausgesucht vom Schicksaal, um ein Herz wie das meine zu ängs-
tigen? Die arme Leonore! Und doch war ich unschuldig! Konnt
ich dafür, daß, während die eigensinnigen Reize ihrer Schwester
mir einen angenehmen Unterhalt verschafften, daß eine Leidenschaft in dem armen Herzen sich bildete! Und doch – bin ich
ganz unschuldig? Hab ich nicht ihre Empfindungen genährt?
Hab ich mich nicht an denen ganz wahren Ausdrücken der Natur, die uns so oft zu lachen machten, so wenig lächerlich sie
waren, selbst ergözt! Hab ich nicht – O was ist der Mensch,
daß er über sich klagen darf! – Ich will, lieber Freund, ich ver-
spreche Dir's, ich will mich bessern, will nicht mehr das Bisgen
Uebel, das das Schicksaal uns vorlegt, wiederkäuen, wie ich's
immer gethan habe. Ich will das Gegenwärtige genießen, und
das Vergangene soll mir vergangen seyn. Gewiß Du hast recht,
Bester: der Schmerzen wären minder unter den Menschen, wenn
sie nicht – Gott weis warum sie so gemacht sind – mit so viel
Emsigkeit der Einbildungskraft sich beschäftigten, die Erinnerungen des vergangenen Uebels zurückzurufen, ehe denn eine
gleichgültige Gegenwart zu tragen.

Du bist so gut, meiner Mutter zu sagen, daß ich ihr Geschäfte
bestens betreiben, und ihr ehstens Nachricht davon geben
werde. Ich habe meine Tante gesprochen, und habe bey weiten
das böse Weib nicht gefunden, das man bey uns aus ihr macht,
sie ist eine muntere heftige Frau von dem besten Herzen. Ich erklärte ihr meiner Mutter Beschwerden über den zurückgehalte-

nen Erbschaftsantheil. Sie sagte mir ihre Gründe, Ursachen und die Bedingungen, unter welchen sie bereit wäre alles heraus zu geben, und mehr als wir verlangten – Kurz, ich mag jezo nichts davon schreiben, sag meiner Mutter, es werde alles gut gehen. Und ich habe, mein Lieber! wieder bey diesem kleinen Geschäfte gefunden: daß Mißverständnisse und Trägheit vielleicht mehr Irrungen in der Welt machen, als List und Bosheit nicht thun. Wenigstens sind die beyden leztern gewiß seltner.

Uebrigens find ich mich hier gar wohl. Die Einsamkeit ist meinem Herzen köstlicher Balsam in dieser paradisischen Gegend, und diese Jahrzeit der Jugend wärmt mit aller Fülle mein oft schauderndes Herz. Jeder Baum, jede Hecke ist ein Straus von Blüten, und man möchte zur Mayenkäfer werden, um in dem Meer von Wohlgerüchen herumschweben, und alle seine Nahrung darinne finden zu können.

Die Stadt ist selbst unangenehm, dagegen rings umher eine unaussprechliche Schönheit der Natur. Das bewog den verstorbenen Grafen von M. einen Garten auf einem der Hügel anzulegen, die mit der schönsten Mannigfaltigkeit der Natur sich kreuzen, und die lieblichsten Thäler bilden. Der Garten ist einfach, und man fühlt gleich bey dem Eintritte, daß nicht ein wissenschaftlicher Gärtner, sondern ein fühlendes Herz den Plan bezeichnet, das sein selbst hier genießen wollte. Schon manche Thräne hab ich dem Abgeschiedenen in dem verfallnen Cabinetgen geweint, das sein Lieblingspläzgen war, und auch mein's ist. Bald werd ich Herr vom Garten seyn, der Gärtner ist mir zugethan, nur seit den paar Tagen, und er wird sich nicht übel davon befinden.

*

am 10. May.

Eine wunderbare Heiterkeit hat meine ganze Seele eingenommen, gleich denen süßen Frühlingsmorgen, die ich mit ganzem Herzen geniesse. Ich bin so allein und freue mich so meines Lebens, in dieser Gegend, die für solche Seelen geschaffen ist, wie die meine. Ich bin so glücklich, mein Bester, so ganz in dem Gefühl von ruhigem Daseyn versunken, daß meine Kunst darunter leidet. Ich könnte jetzo nicht zeichnen, nicht einen Strich, und bin niemalen ein grösserer Mahler gewesen als in diesen Augenblicken. Wenn das liebe Thal um mich dampft, und die hohe Sonne an der Oberfläche der undurchdringlichen Finsterniß meines Waldes ruht, und nur einzelne Strahlen sich in das innere Heiligthum stehlen, und ich dann im hohen Grase am fallenden Bache liege, und näher an der Erde tausend mannigfaltige Gräsgen mir merkwürdig werden. Wenn ich das Wimmeln der kleinen Welt zwischen Halmen, die unzähligen, unergründlichen Gestalten, all der Würmgen, der Mückgen, näher an meinem Herzen fühle, und fühle die Gegenwart des Allmächtigen, der uns all nach seinem Bilde schuf, das Wehen des Allliebenden, der uns in ewiger Wonne schwebend trägt und erhält. Mein Freund, wenn's denn um meine Augen dämmert, und die Welt um mich her und Himmel ganz in meiner Seele ruht, wie die Gestalt einer Geliebten; dann sehn ich mich oft und denke: ach könntest du das wieder ausdrücken, könntest du dem Papier das einhauchen, was so voll, so warm in dir lebt, daß es würde der Spiegel deiner Seele, wie deine Seele ist der Spiegel des unendlichen Gottes. Mein Freund – Aber ich gehe darüber zu Grunde, ich erliege unter der Gewalt der Herrlichkeit dieser Erscheinungen.

*

am 12. May.
Ich weis nicht, ob so täuschende Geister um diese Gegend schweben, oder ob die warme himmlische Phantasie in meinem Herzen ist, die mir alles rings umher so paradisisch macht. Da ist gleich vor dem Orte ein Brunn', ein Brunn', an den ich gebannt bin wie Melusine mit ihren Schwestern. Du gehst einen kleinen Hügel hinunter, und findest dich vor einem Gewölbe, da wohl zwanzig Stufen hinab gehen, wo unten das klarste Was-

ser aus Marmorfelsen quillt. Das Mäuergen, das oben umher die Einfassung macht, die hohen Bäume, die den Platz rings umher bedecken, die Kühle des Orts, das hat alles so was anzügliches, was schauerliches. Es vergeht kein Tag, daß ich nicht eine Stunde da sizze. Da kommen denn die Mädgen aus der Stadt und holen Wasser, das harmloseste Geschäft und das nöthigste, das ehmals die Töchter der Könige selbst verrichteten. Wenn ich da sizze, so lebt die patriarchalische Idee so lebhaft um mich, wie sie alle die Altväter am Brunnen Bekanntschaft machen und freyen, und wie um die Brunnen und Quellen wohlthätige Geister schwe-ben. O der muß nie nach einer schweren Sommertagswande-rung sich an des Brunnens Kühle gelabt haben, der das nicht mit empfinden kann.

*

am 13. May.

Du fragst, ob Du mir meine Bücher schikken sollst? Lieber, ich bitte dich um Gottes willen, laß mir sie vom Hals. Ich will nicht mehr geleitet, ermuntert, angefeuret seyn, braust dieses Herz doch genug aus sich selbst, ich brauche Wiegengesang, und den hab ich in seiner Fülle gefunden in meinem Homer. Wie oft lull ich mein empörendes Blut zur Ruhe, denn so ungleich, so un-stet hast Du nichts gesehn als dieses Herz. Lieber! Brauch ich Dir das zu sagen, der Du so oft die Last getragen hast, mich vom Kummer zur Ausschweifung, und von süsser Melancholie zur verderblichen Leidenschaft übergehn zu sehn. Auch halt ich mein Herzgen wie ein krankes Kind, all sein Wille wird ihm gestattet. Sag das nicht weiter, es giebt Leute, die mir's verübeln würden.

*

am 15. May.

Die geringen Leute des Orts kennen mich schon, und lieben mich, besonders die Kinder. Eine traurige Bemerkung hab ich gemacht. Wie ich im Anfange mich zu ihnen gesellte, sie freundschaftlich fragte über dieß und das, glaubten einige, ich wollte ihrer spotten, und fertigten mich wol gar grob ab. Ich ließ mich das nicht verdriessen, nur fühlt ich, was ich schon oft bemerkt habe, auf das lebhafteste. Leute von einigem Stande werden sich immer in kalter Entfernung vom gemeinen Volke halten, als glaubten sie durch Annäherung zu verlieren, und dann giebts Flüchtlinge und üble Spasvögel, die sich herabzulassen scheinen, um ihren Uebermuth dem armen Volke desto empfindlicher zu machen.

Ich weiß wohl, daß wir nicht gleich sind, noch seyn können. Aber ich halte dafür, daß der, der glaubt nöthig zu haben, vom sogenannten Pöbel sich zu entfernen, um den Respekt zu erhalten, eben so tadelhaft ist, als ein Feiger, der sich für seinem Feinde verbirgt, weil er zu unterliegen fürchtet.

Lezthin kam ich zum Brunnen, und fand ein junges Dienstmädgen, das ihr Gefäß auf die unterste Treppe gesetzt hatte, und sich umsah, ob keine Camerädin kommen wollte, ihr's auf den Kopf zu helfen. Ich stieg hinunter und sah sie an. Soll ich ihr helfen, Jungfer? sagt ich. Sie ward roth über und über. O nein Herr! sagte sie. – Ohne Umstände – Sie legte ihren Kringen zurechte, und ich half ihr. Sie dankte und stieg hinauf.

*

den 17. May.

Ich hab allerley Bekanntschaft gemacht, Gesellschaft hab ich noch keine gefunden. Ich weiß nicht, was ich anzügliches für die Menschen haben muß, es mögen mich ihrer so viele, und hängen sich an mich, und da thut mirs immer weh, wenn unser Weg nur so eine kleine Strecke mit einander geht. Wenn Du fragst, wie die Leute hier sind? muß ich Dir sagen: wie überall! Es ist

ein einförmig Ding um's Menschengeschlecht. Die meisten ver-
arbeiten den grösten Theil der Zeit, um zu leben, und das Bisgen, das ihnen von Freyheit übrig bleibt, ängstigt sie so, daß sie
alle Mittel aufsuchen, um's los zu werden. O Bestimmung des
Menschen!

Aber eine rechte gute Art Volks! Wann ich mich manchmal
vergesse, manchmal mit ihnen die Freuden genieße, die so den
Menschen noch gewährt sind, an einem artig besetzten Tisch,
mit aller Offen- und Treuherzigkeit sich herum zu spassen, eine
Spazierfahrt, einen Tanz zur rechten Zeit anzuordnen und dergleichen, das thut eine ganz gute Würkung auf mich, nur muß
mir nicht einfallen, daß noch so viele andere Kräfte in mir ruhen,
die alle ungenutzt vermodern, und die ich sorgfältig verbergen
muß. Ach das engt all das Herz so ein – Und doch! Misverstan-
den zu werden, ist das Schicksal von unser einem.

Ach daß die Freundin meiner Jugend dahin ist, ach daß ich
sie je gekannt habe! Ich würde zu mir sagen: du bist ein Thor!
du suchst, was hienieden nicht zu finden ist. Aber ich hab sie
gehabt, ich habe das Herz gefühlt, die große Seele, in deren Gegenwart ich mir schien mehr zu seyn als ich war, weil ich alles
war was ich seyn konnte. Guter Gott, blieb da eine einzige Kraft
meiner Seele ungenutzt, konnt ich nicht vor ihr all das wunderbare Gefühl entwickeln, mit dem mein Herz die Natur umfaßt,
war unser Umgang nicht ein ewiges Weben von feinster Empfindung, schärfstem Witze, dessen Modifikationen bis zur Unart
alle mit dem Stempel des Genies bezeichnet waren? Und nun –
Ach ihre Jahre, die sie voraus hatte, führten sie früher an's Grab
als mich. Nie werd ich ihrer vergessen, nie ihren festen Sinn und
ihre göttliche Duldung.

Vor wenig Tagen traf ich einen jungen V... an, ein offner
Junge, mit einer gar glücklichen Gesichtsbildung. Er kommt
erst von Akademien, dünkt sich nicht eben weise, aber glaubt
doch, er wüßte mehr als andere. Auch war er fleißig, wie ich an
allerley spüre, kurz er hatt' hüpsche Kenntnisse. Da er hörte,
daß ich viel zeichnete, und Griechisch konnte, zwey Meteore

hier zu Land, wandt er sich an mich und kramte viel Wissens aus, von Batteux bis zu Wood, von de Piles zu Winkelmann, und versicherte mich, er habe Sulzers Theorie den ersten Theil ganz durchgelesen, und besitze ein Manuscript von Heynen über das Studium der Antike. Ich ließ das gut seyn.

Noch gar einen braven Kerl hab ich kennen lernen, den fürstlichen Amtmann. Einen offenen, treuherzigen Menschen. Man sagt, es soll eine Seelenfreude seyn, ihn unter seinen Kindern zu sehen, deren er neune hat. Besonders macht man viel Wesens von seiner ältsten Tochter. Er hat mich zu sich gebeten, und ich will ihn ehster Tage besuchen, er wohnt auf einem fürstlichen Jagdhofe, anderthalb Stunden von hier, wohin er, nach dem Tode seiner Frau, zu ziehen die Erlaubniß erhielt, da ihm der Aufenthalt hier in der Stadt und dem Amthause zu weh that.

Sonst sind einige verzerrte Originale mir in Weg gelaufen, an denen alles unausstehlich ist, am unerträglichsten ihre Freundschaftsbezeugungen.

Leb wohl! der Brief wird dir recht seyn, er ist ganz historisch.

*

am 22. May.

Daß das Leben des Menschen nur ein Traum sey, ist manchem schon so vorgekommen, und auch mit mir zieht dieses Gefühl immer herum. Wenn ich die Einschränkung so ansehe, in welche die thätigen und forschenden Kräfte des Menschen eingesperrt sind, wenn ich sehe, wie alle Würksamkeit dahinaus läuft, sich die Befriedigung von Bedürfnissen zu verschaffen, die wieder keinen Zwek haben, als unsere arme Existenz zu verlängern, und dann, daß alle Beruhigung über gewisse Punkte des Nachforschens nur eine träumende Resignation ist, da man sich die Wände, zwischen denen man gefangen sizt, mit bunten Gestalten und lichten Aussichten bemahlt. Das alles, Wilhelm, macht mich stumm. Ich kehre in mich selbst zurük, und finde eine Welt! Wieder mehr in Ahndung und dunkler Begier, als in Darstellung und lebendiger Kraft. Und da schwimmt alles vor meinen Sinnen, und ich lächle dann so träumend weiter in die Welt.

Daß die Kinder nicht wissen, warum sie wollen, darinn sind alle hochgelahrte Schul- und Hofmeister einig. Daß aber auch Erwachsene, gleich Kindern, auf diesem Erdboden herumtaumeln, gleichwie jene nicht wissen, woher sie kommen und wohin sie gehen, eben so wenig nach wahren Zwekken handeln, eben so durch Biskuit und Kuchen und Birkenreiser regiert werden, das will niemand gern glauben, und mich dünkt, man kann's mit Händen greifen.

Ich gestehe dir gern, denn ich weis, was du mir hierauf sagen möchtest, daß diejenige die glüklichsten sind, die gleich den Kindern in Tag hinein leben, ihre Puppe herum schleppen, aus und anziehen, und mit großem Respekte um die Schublade herum schleichen, wo Mama das Zuckerbrod hinein verschlossen hat, und wenn sie das gewünschte endlich erhaschen, es mit vollen Bakken verzehren, und rufen: Mehr! das sind glükliche Geschöpfe! Auch denen ists wohl, die ihren Lumpenbeschäftigungen, oder wohl gar ihren Leidenschaften prächtige Titel geben, und sie dem Menschengeschlechte als Riesenoperationen zu dessen Heil und Wohlfahrt anschreiben. Wohl dem, der so seyn kann! Wer aber in seiner Demuth erkennt, wo das alles hinausläuft, der so sieht, wie artig jeder Bürger, dem's wohl ist, sein Gärtchen zum Paradiese zuzustuzzen weis, und wie unverdrossen dann doch auch der Unglükliche unter der Bürde seinen Weg fortkeicht, und alle gleich interessirt sind, das Licht dieser Sonne noch eine Minute länger zu sehn, ja! der ist still und bildet auch seine Welt aus sich selbst, und ist auch glüklich, weil er ein Mensch ist. Und dann, so eingeschränkt er ist, hält er doch immer im Herzen das süsse Gefühl von Freyheit, und daß er diesen Kerker verlassen kann, wann er will.

am 26. May

Du kennst von Alters her meine Art, mich anzubauen, irgend mir an einem vertraulichen Orte ein Hüttchen aufzuschlagen, und da mit aller Einschränkung zu herbergen. Ich hab auch hier wieder ein Pläzchen angetroffen, das mich angezogen hat.

Ohngefähr eine Stunde von der Stadt liegt ein Ort, den sie Wahlheim* nennen. Die Lage an einem Hügel ist sehr interessant, und wenn man oben auf dem Fußpfade zum Dorfe heraus geht, übersieht man mit Einem das ganze Thal. Eine gute Wirthin, die gefällig und munter in ihrem Alter ist, schenkt Wein, Bier, Caffee, und was über alles geht, sind zwey Linden, die mit ihren ausgebreiteten Aesten den kleinen Plaz vor der Kirche bedecken, der ringsum mit Bauerhäusern Scheuern und Höfen eingeschlossen ist. So vertraulich, so heimlich hab ich nicht leicht ein Pläzchen gefunden, und dahin laß ich mein Tischchen aus dem Wirthshause bringen und meinen Stuhl, und trinke meinen Caffee da, und lese meinen Homer. Das erstemal als ich durch einen Zufall an einem schönen Nachmittage unter die Linden kam, fand ich das Pläzchen so einsam. Es war alles im Felde. Nur ein Knabe von ohngefähr vier Jahren saß an der Erde, und hielt ein andres etwa halbjähriges vor ihm zwischen seinen Füssen sitzendes Kind mit beyden Armen wider seine Brust, so daß er ihm zu einer Art von Sessel diente, und ohngeachtet der Munterkeit, womit er aus seinen schwarzen Augen herumschaute, ganz ruhig saß. Mich vergnügte der Anblik, und ich sezte mich auf einen Pflug, der gegen über stund, und zeichnete die brüderliche Stellung mit vielem Ergözzen, ich fügte den nächsten Zaun, ein Tennenthor und einige gebrochne Wagenräder bey, wie es all hintereinander stund, und fand nach Verlauf einer Stunde, daß ich eine wohlgeordnete sehr interessante Zeichnung verfertigt hatte, ohne das mindeste von dem meinen hinzuzuthun. Das bestärkte mich in meinem Vor-

---

* Der Leser wird sich keine Mühe geben, die hier genannten Orte zu suchen, man hat sich genöthigt, die im Originale befindlichen wahren Nahmen zu verändern.

sazze, mich künftig allein an die Natur zu halten. Sie allein ist unendlich reich, und sie allein bildet den großen Künstler. Man kann zum Vortheile der Regeln viel sagen, ohngefähr was man zum Lobe der bürgerlichen Gesellschaft sagen kann. Ein Mensch, der sich nach ihnen bildet, wird nie etwas abgeschmaktes und schlechtes hervor bringen, wie einer, der sich durch Gesezze und Wohlstand modeln läßt, nie ein unerträglicher Nachbar, nie ein merkwürdiger Bösewicht werden kann; dagegen wird aber auch alle Regel, man rede was man wolle, das wahre Gefühl von Natur und den wahren Ausdruk derselben zerstören! sagst du, das ist zu hart! Sie schränkt nur ein, beschneidet die geilen Reben &c. Guter Freund, soll ich dir ein Gleichniß geben: es ist damit wie mit der Liebe, ein junges Herz hängt ganz an einem Mädchen, bringt alle Stunden seines Tags bey ihr zu, verschwendet all seine Kräfte, all sein Vermögen, um ihr jeden Augenblik auszudrük-ken, daß er sich ganz ihr hingiebt. Und da käme ein Philister ein Mann, der in einem öffentlichen Amte steht, und sagte zu ihm: feiner junger Herr, lieben ist menschlich, nur müßt ihr mensch-lich lieben! Theilet eure Stunden ein, die einen zur Arbeit, und die Erholungsstunden widmet eurem Mädchen, berechnet euer Vermögen, und was euch von eurer Nothdurft übrig bleibt, da-von verwehr ich euch nicht ihr ein Geschenk, nur nicht zu oft, zu machen. Etwa zu ihrem Geburts- und Namenstage &c. – Folgt der Mensch, so giebts einen so brauchbaren jungen Menschen, und ich will selbst jedem Fürsten rathen, ihn in ein Collegium zu sezzen, nur mit seiner Liebe ist's am Ende, und wenn er ein Künstler ist, mit seiner Kunst. O meine Freunde! warum der Strom des Genies so selten ausbricht, so selten in hohen Flu-then hereinbraust, und eure staunende Seele erschüttert. Lieben Freunde, da wohnen die gelaßnen Kerls auf beyden Seiten des Ufers, denen ihre Gartenhäuschen, Tulpenbeete, und Krautfelder zu Grunde gehen würden, und die daher in Zeiten mit dämmen und ableiten der künftig drohenden Gefahr abzuwehren wissen.

*

am 27. May.

Ich bin, wie ich sehe, in Verzükkung, Gleichnisse und Deklamation verfallen, und habe drüber vergessen, dir auszuerzählen, was mit den Kindern weiter worden ist. Ich saß ganz in mahlerische Empfindungen vertieft, die dir mein gestriges Blatt sehr zerstükt darlegt, auf meinem Pfluge wohl zwey Stunden. Da kommt gegen Abend eine junge Frau auf die Kinder los, die sich die Zeit nicht gerührt hatten, mit einem Körbchen am Arme, und ruft von weitem: Philips, du bist recht brav. Sie grüßte mich, ich dankte ihr, stand auf, trat näher hin, und fragte sie: ob sie Mutter zu den Kindern wäre? Sie bejahte es, und indem sie dem Aeltesten einen halben Wek gab, nahm sie das Kleine auf und küßte es mit aller mütterlichen Liebe. Ich habe, sagte sie, meinem Philips das Kleine zu halten gegeben, und bin in die Stadt gegangen mit meinem Aeltsten, um weis Brod zu holen, und Zukker, und ein irden Breypfännchen; ich sah das alles in dem Korbe, dessen Dekkel abgefallen war. Ich will meinem Hans (das war der Nahme des Jüngsten) ein Süppchen kochen zum Abende, der lose Vogel der Große hat mir gestern das Pfännchen zerbrochen, als er sich mit Philipsen um die Scharre des Brey's zankte. Ich fragte nach dem Aeltsten, und sie hatte mir kaum gesagt, daß er auf der Wiese sich mit ein Paar Gänsen herumjagte, als er hergesprungen kam, und dem zweyten eine Haselgerte mitbrachte. Ich unterhielt mich weiter mit dem Weibe, und erfuhr, daß sie des Schulmeisters Tochter sey, und daß ihr Mann eine Reise in die Schweiz gemacht habe, um die Erbschaft eines Vettern zu holen. Sie haben ihn drum betrügen wollen, sagte sie, und ihm auf seine Briefe nicht geantwortet, da ist er selbst hineingegangen. Wenn ihm nur kein Unglük passirt ist, ich höre nichts von ihm. Es ward mir schwer, mich von dem Weibe loszumachen, gab jedem der Kinder einen Kreuzer, und auch fürs jüngste gab ich ihr einen, ihm einen Wek mitzubringen zur Suppe, wenn sie in die Stadt gieng, und so schieden wir von einander.

Ich sage dir, mein Schaz, wenn meine Sinnen gar nicht mehr halten wollen, so linderts all den Tumult, der Anblik eines solchen Geschöpfs, das in der glüklichen Gelassenheit so den engen Kreis seines Daseyns ausgeht, von einem Tag zum andern sich durchhilft, die Blätter abfallen sieht, und nichts dabey denkt, als daß der Winter kömmt.

ADALBERT STIFTER

Veilchen

25. April 1834

Heute ist weithin heiterer Himmel mit tiefem Blau, die Sonne scheint durch mein geöffnetes Fenster; das draußen schallende Leben dringt klarer herein, und ich höre das Rufen spielender Kinder. Gegen Süden stellen sich kleine Wolkenballen auf, die nur der Frühling so schön färben kann; die Metalldächer der Stadt glänzen und schillern, der Vorstadtturm wirft goldne Funken, und ein ferner Taubenflug läßt aus dem Blau zuzeiten weiße Schwenkungen vortauchen.

Wäre ich ein Vogel, ich sänge heute ohne Aufhören auf jedem Zweige, auf jedem Zaunpfahle, auf jeder Scholle, nur in keinem Käfig – und dennoch hat mich der Arzt in einen gesperrt und mir Bewegung untersagt; deshalb sitze ich nun da, dem Fenster gegenüber, und sehe in den Lenz hinaus, von dem ein Stück gütig zu mir hereinkommt. Auf dem Fenstergesimse stehen Töpfe mit Levkojenpflänzchen, die sich vergnüglich sonnen und ordentlich jede Sekunde grüner werden; einige Zweige aus des Nachbars Garten ragen um die Ecke und zeigen mir, wie frohe Kinder, ihre kleinen, lichtgrünen, unschuldigen Blättchen.

Zwei alte Wünsche meines Herzens stehen auf. Ich möchte eine Wohnung von zwei großen Zimmern haben, mit wohlgebohnten Fußböden, auf denen kein Stäubchen liegt; sanftgrüne oder perlgraue Wände, daran neue Geräte, edel, massiv, antik einfach, scharfkantig und glänzend; seidne, graue Fenstervorhänge, wie mattgeschliffenes Glas, in kleine Falten gespannt und von seitwärts gegen die Mitte zu ziehen. In dem einen der Zimmer wären ungeheure Fenster, um Lichtmassen hereinzulassen und mit obigen Vorhängen für trauliche Nachmittagsdämmerung. Rings im Halbkreise stände eine Blumenwildnis, und mitten darin säße ich mit meiner Staffelei und versuchte endlich jene

Farben zu erhaschen, die mir ewig im Gemüte schweben und nachts durch meine Träume dämmern – ach, jene Wunder, die in Wüsten prangen, über Ozeanen schweben und den Gottesdienst der Alpen feiern helfen. An den Wänden hinge ein oder der andere Ruysdael oder ein Claude, ein sanfter Guido und Kindergesichtchen von Murillo. In dieses Paphos und Eldorado ginge ich dann nie anders, als nur mit der unschuldigsten, glänzendsten Seele, um zu malen oder mir sonst dichterische Feste zu geben. Ständen noch etwa zwischen dunkelblättrigen Tropengewächsen ein paar weiße, ruhige Marmorbilder alter Zeit, dann wäre freilich des Vergnügens letztes Ziel und Ende erreicht.

Sommerabends, wenn ich für die Blumen die Fenster öffnete, daß ein Luftbad hereinströme, säße ich im zweiten Zimmer, das das gemeine Wohngehäuse mit Tisch und Bett und Schrank und Schreibtisch ist, nähme auf ein Stündchen Vater Goethe zuhanden oder schriebe oder ginge hin und wieder oder säße weit weg von der Abendlampe und schaute durch die geöffneten Türflügel nach Paphos, in dem bereits die Dämmerung anginge oder gar schon Mondenschein wäre, der im Gegensatze zu dem trübgelben Erze meines Lampenlichtes schöne weiße Lilientafeln draußen auf die Wände legte, durch das Gezweig spielte, über die Steinbilder glitte und Silbermosaik auf den Fußboden setzte. Dann stellte ich wohl den guten Refraktor von Fraunhofer, den ich auch hätte, auf, um in den Licht- und Nebelauen des Mondes eine halbe Stunde zu wandeln; dann suchte ich den Jupiter, die Vesta und andere, dann unersättlich den Sirius, die Milchstraße, die Nebelflecken; dann neue, nur mit dem Rohre sichtbare Nebelflecken, gleichsam durch tausend Himmel zurückgeworfene Milchstraßen. In der erhabenen Stimmung, die ich hätte, ginge ich dann gar nicht mehr, wie ich leider jetzt abends tun muß, in das Gasthaus, sondern ...

Doch dies führt mich auf den zweiten Wunsch: nämlich außer obiger Wohnung von zwei Zimmern noch drei anstoßende zu haben, in denen die allerschönste, holdeste, liebevollste Gattin der Welt ihr Paphos hätte, aus dem sie zuweilen hinter meinen

Stuhl träte und sagte: diesen Berg, dieses Wasser, diese Augen hast du schön gemacht. Zu dieser Außerordentlichen ihres Geschlechts ginge ich nun an jenem Abende hinein, führte sie heraus vor den Fraunhofer, zeigte ihr die Welten des Himmels und ginge von einer zur andern, bis auch sie ergriffen würde von dem Schauder dieser Unendlichkeit – und dann fingen begeisterte Gespräche an, und wir schauten gegenseitig in unsere Herzen, die auch ein Abgrund sind, wie der Himmel, aber auch einer voll lauter Licht und Liebe, nur einige Nebelflecke abgerechnet; – oder wir gingen dann zu ihrem Pianoforte hin, zündeten kein Licht an (denn der Mond gießt breite Ströme desselben bei den Fenstern herein), und sie spielte herrliche Mozart, die sie auswendig weiß, oder ein Lied von Schubert oder schwärmte in eigenen Phantasien herum – ich ginge auf und ab oder öffnete die Glastüren, die auf den Balkon führen, träte hinaus, ließe mir die Töne nachrauschen und sähe über das unendliche Funkengewimmel auf allen Blättern und Wipfeln unseres Gartens, oder wenn mein Haus an einem See stände – – – –

Aber, siehst Du, so bin ich – da wachsen die zwei Wünsche, daß sie mir am Ende kein König mehr verwirklichen könnte. Freilich wäre alles das sehr himmlisch, selbst wenn vorderhand nur die zwei Zimmer da wären, auch mit etwas geringern Bildern; denn die Herrliche, die ich mir einbilde, wäre ja ohnedies nicht für mich leidenschaftlichen Menschen, der ich sie vielleicht täglich verletzte, wenn mich nicht etwa die Liebe zu einem völligen sanften Engel umwandelte. Indessen aber stehe ich noch hier und habe Mitleid mit meiner Behausung, die nur eine allereinzige Stube ist mit zwei Fenstern, durch die ich auf den Frühling hinausschaue, zu dem ich nicht einmal hinaus darf, und an Wipfeln und Gärten ist auch nichts Hinreichendes, außer den paar Zweigen des Nachbars, sondern die Höhe der Stube über andern Wohnungen läßt mich wohl ein sattsames Stück Himmel erblicken, aber auch Rauchfänge genug und mehrere Dächer und ein paar Vorstadttürme. Die südlichen Wolken stellten sich indessen zu artigen Partien zusammen und gewinnen immer liebere und wärmere Farben. Ich will, da ich schon nicht hinaus darf, einige abzustehlen suchen, und auf der Leinwand aufzubewahren. – – Ich schrieb das Obenstehende heute morgens und malte fast den ganzen Tag Luftstudien. Abends begegnete mir ein artiger Vorfall. Auch moralischen und sogar zufälligen Erscheinungen gehen manchmal ihre Morgenröten vorher. Schon seit vielen Wochen ist mir die Bekanntschaft eines jungen Künstlers versprochen worden. Heute wurde er als Krankenbesuch von zwei Freunden gebracht, und siehe da! es war derselbe junge, schöne Mann, den ich vor zwei Tagen auf dem Spaziergange, der mir mein jetziges Halsweh zuzog, gefunden hatte. Ich erkannte ihn augenblicklich und war fast verlegen; er gab kein Zeichen, daß er auf den Spaziergänger geachtet habe, der so dreist sein Gesicht und Studienbuch geschaut hat. Der Besuch war ein sehr angenehmer, und die Bitte um Wiederholung wurde zugesagt. Sein Name ist Lothar Disson, und sein vorzugsweises Fach die Landschaft; doch soll er auch sehr glücklich porträtieren.

JOSEPH ROTH

Konzert im Volksgarten

Das Konzert im Volksgarten begann um fünf Uhr nachmittags.
Es war Frühling, die Amseln flöteten noch in den Sträuchern
und auf den Beeten. Die Militärkapelle saß hinter dem eisernen,
an den Spitzen vergoldeten Gitter, das die Terrasse des Restaurants von der Allee des Gartens trennte und also die zahlenden
und sitzenden Gäste von den unbemittelten Zuhörern. Unter
ihnen befanden sich viele junge Mädchen. Sie waren der Musik
hingegeben. Aber die Musik bedeutete an jenen Abenden mehr
als Musik, nämlich: eine Stimme der Natur und des Frühlings.
Die Blätter überwölbten die schmetternde Wehmut der Trompeten – und ein Wind, der kam und ging, schien für kurze Wei-
len die ganze Kapelle samt allen Geräuschen auf der Terrasse
in entlegene Gebiete zu entführen, aus denen sie mehr geahnt
als vernommen wurden. Gleichzeitig hörte man die langsam
knirschenden Schritte der Fußgänger in der Allee. Aus ihrem
gemächlichen Tempo klang das Behagen wieder, das die Musik
den Ohren bescherte. Wenn die Instrumente laut wurden, die
Trommeln zu wirbeln begannen oder gar die Pauken zu dröh-
nen, so war es, als rauschten auch die Bäume stärker und als hätten die heftigen Arme des Herrn Kapellmeisters nicht nur den
Musikern zu gebieten, sondern auch den Blättern. Wenn aber
plötzlich ein Flötensolo den Sturm unterbrach, so klang es in
diesem Garten nicht wie die Stimme eines Instruments, sondern
wie eine Pause, die singt. Dann fielen auch die Vögel wieder ein –
als hätte der Komponist an dieser Stelle Amseln vorgesehen. Der
Duft der Kastanien war so stark, daß er selbst die süßesten Melodien überwehte und daß er dem Gesicht entgegenschlug wie
ein Bruder des Windes. Und von den vielen jungen Mädchen in
der Allee kam ein Glanz, ein Geflüster und besonders ein Lachen, das noch näher war als die Mädchen selbst und vertrauter

als sie. Sprach man dann mit einer Fremden, so glaubte man, sie schon gehört zu haben. Und entfernte man sich mit ihr aus dieser Allee in eine andere, eine einsame, so hatte man nicht nur ein Mädchen mitgenommen, sondern auch etwas von der Musik, und man trat in die Stille ein wie in eine jener singenden Pausen.

Es galt nicht für angemessen, draußen am Gitter zu lehnen und die Mädchen merken zu lassen, daß man leider nicht in der Lage war, drinnen einen Kaffee zu trinken. Deshalb ging ich auf und ab in der Allee, verliebte mich, verzweifelte, vergaß, verschmerzte, trauerte nach und verliebte mich wieder – und alles innerhalb einer Minute. Ich hätte gerne stehend zugehört und nichts weiter. Aber hätte mir es selbst die Bekanntschaft mit einem Leutnant gestattet, der oft elegant und klirrend innerhalb des Gitters Butterkipfel aß – ich wäre doch der fernen und unerreichbaren Anmut der Damen erlegen, die leicht und hingeweht an den weißen Gartentischen saßen, eine Art irdischer Frühlingswolken, niemals anzusprechen, weil niemals zu Fuß in den Straßen anzutreffen. In jener Zeit befand sich auf der Terrasse des Restaurants ein Teil der »großen Welt«, und das Gitter war die Schranke, die mich von ihr trennte. Und wie mich das kleine Mädchen, das ich küßte, für einen mächtigen Ritter hielt, so sah ich auf den Terrassen der großen Restaurants lauter Damen, für die ich sterben wollte. Das sollte sich später noch ereignen. Aber das große Leben heute schon auf- und abgehend und unauffällig zu beobachten und so zu tun, als wäre es eigentlich gar nicht verschlossen, war wie ein Vorschuß, den ich mir selbst darauf gegeben hatte.

Gelegentlich erhaschte ich eine graziöse Schleife, die der schwarzlackierte Dirigentenstab mit der silbernen Spitze in der Luft geschlungen hatte. Sie blieb vor meinen Augen, eine ständig wehende Erinnerung. Manchmal, wenn ich zufällig am Ausgang stand, traf mich der verführerische, schnelle und etwas spöttische Blick einer Dame. Sie bestieg, von Herren gefolgt, einen Wagen. Aber auf dem kurzen Weg von der Schwelle des Gartens bis zum Trittbrett des Wagens forderte sie noch von meinem anbetenden Auge die Bestätigung, daß sie schön sei. Ich verliebte mich im Nu – indes der Wagen dahinrollte und das flinke Getrappel der Hufe den Schlag meines Herzens bestimmte. Noch beklagte ich die Verschwundene – und schon erblühte aus der Wehmut die Hoffnung, die Dame würde morgen zur selben Stunde das Restaurant verlassen und ich, ein zufälliger Passant, vorhanden sein, um zu sehen und bemerkt zu werden. Und obwohl ich, von der Musik gerufen, heute noch in die Allee zu vulgären Abenteuern zurückkehrte, war ich bereits gewiß, an der Schwelle eines großartigen Lebens zu stehen, das morgen eröffnet werden sollte.

In der Allee lag schon die Nacht mit einigen Laternen im Laub, und die kleinen Mädchen hörte man nur – man konnte sie kaum sehen. Sie schienen in der Dämmerung zahlreicher. Das Kichern wurde ihre eigentliche Muttersprache. Nun da man ihre billigen, blauen Kleider nicht sah, konnten es die Kleinen mit den Damen innerhalb des Gitters fast aufnehmen. Der öffentliche Teil des Gartens wurde übrigens geschlossen, und die Kapelle rüstete zur großen Abendpause. Einer der Musikanten ging von Pult zu Pult und sammelte die Notenblätter ein wie Schulhefte. Das letzte Stück – es war fast immer der Radetzkymarsch – wurde nicht mehr vom Blatt gespielt, sondern vor leeren Pulten. Der Marsch existierte gewissermaßen gar nicht mehr auf dem Papier. Er war sämtlichen Musikanten in Fleisch und Blut übergegangen, sie spielten ihn auswendig, wie man auswendig atmet. Nun erklang dieser Marsch – der die Marseillaise des Konservatismus ist und während die Trommler und Trompeter noch auf ihren Plätzen standen, glaubte man die Trommeln und Trompeten schon selbständig marschieren zu sehen, mitgezogen von den Melodien, die ihnen eben entströmten. Ja, der ganze Volksgarten befand sich auf dem Marsch. Man wollte gemächlich schlendern, aber der Trommelwirbel selbst begann, die Gelenke zu bewegen. Er hallte noch lange in der Straße nach, und er begleitete den Lärm der abendlichen Stadt wie ein lächelnder und hurtiger Donner.

KURT TUCHOLSKY

Frühlingsvormittag

Für Mary

Natürlich kommst du erst einmal ein Viertelstündchen zu spät –
und dann mußt du lachen, wie du mich da so an der Uhr stehen
siehst, und dann sagst du: »Die Uhr geht überhaupt falsch!« Uh-
ren, an denen sich Liebespaare verabreden, gehen immer falsch.
Und dann gondeln wir los.

Das ist ein zauberischer Vormittag. Du trägst ein weich ge-
faltetes, weites Kleid, ganz hell, was dich noch blonder macht,
einen kleinen Trotteur, wie ich ihn gern habe, und deine langen,
zarten Wildlederhandschuhe; du duftest ganz zart nach irgendetwas, was du als Lavendel ausgibst – und was das Verzaubertste
an diesem hellen Tage ist –: wir sprechen nicht ein einziges Mal
von Zahlen. Es ist ganz merkwürdig und unberlinisch. Leider:
ganz undeutsch.

Du sprichst von Kurland. Wie sich auf dem lettischen Bahnhof Männlein und Weiblein und Kindlein einträchtig in der Nase
bohrten, der ganze Bahnhof bohrte in der Nase: Gendarmen,
Bauern, Schaffner und Lokomotivführer. Ich finde, daß das dem
Nachdenken sehr förderlich sei, und das willst du wieder nicht
glauben. Doch. Der Ausdruck: »in der Nase grübeln …« Weiter.
Und dann erzählst du von den langen, langen Spaziergängen,
die man in Kurland machen kann – und mir wird das Herz weit,
wenn ich an das schönste Land denke, das wir beide kennen:
Gottes propprer Protzprospekt für ein unglücklicherweise nicht
geliefertes Deutschland.

Und dann gehen wir an kleinen Teichen vorbei, an einem
steht seltsamerweise nicht einmal eine Tafel mit: Verboten – und
wir wundern uns sehr. Und du patschst mit deinen neuen Lack-
halbschuhen (du freundliche Mühlenaktie!) in einen Tümpel,

und ich bin an allem schuld – und überhaupt. Aber dann ist das vorbei …

Und in deinen Augen spiegelt sich der helle Frühlingstag, du siehst so fröhlich aus, und ich muß immer wieder darauf gucken, wie du dich bewegst. Und wieder sprechen wir von Rußland und von deiner Heimat. Was ist es, das dich so bezaubernd macht – ?

Du bist unbefangen.

Und ich will dir mal was sagen:

Bei uns tun die feinen Leute alles so, wie es in ihren Zeitschriften drin steht – und immer sehen sie sich fotografiert, fein mit Ei und durchaus ›richtig‹. Ihr überlegt gar nicht so viel. Ihr seid hübsch, und damit gut. Und ihr geht, schreitet, lacht, fahrt und trinkt so, wie es euch eure kleine Seele eingegeben hat – ohne darüber nachzudenken, wie das wohl ›aussieht‹. Aber ihr fühlt immer, wie es aussieht – und ihr wollt immer, daß es hübsch aussehen soll. Und nichts ist euch unwichtig, und alles erheblich genug, um es mit Freude zu tun. Der Weg ist das Ziel.

Aber da hält ein Auto, darinnen sitzt Herr Kolonialwarenhändler Mehlhake (A.-G. für den Vertrieb von Mehlhakeschen Präparaten – »Wissen Se, schon wejen der Steuer!«), und so sieht auch alles aus: Frau Mehlhake ist so schrecklich richtig angezogen, daß wir aus dem Lachen und sie aus der feinsten Lederjacke nicht herauskommt, die kleinen Mehlhakes haben alle Automobilbrillen und schmutzige Fingernägel – und das Auto kostet heute mindestens seine …

Aber wir wollten ja nicht von Zahlen sprechen an diesem Frühlingsvormittag.

Das Auto staubt davon. Wir gehen weiter, wir Wilden, wir bessern Menschen.

Denn mit dem Stil ist das wie mit so vielen Dingen: man hat ihn, oder man hat ihn nicht.

»... *und auch mein Herz will wieder blühen*«

Sehnsucht und Frühlingsgefühle

Rainer Maria Rilke

Heiliger Frühling

Skizze

»Unser Herrgott hat sonderbare Kostgänger.« Das war das Lieblingswort des Studenten Vinzenz Viktor Karsky, und er wandte es in passenden und unpassenden Augenblicken stets mit einer gewissen Überlegenheit an, vielleicht weil er sich selbst im Stillen zu dieser Sorte rechnen mochte. Seine Genossen nannten ihn längst einen sonderbaren Kauz; sie schätzten seine Herzlichkeit, die oft an Sentimentalität grenzte, freuten sich an seinem Frohsinn, ließen ihn einsam, wenn er traurig war, und duldeten seine ›Überlegenheit‹ mit gutmütigem Vergeben.

Diese Überlegenheit Vinzenz Viktor Karskys bestand darin, daß er für Alles, was er tat oder unterließ, einen glänzenden Namen fand und, ohne zu prahlen, mit einer gewissen gereiften Sicherheit Tat auf Tat legte, wie einer, der aus tadellosen Steinen eine Mauer baut, die für alle Ewigkeit stehen soll. Nach einem guten Frühstück sprach er gerne über Literatur, wobei er niemals tadelte oder verwarf, sondern nur die ihm angenehmen Bücher einer mehr oder minder innigen Anerkennung würdigte. Das klang dann wie eine allerhöchste Sanktion. Bücher, die ihm schlecht schienen, pflegte er überhaupt nicht zu Ende zu lesen, sagte aber dann auch kein Wort darüber, selbst wenn andere des Lobes voll waren.

Sonst hielt er sich gegen die Freunde nicht zurück, erzählte alle seine Erlebnisse, auch die intimer Art, mit liebenswürdigem Freimut und ließ es über sich ergehen, daß sie fragten, ob er nicht wieder versucht hätte, ein Proletarierkind ›zu sich emporzuheben‹. Man erzählte sich nämlich, daß Vinzenz Viktor Karsky bisweilen solche Versuche unternehme. Dabei mochten ihm seine tiefen blauen Augen und seine einschmeichelnde Stimme wohl zu gar manchem Erfolge verhelfen. Immerhin schien er die

Zahl dieser Erfolge rastlos mehren zu wollen und bekehrte mit dem Eifer eines Religionsstifters eine Unzahl kleiner Mädchen zu seiner Glückseligkeitstheorie. Am Abend begegnete ihm ab und zu einer der Genossen, wenn er, eine blonde oder braune Gefährtin leicht unter dem Arme führend, seines Lehramts waltete. Und die Kleine lachte dann gewöhnlich mit dem ganzen Gesicht, Karsky aber machte eine so wichtige Miene, als wollte er sagen: »Unermüdlich im Dienste der Menschheit.« Kam aber mal einer und erzählte, daß der oder jener »hängen geblieben« wäre und nun in die nette Sippschaft hinein heiraten müsse, wippte der erfolggekrönte Wanderlehrer seine breiten, slawisch-eckigen Schultern und sagte fast verächtlich:

»Ja, ja, – der Herrgott hat sonderbare Kostgänger.« –

Das Sonderbarste an Vinzenz Viktor Karsky aber war, daß es Etwas in seinem Leben gab, wovon keiner seiner nächsten Freunde wußte. Er verschwieg es gleichsam vor sich selbst; denn er hatte keinen Namen dafür; und doch dachte er daran, sommers, wenn er einsam auf weißem Weg in einen Sonnenuntergang ging, oder wenn der Winterwind sich in den Kamin seiner stillen Stube bohrte und die Kerntruppen der Schneeflocken gegen das verklebte Fenster Sturm liefen, oder im dämmerigen Kneipstübchen sogar mitten im Freundeskreis. Dann blieb das Glas unberührt vor ihm stehen; er schaute wie geblendet vor sich hin, als blicke er in ein fernes Feuer, und seine weißen Hände falteten sich unwillkürlich, als wäre ihm ein Beten gekommen – ganz von ungefähr, wie einem das Lachen oder das Gähnen kommt.

*

Wenn der Frühling in eine kleine Stadt einzieht, so gibt das ein Fest. Wie die Knospen aus enger Haft, drängen goldköpfige Kinder aus der winterschwülen Stube und wirbeln ins Land hinaus, als trüge sie der flatternde laue Wind, der ihnen Haare und Röckchen zerrt und ihnen die ersten Kirschenblüten in den Schooß wirft. Und wie sie nach langer Krankheit ein altes, langvermißtes Spielzeug bejubeln würden, erkennen sie selig Alles wieder und begrüßen jeden Baum, jeden Busch und lassen sich vom jauchzenden Bache erzählen, was er all die Zeit getrieben. Und was für eine Wonne ist das, durch das erste grüne Gras laufen, das zage und zart die nackten Füßchen kitzelt, dem ersten Weißling nachhüpfen, der in ratlos großen Bogen über den kargen Holunderbüschen sich verliert ins endlose, blasse Blau hinein. – Überall regt sich Leben. Unterm Dach, auf den rotleuchtenden Telegraphendrähten und sogar hoch auf dem Kirchturm, hart neben der brummigen, alten Glocke, ist Schwalben-Stelldichein. Die Kinder schauen mit großen Augen, wie die Wandervögel die alten lieben Nester finden, und der Vater zieht den Rosenstöcken den Strohmantel und die Mutter den ungeduldigen Kleinen die warmen Flanellhöschen aus.

Auch die Alten kommen mit scheuem Schritt über die Schwelle, reiben sich die faltigen Hände und blinzeln ins flutende Licht hinaus, und nennen sich »Alterchen« und wollens nicht zeigen, daß sie glücklich und gerührt sind. Aber ihre Augen gehen über, und sie danken beide im Herzen: Noch einen Frühling.

*

An solch einem Tag ohne eine Blume in der Hand auszugehen, ist Sünde, dachte der Student Karsky. Und deshalb schwenkte er einen duftenden Zweig in der Rechten, als müßte er dem Frühling Reklame machen. Leichtschrittig und schnell, wie um früher dem dumpfig kühlen Atem der schwarz gähnenden Haustore zu entfliehen, ging er durch die alten, grauen Giebelgassen, winkte dem Wirt der Stammkneipe, der mit feistem Lächeln unter der breiten Einfahrt seines Gasthofs prahlte, und nickte den Kindern zu, die bei dem Schlag der Mittagsglocke aus der engen Schule wirbelten. Erst gings ganz sittsam zwei zu zwei, allein zwanzig Schritte von dem Schultor platzte der Schwarm in unzählige Teilchen auseinander, und der Student mußte an jene Raketen denken, die hoch im Blauen in lauter winzige Leuchtsterne und -kugeln aufgehen. Ein Lächeln auf den Lippen und ein Lied in der Seele, eilte er jenem äußersten Bezirke des Städtchens zu, wo teils behäbige, bäurisch aussehende Gehöfte, teils weiße Villenneubauten, von kleinen Gärtchen umrahmt, gar freundlich dreinschauten. Dort vor einem der letzten Häuser erfreuten ihn die hohen Laubengänge, über deren leichtgeschwungenem Gezweig schon ein grüner Hauch schimmerte, wie ein Ahnen künftiger Pracht. Am Eingang blühten zwei Kirschbäume, und das sah aus, als wäre eine Triumphpforte für den Frühling erbaut und als schrieben die blaßrosa Blüten ein leuchtendes *Willkommen* darüber.

Plötzlich schrak Karsky zusammen: Mitten in dem Blühen sah er zwei tiefblaue Augen, die mit ruhiger, schlürfender Seligkeit ins Weite träumten. Er gewahrte erst nur die beiden Augen, und ihm war, der Himmel selber schaute ihn durch die Blütenbäume an. – Er kam näher und staunte. Ein blasses, blondes Mädchen kauerte da auf dem mattfarbigen geblumten Lehnstuhl; ihre weißen Hände, die nach etwas Unsichtbarem zu greifen schienen, hoben sich hell und durchscheinend von der dunkelgrünen Decke ab, die Kniee und Füße umschloß. Die Lippen waren zartrot wie kaum erschlossene Blüten, und ein leises Lächeln umsonnte sie. So lächelt ein Kind, das in der Christnacht, das neue Holzpferdchen im Arm, entschlafen ist. So schön und duftig war das bleiche, verklärte Gesicht, daß dem Studenten auf einmal alte Märchen einfielen, an die er lange, lange nicht mehr gedacht hatte. Und er blieb stehen – unwillkürlich, wie er heute bei einer Wegmadonna stehen geblieben wäre, in dem Gefühl jener großen treuinnigen Sonnendankbarkeit, das *die* bisweilen überkommt, die das Beten verlernt haben. – Da begegnete sein Blick dem des Mädchens. Sie schauten sich in die Augen mit seligem Verständnis. Und halb unbewußt schleuderte der Student den jungen Blütenzweig über den Zaun, daß er mit sachtem Taumeln in den Schooß des blassen Kindes niederschwebte. Die weißen, schmalen Hände griffen mit zärtlicher Hast nach dem duftigen Geschoß, und Karsky genoß den leuchtenden Dank der Märchenaugen mit wonnigem Bangen. Dann schritt er weiter feldein. Erst als er weit im Freien war und der hohe Himmel mit feierlicher Stille über ihm lag, bemerkte er, daß er unablässig sang. Es war ein kleines, altes, seliges Lied.

*

Das hab ich mir auch oft gewünscht, dachte der Student Vinzenz Viktor Karsky, krank gewesen sein einen ganzen Winter lang, und wenn der Frühling kommt, langsam und mählich ins Leben zurückkehren. Vor der Türe sitzen mit staunenden Augen und so recht ausgeruht sein und so kindisch dankbar für Sonne und Dasein. – Und alle sind dann lieb und freundlich, und die Mutter kommt dem Genesenen jeden Augenblick die Stirne küssen, und die Geschwister spielen Ringelreihn und singen bis ins Abendrot. – Und er dachte das, weil ihm immer wieder die blonde kranke Helene einfiel, die da draußen unter dem blütenschweren Kirschbaum saß und seltsame Träume sann. Wie oft sprang er von seinen Arbeiten auf und eilte zu dem blassen, stillen Mädchen. – Zwei Menschen, die das gleiche Glück leben, finden sich schnell. Die Kranke und Viktor berauschten sich beide an der kühlen, duftigen Frühlingsluft, und ihre Seelen klangen denselben Jubel. Er saß neben dem blonden Kinde und erzählte ihm tausend Geschichten mit sanfter, kosender Stimme. Was aus ihm klang, war ihm selbst fremd und neu, und er lauschte mit entzücktem Erstaunen auf seine eigenen Worte, die so rein und voll waren, wie eine Offenbarung. Und es mußte wirklich etwas Großes sein, das er verkündete; denn auch Helenens Mutter, und das war eine Frau mit breiten, weißen Scheiteln, die gar manches gehört haben mochte in Welt und Wandel, lauschte oft wie andächtig, wenn er sprach, und einmal sagte sie mit unmerklichem Lächeln: »Sie müßten eigentlich ein Dichter sein, Herr Karsky.«

*

Die Genossen aber schüttelten nachdenklich die Köpfe. Vinzenz Viktor Karsky kam selten in ihren Abendkreis; kam er einmal, blieb er schweigsam, hörte weder ihre Scherze noch Fragen und lächelte nur so heimlich ins Lampenlicht, als lauschte er auf ein fernes, trautes Singen. Auch über Literatur sprach er nicht mehr, wollte nichts lesen und murrte, wenn man ihn ungestüm aus seinem Sinnen zerrte, ganz unvermittelt: »Bitt euch, der liebe Herrgott hat sonderbare Kostgänger.«

Darüber waren die Studenten aber einig, daß der gute Karsky nunmehr zu den allersonderbarsten gehörte; denn auch von seiner biederen Überlegenheit ließ er nichts mehr merken, und die kleinen Mädchen vermißten seine menschenfreundliche Lehrtätigkeit. Er war Allen ein Rätsel geworden. Traf man ihn mal des Abends in den Gassen, ging er allein, blickte weder rechts noch links und schien bemüht, den seligen, seltsamen Glanz seiner Augen so rasch wie möglich in sein einsames Stübchen zu tragen und dort zu bergen – vor aller Welt.

*

»Was du für einen schönen Namen hast, Helene«, raunte Karsky mit behüteter Stimme, als hätte er dem Mädchen ein Geheimnis anvertraut.

Helene lächelte: »Der Onkel schilt immer und meint, so sollten eigentlich nur Prinzessinnen und Königinnen heißen.« »Du bist auch eine Königin. Siehst du denn nicht, daß du eine Krone trägst von eitel Gold. Deine Hände sind wie Lilien, und ich glaube, Gott hat sich sogar entschlossen, seinen teuren Himmel zu zerschneiden, um dir Augen zu machen.« »Du, Schwärmer«, grollte die Kranke mit dankbaren Augen.

»So möcht ich dich malen können!« seufzte der Student auf Dann schwiegen sie beide. Ihre Hände fanden sich unwillkürlich, und sie hatten die Empfindung, es käme eine Gestalt auf sie zu durch den lauschenden Garten, ein Gott oder eine Fee. Seliges Erwarten füllte ihre Seelen. Ihre dürstenden Blicke trafen sich wie zwei schwärmende Falter – und küßten sich.

Und dann begann Karsky, und seine Stimme war wie fernes Birkenrauschen:

»Das ist alles wie ein Traum. Du hast mich verzaubert. Mit jenem Blütenzweig hab ich mich dir zueigengegeben. Alles ist Anders. So viel Licht ist in mir. Ich weiß gar nicht mehr, was früher war. Ich fühle keinen Schmerz, kein Unbehagen, nicht einmal einen Wunsch in mir. – So hab ich mir immer die Seligkeit gedacht – das jenseits vom Grab ...«

»Fürchtest du das Sterben?«

»Das Sterben? Ja. Aber nicht den Tod.«

Helene legte ihm sanft die bleiche Hand auf die Stirne. Er fühlte, sie war sehr kalt: »Komm ins Zimmer«, mahnte er leise.

»Mir ist gar nicht kalt – und der Frühling ist so schön.«

Helene sagte das mit inniger Sehnsucht. Ihr Wort klang nach wie ein Lied.

*

Die Kirschbäume blühten nicht mehr, und Helene saß tiefer im Laubengange, wo der Schatten schwerer und kühler war. Vinzenz Viktor Karsky war Abschied nehmen gekommen. Die Sommerferien brachte er fern an einem See des Salzkammergutes bei seinen alten Eltern zu. Sie sprachen wie immer über das und dies, über Träume und Erinnerungen. Aber der Zukunft gedachte keines. Helenes Gesichtchen war bleicher als sonst, ihre Augen größer und tiefer, und die Hände zuckten leise auf der dunkelgrünen Decke. Und als der Student sich erhob und die beiden Hände behutsam wie etwas Zerbrechliches in die seinen nahm, da sagte Helene leise: »Küß mich, du!«

Und der junge Mann neigte sich und berührte mit kühlen, gierdelosen Lippen Stirn und Mund der Kranken. Wie einen Segen trank er den heißen Duft dieses keuschen Mundes, und dabei fiel ihm eine Szene aus ferner Kindheit ein: wie Mutter ihn mal emporgehoben hatte zu einem wundertätigen Madonnenbild. Und dann ging er, gestärkt, ohne Schmerz durch den dämmerigen Laubengang. Er wandte sich noch einmal um, winkte dem blassen Kinde zu, das ihm mit müdem Lächeln nachschaute, und warf dann eine junge Rose über den Zaun. Mit seliger Sehnsucht haschte Helene danach. Die rote Blüte aber fiel zu ihren Füßen nieder. Das kranke Mädchen bückte sich mühsam; es nahm die Rose zwischen die gefalteten Hände und küßte sich die Lippen rot an den samtweichen Blättern.

Das hatte Karsky nicht mehr gesehen.

Mit gefalteten Händen ging er durch die Sommerglut.

Als er in sein stilles Stübchen trat, warf er sich in den alten Lehnstuhl und schaute in die Sonne hinaus. Die Fliegen summten hinter den weißen Tüllgardinen, und eine junge Knospe war aufgesprungen auf dem Fensterbrett. Und da kam dem Studenten von ungefähr zu Sinne, daß sie nicht: »auf Wiedersehen« gesagt hatten.

*

Sonngebräunt war Vinzenz Viktor Karsky von den Ferien in die kleine Stadt zurückgekehrt. Mechanisch ging er durch die altgewohnten Giebelgassen und warf keinen Blick auf die Häuserstirnen, die das falbe Herbstlicht fast violett erscheinen ließ. Es war der erste Weg, den er seit seiner Heimkehr machte, und doch schritt er wie einer dahin, der täglich dieselbe Strecke zurücklegt; er trat endlich durch das hohe Gittertor in den stillen Kirchhof und setzte auch dort zwischen den Hügeln und Kapellen zielsicher seinen Weg fort. Vor einem grünen Grab blieb er stehen und las von dem schlichten Kreuze ab: Helene. Er hatte gefühlt, daß er sie hier finden müsse. Ein Lächeln der Wehmut zuckte um seine Mundwinkel.

Auf einmal dachte er: Nein, wie geizig die Mutter doch war! Auf des Mädchens Hügel lag neben verdorrten Blumen ein plumper Blechkranz mit geschmacklosen Blüten. Der Student holte ein paar Rosen, kniete nieder und deckte das kantige, karge Metall ganz mit den frischen Blüten zu, daß auch nicht ein Eckchen mehr zu sehen war. Dann ging er wieder, und sein Herz war klar, wie der rote Frühherbstabend, der so feierlich über den Dächern lag. –

Karsky saß eine Stunde später in der Stammkneipe. Die alten Genossen umdrängten ihn, und auf ihr stürmisches Begehr erzählte er von seiner Sommerreise. Als er von den Alpentouren sprach, gewann er wieder seine alte Überlegenheit. Man trank ihm zu.

»Du«, begann einer der Freunde, »was war denn das damals mit dir, vor den Ferien, du warst je ganz … na, – vorwärts, heraus mit der Farbe!«

Da sagte Vinzenz Viktor Karsky mit verstohlenem Lächeln: »Na, der liebe Herrgott …«

»… hat sonderbare Kostgänger«, ergänzten die andern im Chor. »Das wissen wir schon.«

Nach einer Weile, als niemand mehr eine Antwort erwartete, fügte er sehr ernst hinzu: »Glaubt mir, es kommt darauf an, daß man einmal im Leben einen heiligen Frühling hat, der einem soviel Licht und Glanz in die Brust senkt, daß es ausreicht, alle ferneren Tage damit zu vergolden …«

Alle lauschten, als erwarteten sie noch etwas. Karsky aber schwieg mit leuchtenden Augen. Keiner hatte ihn verstanden, allein über allen lags wie ein geheimnisvoller Bann, bis der Jüngste seines Glases Rest mit raschem Ruck austrank, auf den Tisch schlug und rief: »Kinder, ich glaub ihr wollt sentimental werden. – Auf. Ich lad euch alle zu mir ein. Da ists gemütlicher, als in der Gaststube, und dann: es kommen auch ein paar Mädel. –

Du gehst doch mit?« wandte er sich zu Karsky.

»Freilich«, sagte Vinzenz Viktor Karsky heiter und trank langsam sein Glas leer. –

Theodor Storm

Im Schloßgarten

Das ist die Drossel, die da schlägt,
Der Frühling, der mein Herz bewegt,
Ich fühle, die sich hold bezeigen,
Die Geister aus der Erde steigen;
Das Leben fließet wie ein Traum.
Mir ist wie Blume, Blatt und Baum.

Es war Frühling geworden. Die Nachtigall zwar verkündigte ihn
nicht; denn, wenn auch mitunter eine sich zu uns verflog, die
Nordwestwinde unserer Küste hatten sie bald wieder hinweg
geweht; aber die Drossel schlug in den Baumgängen des alten
Schloßgartens, der im Schutze der Stadt, in dem Winkel zweier
Straßen lag. Dem Haupteingange gegenüber auf einem Rasen-
platz hinter den Gärten der großen Marktstraße war seit gestern
ein Carrousel aufgeschlagen; denn es war nicht nur Frühling, es
war auch Jahrmarkt, eine ganze Woche lang. Die Leierkasten-
männer waren eingezogen und vor Allem die Harfenmädchen;
die Schüler mit ihren roten Mützen streiften Arm in Arm zwischen den aufgeschlagenen Marktbuden umher, um wo möglich einen Blick aus jungen asiatischen Augen zu erhaschen, die
zu gewöhnlichen Zeiten bei uns nicht zu finden waren. – Daß
während des Jahrmarktes die Gelehrtenschule, wie alle andern,
Ferien machte, verstand sich von selbst. – Ich hatte das vollste
Gefühl dieser Feiertage, zumal ich seit Kurzem Primaner war
und in Folge dessen neben meiner roten Mütze einen schwarzen
Schnürenrock nach eigener Erfindung trug. Brauchte ich nun
doch auch nicht mehr wie sonst Abends an dem Treppenein-
gange des erleuchteten Ratskellers stehen zu bleiben, wo sich
allzeit das schönste luftigste Gesindel bei Musik und Tanz zu-
sammenfand; ich konnte, wenn ich ja wollte, nun selbst einmal

hinabgehen und mich mit einem jener fremdartigen Mädchen im Tanze wiegen, ohne daß irgend Jemand groß darnach gefragt hätte. – Aber grade zu solchen Zeiten liebte ich es mitunter, allein in's Feld hinaus zu streifen und in dem sichern Gefühl, daß sie da seien und daß ich sie zu jeder Stunde wieder erreichen könne, alle diese Herrlichkeiten für eine Zeit lang hinter mir zu lassen.

So geschah es auch heute. Unter der Beihülfe meines Vaters, der ein leidlicher Entomologe war, hatte ich vor einigen Jahren eine Schmetterlingssammlung angelegt und bisher mit Eifer fortgeführt. Ich war nach Tische auf mein Zimmer gegangen und stand vor dem einen Glaskasten, deren schon drei dort an der Wand hingen. Die Nachmittagssonne schimmerte so verlockend auf den blauen Flügeln der Argusfalter, auf dem Sammetbraun des Trauermantels; mich überkam die Lust, einmal wieder einen Streifzug nach dem noch immer vergebens von mir gesuchten Brombeerfalter zu unternehmen. Denn dieses schöne olivenbraune Sommervögelchen, welches die stillen Waldwiesen liebt und gern auf sonnigen Gesträuchen ruht, war in unserer baumlosen Gegend eine Seltenheit. – Ich nahm meinen Ketscher vom Nagel; dann ging ich hinab und ließ mir von meiner Mutter ein Weißbrötchen in die Tasche stecken und meine Feldflasche mit Wein und Wasser füllen. So ausgerüstet schritt ich bald über den Carrouselplatz nach dem Schloßgatten, dessen Baumgänge schon von jungem Laube beschattet waren, und von dort weiter durch die dem Haupteingange gegenüberliegende Pforte in's freie Feld hinaus. Es hatte die Nacht zuvor geregnet, die Luft war lau und klar; ich sah drüben am Rande des Horizonts auf der hohen Geest die Mühle ihre Flügel drehen.

Eine kurze Strecke führte noch der Weg an der Außenseite des Schloßgartens entlang; dann wandelte ich aufs Geratewohl auf Feldwegen oder Fußsteigen, welche quer über die Äcker führen, in die sonnige schattenlose Landschaft hinaus. Nur selten, soweit das Auge reichte, stand auf den Sand- und Steinwällen, womit die Grundstücke umgeben sind, ein wilder Rosenstrauch oder ein anderes dürftiges Gebüsch; aber hier, wo in der Morgenfrühe die rauhen Seewinde ungehindert überhin fahren, waren nur kaum die ersten Blätter noch entfaltet. Ich schlenderte behaglich weiter; mehr die Augen in die Ferne, als nach dem gerichtet, was etwa neben mir am Wege zwischen Gräsern und rotblühenden Nesseln gaukeln mochte.

So war, ohne daß ich es merkte, der halbe Nachmittag dahin. Ich hörte es von der Stadt her vier schlagen, als ich mich an dem Ufer des Mühlenteichs in's Gras warf, und mein bescheidenes Vesperbrot verzehrte. Eine angenehme Kühlung wehte von dem Wasserspiegel auf mich zu, der groß und dunkel zu meinen Füßen lag. – Dort in der Mitte, wo jetzt über der Tiefe die kleinen Wellen trieben, mußte der Schlitten gestanden haben, als Lore ihren Mantel über mich legte. Ich blickte eine ganze Weile nach dem jetzt unerreichbaren Punkte, den meine Augen in dem Fluten des Wassers nur mit Mühe festzuhalten vermochten. – –

Aber ich wollte ja den Brombeerfalter fangen! Hier, wo es weit umher kein Gebüsch, kein stilles vor dem Winde geschütztes Fleckchen gab, war er nicht zu finden. Ich entsann mich eines andern Ortes, an dem ich vor Jahren unter der Anführung eines ältern Jungen einmal Vogeleier gesucht hatte. Dort waren Koppel an Koppel die Wälle mit Hagedorn und Nußgebüsch bewachsen gewesen; an den Dornen hatten wir hie und da eine Hummel aufgespießt gefunden, wie dies nach der Naturgeschichte von den Neuntötern geschehen sollte; bald hatten wir auch die Vögel selbst aus den Zäunen fliegen sehen und ihre Nester mit den braun gesprenkelten Eiern zwischen dem dichten Laub entdeckt. Dort in dem heimlichen Schutz dieser Hecken war vielleicht auch das Reich des kleinen seltenen Sommervogels! Das »Sietland« hatte der Junge jene Gegend genannt, was wohl soviel wie Niederung bedeuten mochte. Aber wo war das Sietland? – Ich wußte nur, daß wir in derselben Richtung, wie ich heute, zur Stadt hinausgegangen waren und daß es unweit der großen Heide gelegen, welche etwa eine Meile weit von der Stadt beginnt.

Nach einigem Besinnen nahm ich mein Fanggerät vom Boden und machte mich wieder auf die Wanderung. Durch einen Hohlweg, in den sich das Ufer hier zusammendrängt, gelangte ich auf eine Höhe, von der ich die vor mir liegende Ebene weithin übersehen konnte; aber ich sah nichts als Feld an Feld, die kahlen ebenmäßigen Sandwälle, auf denen die herbe Frühlingssonne flimmerte. Endlich, dort in der Richtung nach einem Häuschen, wie sie am Rande der Heide zu stehen pflegen, glaubte ich etwas wie Gebüsch zu entdecken. – Es war mindestens noch eine halbe Stunde bis dahin, aber ich hatte heute Lust zum Wandern, und schritt rüstig darauf los. Hie und da flog ein gelber Zitronenfalter oder ein Kreßweißling über meinen Weg, oder eine graue Leineule kletterte an einem Grasstengel; von einem Brombeerfalter aber war keine Spur.

Doch ich mußte schon mehr in einer Niederung sein; denn die Luft wurde immer stiller; auch ging ich schon eine Zeit lang zwischen dichten Hagedornhecken. Ein paar Male, wenn sich ein Lufthauch regte, hatte ich einen starken lieblichen Geruch verspürt, ohne daß ich den Grund davon zu entdecken vermocht hätte; denn das Gebüsch an meiner Seite verwehrte mir die Aussicht. Da plötzlich sprang zur Rechten der Wall zurück, und vor mir lag ein Fleckchen hügeligen Heidelandes. Brombeerranken und Bickbeerengesträuch bedeckte hie und da den Boden; in der Mitte aber an einem schwarzen Wässerchen stand vereinzelt im hellsten Sonnenglanz ein schlanker Baum. Aus den blendend grünen Blättern, durch die er ganz belaubt war, sprang überall eine Fülle von zarten weißen Blütentrauben hervor; unendliches Bienengesumme klang wie Harfenton aus seinem Wipfel. Weder in den Gärten der Stadt, noch in den entfernteren Wäldern hatte ich jemals seines Gleichen gesehen. Ich staunte ihn an; wie ein Wunder stand er da in dieser Einsamkeit.

Eine Strecke weiter, nur durch ein paar dürftige Ackerfelder von mir getrennt, dehnte sich unabsehbar der braune Steppenzug der Heide; die äußersten Linien des Horizonts zitterten in der Luft. Kein Mensch, kein Tier war zu sehen, soweit das Auge reichte. – Ich legte mich neben dem Wässerchen im Schatten des schönen Baumes in das Kraut. Ein Gefühl von süßer Heimlichkeit beschlich mich; aus der Ferne hörte ich das sanfte träumerische Singen der Heidelerche; über mir in den Blüten summte das Bienengetön; zuweilen regte sich die Luft und trieb eine Wolke von Duft um mich her; sonst war es still bis in die tiefste Ferne. Am Rand des Wassers sah ich Schmetterlinge fliegen; aber ich achtete nicht darauf, mein Ketscher lag müßig neben mir. – Ich gedachte eines Bildes, das ich vor Kurzem gesehen hatte. In einer Gegend, weit und unbegrenzt wie diese, stand auf seinen Stab gelehnt ein junger Hirte, wie wir uns die Menschen nach den ersten Tagen der Weltschöpfung zu denken gewohnt sind, ein rauhes Ziegenfell als Schurz um seine Hüften; zu seinen Füßen saß – er sah auf sie herab – eine schöne Mädchengestalt; ihre großen dunkeln Augen blickten in seliger Gelassenheit in die morgenhelle Einsamkeit hinaus. – »Allein auf der Welt« stand darunter. – – Ich schloß die Augen; mir war, als müsse aus dem leeren Raum dies zweite Wesen zu mir treten, mit dem selbander jedes Bedürfnis aufhöre, alle keimende Sehnsucht gestillt sei. »Lore!« flüsterte ich und streckte meine Arme in die laue Luft.

Indessen war die Sonne hinabgesunken, und vor mir leuchtete das Abendrot über die Heide. Der Baum war stumm geworden, die Bienen hatten ihn verlassen; es war Zeit zur Heimkehr. Meine Hand faßte nach dem Ketscher. – Aber was kümmerte mich jetzt dies Knabenspielzeug. Ich sprang auf und hängte ihn hoch, so hoch, wie ich vermochte, zwischen den dichtbelaubten Zweigen des Baumes auf. Dann, das Bild der schönen Schneidertochter vor meinen trunknen Augen, machte ich mich langsam auf den Rückweg.

Die Dämmerung war stark hereingebrochen, als ich aus dem Portale des Schloßgartens trat. Drüben am Carrousel waren schon die Lampen angezündet; Leierkastenmusik, Lachen und Stimmengewirr scholl zu mir herüber; dazwischen das Klirren der Floretts an den eisernen Ringhakern. Ich blieb stehen und blickte durch die Linden, welche den Platz umgaben, in das bewegte Bild hinein. Das Carrousel war in vollem Gange; Sitzplätze und Pferde, Alles schien besetzt, und ringsumher drängte sich eine schaulustige Menge jedes Alters und Geschlechts. Jetzt aber wurde die Bewegung langsamer, so daß ich unter den grünen Zweigen durch die einzelnen Gestalten ziemlich bestimmt erkennen konnte.

Unwillkürlich war ich indessen näher getreten und hatte mich bis an den Eisendraht gedrängt, der ringsherum gezogen war. – Das Mädchen dort auf dem braunen Pferde war die Schwester meines Freundes Christoph. Aber es kam noch eine Reiterin, eine feinere Gestalt; sie saß seitwärts, ein wenig lässig, auf ihrem hölzernen Gaule. Und jetzt, während sie langsam näher getragen wurde, wandte sie den Kopf und blickte lächelnd in die Runde. – Es war Lore; fast wie ein Schrecken schlug es mir durch die Glieder. Auch sie hatte mich erkannt; aber nur eine Sekunde lang hafteten ihre Augen wie betroffen in den meinen; dann bückte sie sich zur Seite und machte sich an ihrem Kleide zu schaffen. Das schwere eiserne Florett, das sie in der kleinen Faust hielt, schien nicht umsonst von ihr geführt zu sein; denn es war fast bis an den Knopf mit Ringen angefüllt.

Mittlerweile war der Eigentümer des Carrousels herangetreten, um für die neue Runde einzusammeln. Sie richtete sich auf und hielt ihm ihr Florett entgegen, »Freigeritten!« sagte sie, indem sie es umstürzte und die Ringe in die Pfand des Mannes gleiten ließ.

Er nickte und ging an den nächsten Stuhl, wo eine Anzahl Kinder sich um die besten Plätze zankten. – Als ich von dort wieder zu Lore hinüber sah, stand Christophs Schwester neben ihr; aber sie wandte mir den Rücken und schien mich nicht bemerkt zu haben.

»Gehst Du mit, Lore?« hörte ich sie fragen; »ich muß nach Hause.«

Lore antwortete nicht sogleich; ihre Augen streiften mit einem unsichern Blick zu mir hinüber. Ich wagte mich nicht zu rühren; aber meine Augen antworteten den ihren, und mir selber kaum vernehmlich flüsterten meine Lippen: »Bleib!«

»So sprich doch!« drängte die Andere; »es hat schon Acht geschlagen.« Lore steckte ihr Füßchen wieder in den Steigbügel, den sie hatte fahren lassen, und die Augen auf mich gerichtet, erwiderte sie: »Ich bleibe noch, ich hab mich frei geritten!« Und leise setzte sie hinzu: »Meine Mutter wollte vielleicht noch hier vorüberkommen!«

Ich fühlte, daß das gelogen sei. Das Blut schoß mir siedendheiß ins Gesicht, es brauste mir vor den Ohren; die kleine Lügnerin hatte plötzlich den Schleier des Geheimnisses über uns beide geworfen. Es war zum ersten Mal in meinem Leben, daß ich eine so berauschende Zusage erhielt; bisher hatte ich nur manchmal darüber nachgesonnen, wie in der Welt so etwas möglich sei.

Christophs Schwester hatte sich entfernt. Der Leierkasten begann wieder seine Musik, die Peitsche klatschte über dem alten Gaul, und unter dem Zuruf der Bauer-Burschen und -Mädchen, die inzwischen die meisten Plätze eingenommen hatten, setzte das Carrousel sich wieder in Bewegung. Lore sah nach mir zurück, sie hatte ihr Florett in den Sattelknopf gestoßen und saß wie in sich versunken, die Hände vor sich auf dem Schoß gefaltet. Das rote Tüchelchen an ihrem Halse wehte in der Luft und in immer rascherem Kreisen wurde die leichte Gestalt an mir vorüber getragen; kaum fühlte ich den Blitz ihres Auges in den meinen, so war sie schon fort, und nur der Schimmer ihres hellen Kleides tauchte in der trüben Lampenbeleuchtung noch ein paar Mal flüchtig aus den immer tiefer fallenden Schatten auf. – Plötzlich krachte etwas; die in den Stühlen sitzenden Mädchen kreischten, und das Carrousel stand.

»Bleiben Sie sitzen, meine Herrschaften!« rief der Eigentümer; indem er mit seinem Gehülfen über die Querbalken stieg, um den Schaden zu untersuchen. Eine Laterne wurde herunter genommen, es wurde geklopft und gehämmert; aber es schien sich sobald nicht wieder fügen zu wollen. Mir wurde die Zeit lang; meine Augen suchten vergebens nach der kleinen Reiterin.

Ich drängte mich aus der Menschenmasse heraus, in die ich eingekeilt war, und ging von außen nach der gegenüberliegenden Seite des Platzes. Als ich mich hier mit Bitten und Gewalt bis an die Barriere durchgearbeitet hatte, stand ich dicht neben ihr. Sie war von dem Holzgaul herabgestiegen und blickte wie suchend um sich her.

Nach einer Weile steckte sie das Florett, das sie spielend in der Hand gehalten, wieder in den Sattelknopf und machte Miene, herab zu springen. Aber während sie ihre Kleider zusammen nahm, war ich in den Kreis geschlüpft.

»Guten Abend, Lore!«

»Guten Abend!« sagte sie leise.

Dann, während die Bauerburschen immer lauter ihr Eintrittsgeld zurückforderten, faßte ich ihre Hand und zog sie mit mir hinaus in's Freie. Aber hier war meine Verwegenheit zu Ende. Lore hatte mir ihre Hand entzogen, und wir gingen wortlos und befangen neben einander der Straße zu, an deren äußerstem Ende sich das Haus ihrer Eltern befand. – Als wir den zur Seite liegenden Eingang des Schloßgartens erreicht hatten, kam uns von der Straße her ein Trupp von Menschen entgegen, an deren lauten Stimmen ich einzelne meiner ausgelassensten Kommilitonen erkannte. Unwillkürlich blieben wir stehen.

»Wir wollen durch den Schloßgarten!« sagte ich.

»Es ist so weit!«

»O, es ist nicht so viel weiter!«

Und wir gingen durch das Portal in den breiten Steig hinab, welcher zwischen niedrigen Dornhecken zu einem Laubgange von dicht verwachsenen Hagebuchen führte. Da hier vorne auch hinter den Zäunen nur bebautes baumloses Gartenland lag, so verhinderte mich die einbrechende Dunkelheit nicht, die neben mir wandelnde Mädchengestalt zu betrachten. Mich schauerte, daß sie jetzt wirklich in solcher Einsamkeit mir nahe war.

Kein Mensch außer uns schien in dem alten Park zu sein; es war so still, daß wir jeden unserer Tritte auf dem Sande hörten.

»Willst Du mich nicht anfassen?« fragte ich.

Sie schüttelte den Kopf.

»Warum nicht?«

»Nein – wenn Jemand käme!«

Wir hatten den gewölbten Buchengang erreicht. Es war sehr dunkel hier; denn in geringer Entfernung zu beiden Seiten waren ähnliche Laubgänge, und auf den dazwischen befindlichen Rasenflecken lagerten undurchdringliche Schatten. Ich wußte nur noch, daß Lore neben mir ging, denn ich hörte ihren Atem und ihren leichten Schritt; zu sehen vermochte ich sie nicht. Wie neckend schoß es mir durch den Kopf, daß ich am Nachmittag auf einen Sommervogel ausgegangen war. »Nun bist Du doch gefangen!« sagte ich, und durch die Dunkelheit ermutigt, ergriff ich ihre herabhängende Hand und hielt sie fest. Sie duldete es; aber ich fühlte, wie sie zitterte, und auch mir schlug mein Knabenherz bis in den Hals hinauf.

So gingen wir langsam weiter. Von der Stadt her kam der gedämpfte Ton der Drehorgeln und das noch immer fortdauernde Getöse des Jahrmarkttreibens; vor uns am Ende der Allee in unerreichbarer Ferne stand noch ein Stückchen goldenen Abendhimmels. Ich legte ihre Hand in meinen Arm und faßte sie dann wieder. In diesem Augenblick trollte vor uns etwas über den Weg; es mag ein Igel gewesen sein, der auf die Mäusejagd ging. – Sie schrak ein wenig zusammen und drängte sich zu mir hin; und als ich, unabsichtlich fast, den Arm um sie legte, fühlte ich, wie ihr Köpfchen auf meine Schulter glitt.

Als aber dann, nur eine flüchtige Sekunde lang, ein junger Mund den andern berührt hatte, da trieb es uns wie töricht aus den schützenden Baumschatten in's Freie. So hatten wir bald, während ich nur noch ihre Hand gefaßt hielt, das Ende der Allee erreicht und traten durch eine Pforte auf einen Feldweg hinaus, der seitwärts auf die letzten Häuser der Stadt zuführte. Wir gingen eilig neben einander her, als könnten wir das Ende unseres Beisammenseins nicht rasch genug herbeiführen.

»Mein Vater wird mich suchen; es ist gewiß schon spät!« sagte Lore ohne aufzusehen.

»Ich glaube wohl!« erwiderte ich. Und wir gingen noch eiliger, als zuvor.

Schon standen wir am Ausgang des Weges, den letzten Häusern der Straße gegenüber. In dem Lichtschein, der unter der Linde aus dem Fenster des Schneiderhäuschens fiel, sah ich unweit davon ein Mädchen an einem Brunnen stehen. Ich durfte nicht weiter mit. Als aber Lore den Fuß auf das Straßenpflaster hinaussetzte, war mir, als dürfe ich sie so nicht von mir gehen lassen.

»Lore«, sagte ich beklommen, »ich wollte Dir noch etwas sagen.«

Sie trat einen Schritt zurück. »Was denn?« fragte sie.

»Warte noch eine Weile!«

Sie wandte sich um und blieb ruhig vor mir stehen. Ich hörte, wie sie mit den Händen über ihr Haar strich, wie sie ihr Tüchelchen fester um den Hals knüpfte; aber ich suchte lange vergebens des Gedankens habhaft zu werden, der wie ein dunkler Nebel vor meinen Augen schwamm. »Lore«, sagte ich endlich, »bist Du noch bös' mit mir?«

Sie blickte zu Boden und schüttelte den Kopf.

»Willst Du morgen wieder hier sein?«

Sie zögerte einen Augenblick. »Ich darf des Abends sonst nicht ausgehen«, sagte sie dann.

»Lore, Du lügst; das ist es nicht, sag' mir die Wahrheit!«

Ich hatte ihre Hand gefaßt; aber sie entzog sie mir wieder.

»So sprich doch, Lore! – Willst Du nicht sprechen?«

Noch eine Weile stand sie schweigend vor mir; dann schlug sie die Augen auf und sah mich an, »Ich weiß es wohl«, sagte sie leise, »Du heiratest doch einmal nur eine von den feinen Damen.«

Ich verstummte. Auf diesen Einwurf war ich nicht gefaßt; an so ungeheure Dinge hatte ich nie gedacht und wußte nichts darauf zu antworten.

Und ehe ich mich dessen versah, hörte ich ein leises »Gute Nacht« des Mädchens; und bald sah ich sie drüben in dem Schatten der Häuser verschwinden. Ich vernahm noch das vorsichtige Aufdrücken einer Haustür, das leise Anschlagen der Türschelle; dann wandte ich mich und ging langsam durch den Schloßgarten zurück.

Ohne erst zum Abendessen in die Wohnstube meiner Eltern zu gehen, schlich ich die Treppe hinauf in meine Kammer. Wie trunken warf ich mich in die Kissen. Nach einer Viertelstunde hörte ich die Stubentür gehen, und durch die halbgeöffneten Augenlider sah ich meine Mutter mit einer Lampe an mein Bett treten. Sie beugte sich über mich; aber ich schloß die Augen und träumte weiter. Trotz des wenig verheißenden Abschiedes war mir doch, als hätte meine Hand eine volle Rosengirlande gefaßt, an welcher nun in alle Zukunft hinein der Lebensweg entlang gehen müsse.

So sehr ich aber an diesem Abend den Drang allein zu sein empfunden, ebenso sehr trieb es mich am andern Morgen unter Menschen. Ich hatte ein neues Gefühl der Freiheit und Überlegenheit in mir, das ich nun auch andern gegenüber empfinden wollte. Sobald ich gefrühstückt, und den etwas unbequemen Fragen meiner Mutter notdürftig genuggetan hatte, ging ich in die Werkstatt meines Freundes Christoph. Er war eifrig beschäftigt, kleine Mahagonifurniere auszuwählen und zu schneiden. »Was machst denn Du da für Schönes?« fragte ich.

»Ein Nähkästchen«, sagte er ohne aufzublicken.

»Ein Nähkästchen? Für wen denn?«

»Für Lenore Beauregard; meine Schwester will's ihr zum Geburtstag schenken.«

Ich sah ihn von der Seite an; ein übermütiges Lächeln stieg in mir auf. »Die Lore ist wohl Dein Schatz, Christoph?«

Der eckige Kopf des guten Jungen wurde bis unter die Stirnhaare wie mit Blut übergossen bei dieser treulosen Frage. Er schien selbst über seine Verlegenheit in Zorn zu geraten. »Ihr hättet sie nur aus Eurer lateinischen Tanzschule fortlassen sollen!« sagte er, indem er mit seinem Messer grimmig in die Furnierblättchen hineinfuhr.

»Du bist wohl eifersüchtig, Christoph?« fragte ich.

Aber er antwortete nicht; er brummte nur halb für sich: »Das hätte meine Schwester sein sollen!« –

Dieser Triumph sollte indessen mein einzigster bleiben; denn ich mühte mich vergebens, wieder allein mit Lore zusammen zu treffen. Ein paar Mal zwar im Laufe des Sommers begegnete sie mir an Sonntagnachmittagen hinter den Gärten auf dem Bürgersteige; aber Christoph und seine Schwester begleiteten sie, und der gute Junge ging so trotzig neben ihr, als wenn er sie einer ganzen Welt von Lateinern hätte streitig machen wollen; auch suchte sie selbst, wenn ich ein Gespräch mit ihnen begann, augenscheinlich die Andern zum Weitergehen zu veranlassen.

Als späterhin bei Beginn des Michaelismarktes das Carrousel wieder aufgeschlagen wurde, wagte ich noch einmal zu hoffen. Einen Abend nach dem andern, sobald die Dämmerung anbrach, fand ich mich auf dem Platze ein; zum großen Verdrusse meines Freundes Fritz, von dem ich mich unter immer neuen Vorwänden los zu machen suchte. Aber ebenso oft spähte ich vergebens unter den jungen Reiterinnen, die sich zuweilen einfanden, die schlanke Braune zu entdecken, um deren willen ich allein gekommen war. Einsam wanderte ich durch die dunkeln Gänge des Schloßgartens und zehrte trübselig von der Erinnerung eines entflohenen Glückes.

Dies Alles nahm ein plötzliches Ende, als ich zu Anfang des Winters nach dem Willen meines Vaters die Gelehrtenschule unserer Heimat verließ und zu meiner weitern Ausbildung auf ein Gymnasium des mittleren Deutschlands geschickt wurde. – Ob mein Schmetterlingsketscher noch in dem blühenden Baum am Rande der Heide hängt? – Ich weiß es nicht; ich bin nicht wieder dort gewesen; auch den Brombeerfalter habe ich bis auf heute noch nicht gefangen.

Der Kuss

Am 20. Mai, abends acht Uhr, erreichten sämtliche sechs Batterien der N.'schen Reserveartilleriebrigade, die in ihr Sommerlager zog, das Kirchdorf Mestetschki, wo das Nachtquartier aufgeschlagen werden sollte. Mitten im größten Trubel, als ein Teil der Offiziere sich bei den Geschützen zu schaffen machte, und die übrigen sich auf dem freien Platze vor der Kirche versammelt hatten, um die Meldungen der Quartiermacher entgegenzunehmen, kam plötzlich hinter der Kirche ein Reiter in Zivilkleidung auf einem sehr sonderbaren Pferde zum Vorschein. Das kleine falbe Pferd mit dem schönen Hals und kurzem Schweif bewegte sich nicht geradeaus, sondern irgendwie seitwärts, wobei es mit den Beinen zierliche tänzelnde Bewegungen machte, als ob man es mit der Peitsche auf die Beine schlüge. Der Mann ritt auf die Offiziere zu, lüftete den Hut und sagte:

»Seine Exzellenz Generalleutnant von Rabbeck, der hier in der Nähe ein Gut hat, bittet die Herren Offiziere, sogleich zu ihm zu einer Tasse Tee zu kommen …«

Das Pferd verbeugte sich, begann wieder zu tänzeln und wich seitwärts zurück; der Reiter lüftete wieder den Hut und verschwand nach einem Augenblick mit seinem sonderbaren Pferde hinter der Kirche.

»Dass ihn der Teufel!«, brummten einige Offiziere, indem sie ihre Quartiere aufsuchten. »Man ist todmüde und will schlafen, und da kommt dieser von Rabbeck mit seinem Tee! Wir wissen, was so ein Tee bedeutet!«

Den Offizieren aller sechs Batterien war noch lebhaft der vorjährige Fall in Erinnerung, als sie während der Manöver gemeinsam mit den Offizieren eines Kosakenregiments auf die gleiche Weise zu einem Gutsbesitzer, einem Grafen und ehemaligen Militär, zu einer Tasse Tee geladen waren; der gastfreie und liebenswürdige Graf nahm sie freundlich auf und gab ihnen gut zu essen und zu trinken. Dann ließ er sie aber nicht in ihre Dorfquartiere zurückkehren, sondern zwang sie, bei ihm zu übernachten. Das war ja alles sehr schön, und man könnte es gar nicht besser haben, aber der ehemalige Militär hatte am Besuch der jungen Offiziere doch zu viel Freude: bis zum Morgengrauen erzählte er ihnen Geschichten aus der guten alten Zeit, schleppte sie durch alle Zimmer, um ihnen wertvolle Bilder, alte Stiche und seltene Waffen zu zeigen und las ihnen Originalbriefe hochgestellter Persönlichkeiten vor, während die todmüden Offiziere sich nach ihren Betten sehnten und höflich in die Ärmel hineingähnten; und als der Hausherr sie endlich in Ruhe ließ, war es schon zu spät, um sich noch hinzulegen.

Was vielleicht auch dieser von Rabbeck so? Ob so oder anders, jedenfalls war nichts zu machen. Die Offiziere putzten sich, machten Toilette und begaben sich gemeinsam auf die Suche nach dem Herrenhause. Auf dem Platze vor der Kirche wurde ihnen gesagt, dass sie entweder den unteren Weg nehmen sollten – hinter der Kirche zum Flusse hinab und dann das Ufer entlang bis zum Gutsparke, von wo aus die Allee sie direkt zum Hause führen würde; oder aber den oberen Weg – gleich von der Kirche die Landstraße entlang, die eine halbe Werst hinter dem Dorfe direkt an die herrschaftlichen Getreidespeicher stoße. Die Offiziere zogen diesen letzteren Weg vor.

»Welcher von Rabbeck mag das sein?«, fragten sie sich unterwegs. »Ist es nicht derselbe, der bei Plewna die N.'sche Kavalleriedivision kommandierte?«

»Nein, jener hieß nicht von Rabbeck, sondern Rabe und ohne von.«

»Das Wetter ist aber herrlich!«

Beim ersten Getreidespeicher teilte sich die Straße: der eine Weg lief gerade weiter und verschwand in der Abenddämmerung, und der andere führte nach rechts zum Herrenhause. Die Offiziere bogen nach rechts ab und begannen etwas leiser zu sprechen … Zu beiden Seiten der Straße zogen sich gemauerte

Speicher mit roten Dächern hin, schwerfällig und unfreundlich wie Provinzkasernen. Vorne leuchteten schon die Fenster des Herrenhauses.

»Meine Herren, ein gutes Zeichen!«, sagte einer der Offiziere. »Unser Setter geht voraus; folglich spürt er, dass es hier für ihn Beute gibt!«

Oberleutnant Lobytko, ein schlanker und kräftiger, doch bartloser junger Mann (er war zwar über fünfzwanzig, aber sein rundes, volles Gesicht zeigte noch keine Spuren von Bartwuchs), der in der ganzen Brigade durch seine Spürnase und die Fähigkeit, die Anwesenheit von Frauen auf die größte Entfernung zu wittern, berühmt war und daher der »Setter« genannt wurde, ging tatsächlich allen voraus. Er wandte sich um und sagte:

»Ja, hier müssen Frauen sein. Das sagt mir mein Instinkt.«

An der Tür wurden die Offiziere von Herrn von Rabbeck in eigener Person empfangen. Er war ein ehrwürdiger Sechziger und trug Zivilkleidung. Während er den Gästen die Hände drückte, sagte er, dass er über ihren Besuch glücklich sei, aber die Herren Offiziere um Vergebung bitten müsse, dass er ihnen kein Nachtquartier anbieten könne; er habe zwei Schwestern mit ihren Kindern, mehrere Brüder und Nachbarn zu Besuch, so dass im ganzen Hause kein einziges Zimmer frei sei.

Der General schüttelte jedem Einzelnen die Hand, bat jeden Einzelnen um Entschuldigung und lächelte; aber in seinem Gesicht konnte man lesen, dass er sich über die Gäste viel weniger freute als der vorjährige Graf und dass er die Herren Offiziere nur deswegen eingeladen hatte, weil es nach seiner Ansicht der Anstand erforderte. Auch die Offiziere selbst hatten, während sie die mit einem weichen Teppich belegte Treppe hinaufgingen und seinen Worten lauschten, das Gefühl, dass sie nur darum eingeladen worden seien, weil es einfach unmöglich wäre, sie nicht einzuladen. Und als sie sahen, wie die Lakaien sich beeilten, auf der Treppe und im Vorzimmer Licht zu machen, hatten sie noch mehr den Eindruck, dass sie in dieses Haus nur Unruhe und Störung gebracht hätten. Kann man sich denn auch in einem Hause, wo sich, wohl anlässlich eines Familienfestes, zwei Schwestern mit Kindern, Brüder und Nachbarn versammelt haben, über den Besuch von neunzehn unbekannten Offizieren freuen?

Oben wurden die Gäste von einer schlanken alten Dame, mit länglichem Gesicht und schwarzen Brauen, die der Kaiserin Eugenie auffallend ähnlich sah, empfangen. Sie lächelte ihnen freundlich und majestätisch zu, sagte, wie froh und glücklich sie sei, die Gäste bei sich zu sehen, und entschuldigte sich, dass ihr Mann und sie leider nicht die Möglichkeit hätten, den Herren Offizieren Nachtquartier anzubieten. Man konnte ihrem schönen und majestätischen Lächeln, das jedes Mal verschwand, wenn sie ihr Gesicht von den Gästen wegwandte, anmerken, dass sie in ihrem Leben schon viele Herren Offiziere gesehen und jetzt wichtigere Dinge im Kopfe hatte; wenn sie sie aber dennoch eingeladen hätte, so nur aus dem Grunde, weil es ihre gute Erziehung und ihre gesellschaftliche Position erforderten.

Im großen Speisezimmer, wohin die Offiziere zuerst geleitet wurden, saßen an dem einen Ende des langen Teetisches an die zehn ältere und jüngere Herren und Damen. Im Hintergrunde war in einer leichten Wolke von Zigarrenrauch eine Gruppe von Herren zu erkennen; in der Mitte dieser Gruppe stand ein hagerer junger Mann mit rotem Backenbart und erzählte schnarrend und ziemlich laut etwas auf Englisch. Hinter dieser Gruppe war durch die offene Türe ein hellerleuchtetes Zimmer mit blauen Möbeln zu sehen.

»Meine Herren, Ihrer sind so viele, dass es ganz unmöglich ist, jeden Einzelnen vorzustellen!«, sagte der General laut, indem er sich Mühe gab, möglichst lustig zu erscheinen. »Meine Herren, stellen Sie sich doch selbst vor!«

Die Offiziere verbeugten sich, die einen mit sehr ernsten, sogar strengen Gesichtern, die andern mit gezwungenem Lächeln, doch alle in ziemlicher Verlegenheit, und nahmen am Teetische Platz.

Am verlegensten fühlte sich der Stabskapitän Rjabowitsch, ein kleingewachsener Offizier mit etwas gekrümmtem Rücken, einem Backenbart, der an den eines Luchses erinnerte, und bebrillten Augen. Während seine Kameraden ernste Gesichter machten oder gezwungen lächelten, schienen sein Luchsbackenbart und seine Brille zu sagen: »Ich bin der schüchternste, bescheidenste und farbloseste Offizier in der ganzen Brigade!« In der ersten Zeit, nachdem er ins Speisezimmer eingetreten war und am Teetische Platz genommen hatte, konnte er seine Aufmerksamkeit unmöglich auf irgendein bestimmtes Gesicht oder Ding konzentrieren. Die Gesichter und Toiletten, die geschliffenen Kognakkaraffen, der Dampf, der von den Teegläsern aufstieg, und die Stuckdecke – alles vereinigte sich zu einem einzigen, ungeheuren Eindruck, der Rjabowitsch mit Unruhe erfüllte und ihm den Wunsch eingab, seinen Kopf irgendwo zu vergraben. Gleich einem Redner, der zum ersten Mal vors Publikum tritt, sah er wohl alle Dinge, die sich vor seinen Augen befanden, konnte aber zugleich den Sinn und die Bedeutung dieser Dinge fast gar nicht erfassen: die Physiologen nennen diesen Zustand, wenn man alles sieht, doch nicht begreift, »psychische Blindheit«. Etwas später, als er sich an die Umgebung gewöhnt hatte, hörte diese Blindheit auf, und Rjabowitsch begann zu beobachten. Da er sehr schüchtern und in Gesellschaft stets verlegen war, fiel ihm vor allen Dingen das auf, was ihm selbst am meisten abging: nämlich die ungewöhnliche Kühnheit seiner neuen Bekannten. Herr von Rabbeck, seine Gattin, zwei ältere Damen, ein junges Mädchen in fliederfarbenem Kleide und der junge Mann mit dem roten Backenbart, der sich als der jüngste Sohn des Hauses entpuppte, nahmen mit geschickt verteilten Rollen, als ob sie es zuvor geprobt hätten, unter den Offizieren Platz und begannen sofort eine lebhafte Diskussion, an der sich die Gäste, ob sie wollten oder nicht, beteiligen mussten. Das fliederfarbene Fräulein behauptete mit großem Eifer, dass die Artilleristen es besser hätten als die Kavalleristen und Infanteristen, während von Rabbeck und die älteren Damen den entgegengesetzten Standpunkt vertraten. So kam ein allgemeines Gespräch zustande. Rjabo-

witsch sah fortwährend das fliederfarbene Fräulein an, das mit
großem Eifer über Dinge sprach, die ihr fremd waren und sie
nicht im geringsten interessierten, und beobachtete, wie auf ihrem Gesicht ein gekünsteltes Lächeln nach dem andern erschien
und wieder verschwand.

Herr von Rabbeck und seine Angehörigen zogen die Offiziere mit großem Geschick in die Diskussion herein und gaben
zugleich auch auf ihre Gläser und Münder acht: ob alle tranken,
ob alle Zucker hatten und warum der eine kein Gebäck und der
andere keinen Kognak genommen hatte. Und je mehr Rjabowitsch hinsah und zuhörte, um so mehr gefiel ihm diese unaufrichtige, doch glänzend disziplinierte Familie.

Nach dem Tee gingen die Offiziere in den großen Saal hinüber.
Oberleutnant Lobytko hatte sich nicht geirrt: hier gab es viele
junge Mädchen und junge Frauen. Der Setter stand bereits vor
einer jungen Blonden in Schwarz, den Oberkörper so gewendet,
als ob er sich auf einen unsichtbaren Säbel stützte, lächelte und
kokettierte drauflos. Er redete wohl irgendeinen sehr interessan-
ten Unsinn, denn die Blonde blickte etwas herablassend auf sein
sattes Gesicht und fragte ab und zu mit gleichgültiger Stimme:
»Nein, wirklich?« Aus diesem leidenschaftslosen »Nein, wirklich?«, hätte der Setter, wenn er klug wäre, schließen können,
dass sie ihm wohl kaum »Fass!«, zurufen würde.

Plötzlich ertönte das Klavier; ein langsamer Walzer schwebte
durch die offenen Fenster hinaus, und allen fiel es auf einmal
ein, dass draußen Frühling und ein Maiabend war. Alle fühlten plötzlich den Duft von jungen Pappeln, Rosen und Flieder.
Rjabowitsch, der von der Musik und auch vom Kognak etwas
berauscht war, schielte nach dem Fenster und begann die Bewegungen der Damen mit seinen Blicken zu verfolgen; es war
ihm, als ob der Duft der Pappeln, Rosen und des Flieders nicht
aus dem Garten käme, sondern den weiblichen Gesichtern und
Kleidern entströme.

Der junge von Rabbeck forderte eine sehr magere Dame
zum Tanz auf und machte mit ihr zwei Touren durch den Saal.

Lobytko flog, über das Parkett gleitend, auf das fliederfarbene Fräulein zu und raste mit ihr dahin. Nun begannen alle zu tanzen ... Rjabowitsch stand bei der Tür mit noch einigen Nichttänzern und beobachtete. Er hatte in seinem Leben noch kein einziges Mal getanzt und niemals die Taille einer anständigan Dame umfasst. Es gefiel ihm so sehr, wenn ein Mann ganz ungeniert und vor aller Augen ein ihm unbekanntes junges Mädchen um die Taille nahm, und sie ihm ihre Hand auf die Schulter legte; es war ihm aber unmöglich, sich selbst in die Lage dieses Mannes zu versetzen. Früher beneidete er in solchen Fällen seine kühnen und ungestümen Kameraden und empfand tiefes Herzeleid; das Bewusstsein, dass er schüchtern und farblos sei, einen gekrümmten Rücken, eine viel zu lange Taille und einen Luchsbackenbart habe, kränkte ihn; doch mit den Jahren gewöhnte er sich an dieses Gefühl, und wenn er jetzt jemand tanzen oder sich lebhaft mit einer Dame unterhalten sah, so beneidete er ihn nicht mehr, sondern lächelte nur traurig vor sich hin.

Als die Quadrille begann, kam der junge von Rabbeck auf die Nichttänzer zu und forderte zwei Offiziere zu einer Partie Billard auf. Die Offiziere nahmen die Einladung an und gingen mit ihm aus dem Saal. Rjabowitsch wollte doch wenigstens irgendwelchen Anteil an der allgemeinen Bewegung nehmen und ging ihnen nach. Aus dem Tanzsaal kamen sie in einen Salon und dann durch einen schmalen Glaskorridor in ein Zimmer, wo bei ihrem Erscheinen drei verschlafene Lakaien von einem Sofa aufsprangen. Nach einer weiteren Reihe von Räumen kamen sie endlich in ein Zimmer, wo ein Billard stand, und das Spiel begann.

Rjabowitsch, der in seinem Leben nichts außer Karten gespielt hatte, stand neben dem Billard und betrachtete gleichgültig die Spielenden, die in aufgeknöpften Röcken, mit den Queues in der Hand, um den Tisch herumgingen, Witze machten und unverständliche Ausdrücke gebrauchten. Die Spielenden sahen ihn gar nicht, und nur zuweilen, wenn sie ihn zufällig mit dem Ellenbogen oder mit dem Queue stießen, wandten sie sich nach ihm um und sagten: »Pardon!« Die erste Partie war noch nicht zu Ende, Rjabowitsch spürte aber bereits Langeweile und hatte das Gefühl, dass er hier überflüssig und allen im Wege sei. Er wollte in den Tanzsaal zurück und verließ das Billardzimmer.

Auf dem Rückwege erlebte er ein kleines Abenteuer. Als er durch einige Zimmer gekommen war, merkte er plötzlich, dass er eine falsche Richtung eingeschlagen hatte. Er wusste bestimmt, dass er unterwegs drei verschlafenen Lakaien begegnen müsse; er war aber bereits durch fünf oder sechs Zimmer gekommen, und von den Lakaien war nichts zu sehen. Als er seinen Irrtum merkte, ging er ein wenig zurück, schlug den Weg nach rechts ein und stand plötzlich in einem halbdunklen Kabinett, das er auf dem Wege zum Billardzimmer ganz sicher nicht passiert hatte; nachdem er hier eine halbe Minute unentschlossen gestanden hatte, machte er aufs Geradewohl die erste Tür auf und kam in ein vollkommen dunkles Zimmer. Im Hintergrunde fiel durch eine Türritze grelles Licht herein, und hinter der Tür tönte dumpf eine traurige Mazurka. Die Fenster standen hier wie im Tanzsaale offen, und es duftete nach Pappellaub, Rosen und Flieder …

Rjabowitsch blieb unentschlossen stehen. Plötzlich hörte er schnelle Schritte und das Rascheln eines Kleides; eine erregte Frauenstimme flüsterte: »Endlich!«, und zwei weiche, duftende, zweifellos weibliche Arme umschlangen seinen Hals; eine warme Wange schmiegte sich an seine Wange, und gleichzeitig spürte er auf seinem Gesicht einen Kuss. Im gleichen Augenblick stieß die Küssende einen leisen Schrei aus und taumelte, wie es Rjabowitsch schien, angeekelt von ihm zurück. Auch er selbst schrie beinahe auf und stürzte zu der Tür, durch deren Ritze das helle Licht einfiel …

Als er in den Saal zurückkehrte, hatte er heftiges Herzklopfen, und seine Hände zitterten so sehr, dass er sie im Rücken verbergen musste. In den ersten Augenblicken hatte er das quälende Gefühl, es müsse allen Anwesenden bekannt sein, dass ihn soeben eine Dame umarmt und geküsst hatte; er zitterte und blickte unruhig nach allen Seiten; als er sich aber überzeugt hatte, dass alle ruhig weitertanzten und plauderten, gab er sich ganz dem neuen Gefühl hin. Es war ihm so eigen zumute ... Auf seinem Halse, den soeben die weichen, duftenden Arme umschlungen hatten, hatte er ein eigentümliches öliges Gefühl; auf der Wange am linken Schnurrbart, wo ihn die Unbekannte geküsst hatte, empfand er eine leichte, angenehme Kühle, wie sie von Pfefferminztropfen hervorgerufen wird, und je länger er diese Stelle rieb, um so deutlicher spürte er diese Kühle; sein ganzer Körper vom Scheitel bis zur Sohle war von einem neuen eigentümlichen Gefühl erfüllt, das immer stärker und mächtiger wurde ... Nun wollte er plötzlich tanzen, plaudern, in den Garten hinausrennen, laut lachen ... Er hatte vollkommen vergessen, dass er farblos war, eine schlechte Haltung, einen Luchsbackenbart und ein »unbestimmtes Äußeres« hatte (so wurde einmal sein Äußeres in einem Damengespräch bezeichnet, dem er zufällig zugehört hatte). Als an ihm Frau von Rabbeck vorbeiging, lächelte er ihr so auffällig zu, dass sie stehen blieb und ihn fragend ansah.

»Ihr Haus gefällt mir ganz ungemein!«, sagte er, seine Brille zurechtrückend.

Die Generalin lächelte und erzählte ihm, dass dieses Haus noch ihrem Vater gehört habe; dann fragte sie ihn, ob seine Eltern noch am Leben seien und warum er so mager sei. Nachdem sie auf alle diese Fragen Antwort erhalten hatte, setzte sie ihren Weg fort; Rjabowitsch lächelte aber noch freundlicher und war überzeugt, dass er von lauter vortrefflichen Menschen umgeben sei ...

Beim Souper aß er mechanisch alles, was man ihm vorsetzte, trank sehr viel, hörte nichts von dem, was um ihn vorging, und gab sich Mühe, eine Erklärung für sein Abenteuer zu finden ... Das Abenteuer trug einen geheimnisvollen und romantischen Charakter, war aber nicht so schwer zu erklären. Irgend ein junges Mädchen oder auch eine junge Dame hatte wohl jemanden zu einem Rendezvous ins dunkle Zimmer bestellt, hatte wohl lange gewartet und in ihrer Aufregung Rjabowitsch für ihren Helden gehalten; das war um so wahrscheinlicher, als er in diesem Augenblick unentschlossen stehen geblieben war, also das Aussehen eines Menschen hatte, der gleichfalls auf etwas wartete ... So erklärte sich Rjabowitsch den Kuss.

»Wer mag sie sein?«, fragte er sich, die anwesenden Damen musternd. »Sie muss jung sein, denn eine Alte bestellt doch niemanden zu einem Stelldichein. Dass es sich nur um eine wirkliche, gebildete Dame handeln kann, war schon aus dem Rascheln ihres Kleides, aus ihrer Stimme und dem Duft zu ersehen ...«

Er richtete seinen Blick auf das fliederfarbene Fräulein; sie gefiel ihm nicht übel; sie hatte hübsche Schultern und Arme, ein kluges Gesicht und eine wohltönende Stimme. Während Rjabowitsch sie ansah, hatte er den Wunsch, dass sie und keine andere jene Unbekannte sein möchte ... Plötzlich lachte sie auffallend unnatürlich auf und rümpfte ihre lange Nase, die, wie Rjabowitsch glaubte, darauf schließen ließ, dass die Dame nicht mehr so jung war. Nun richtete er seinen Blick auf die Blonde in Schwarz. Diese schien jünger, natürlicher und aufrichtiger, hatte reizende Schläfen und hielt das Likörglas sehr graziös in der Hand. Nun redete sich Rjabowitsch ein, dass es diese gewesen sein müsse. Bald fand er aber, dass ihr Gesicht eigentlich recht flach sei, und lenkte seinen Blick auf ihre Nachbarin ...

»Es ist furchtbar schwer zu erraten«, sagte er sich nachdenklich. »Wenn man von der Fliederfarbenen nur die Schultern und Arme nehmen könnte und dazu die Schläfen der Blonden und die Augen dieser da, die links von Lobytko sitzt, so ...«

Er versuchte, diese Vereinigung im Geiste herzustellen und erhielt auf diese Weise das Bild des jungen Mädchens, das ihn geküsst hatte, das Bild, das er mit solcher Sehnsucht suchte und unmöglich finden konnte ...

Nach dem Souper bedankten sich die Gäste, die satt und etwas berauscht waren, bei den Gastgebern und nahmen Abschied. Die Rabbecks begannen sich wieder zu entschuldigen, dass sie die Gäste nicht zur Nacht behalten könnten.

»Es hat mich außerordentlich gefreut, meine Herren!«, sagte der General, diesmal aufrichtig (die meisten Menschen sind ja, wenn sie ihre Gäste hinausbegleiten, viel aufrichtiger und besser, als wenn sie sie empfangen). »Es hat mich ganz außerordentlich gefreut! Wir bitten Sie sehr, uns auch auf dem Rückwege zu besuchen! Bitte ganz ungeniert! Ja, wo wollen Sie denn hin? Sie wollen den oberen Weg nehmen? Nein, gehen Sie doch durch den Park, den unteren Weg, der ist viel näher.«

Die Offiziere gingen durch den Park. Nach dem grellen Licht und dem Lärm im Hause kam es ihnen im Parke sehr dunkel und still vor. Bevor sie den Parkausgang erreicht hatten, sprach keiner von ihnen ein Wort. Sie waren leicht angeheitert, lustig und zufrieden, aber das Dunkel und die Stille stimmten sie für einige Augenblicke nachdenklich. Ein jeder von ihnen hatte wohl den gleichen Gedanken, der auch Rjabowitsch gekommen war; ob sie einmal auch die Zeit erleben, wo sie, gleich diesem von Rabbeck, ein großes Haus, eine Familie und einen Park haben werden? Ob auch sie einmal in die Lage kommen, fremde Menschen mit einer angenehmen, wenn auch unaufrichtigen Gastfreundlichkeit zu empfangen und sie satt, berauscht und zufrieden zu machen?

Kaum hatten sie die Parktür hinter sich, als plötzlich alle gleichzeitig zu sprechen und ohne jeden Grund zu lachen anfingen. Jetzt nahmen sie den Fußpfad, der sie zum Flusse hinabführte, dann dicht am Ufer entlanglief und um jeden Strauch, jedes von Wasser ausgespülte Loch und jede Bachweide einen Bogen machte. Das Ufer und der Fußpfad waren im Dunkeln kaum zu sehen, und das andere Ufer verschwand vollkommen in der Finsternis. Hie und da spiegelten sich im schwarzen Wasser die Sterne; sie zitterten und zerflossen, und nur daraus konnte man schließen, dass der Fluss eine schnelle Strömung hatte. Alles war still. Auf dem jenseitigen Ufer stöhnten verschlafene Schnepfen, und diesseits schlug in einem Busch sehr laut eine Nachtigall, ohne der Offiziersgesellschaft auch die geringste Beachtung zu schenken. Die Offiziere blieben für einen Augenblick vor dem Busch stehen, berührten ihn sogar, aber die Nachtigall ließ sich dadurch nicht stören.

»Die ist nicht übel!«, riefen einige anerkennende Stimmen. »Wir stehen dicht dabei, und sie macht sich nichts draus! So frech!«

Der Pfad stieg plötzlich hinauf und mündete bei der Kirchenmauer in die Landstraße. Hier machten die Offiziere, die vom Steigen etwas ermüdet waren, halt, setzten sich hin und steckten sich Zigaretten an. Jenseits des Flusses wurde plötzlich ein rotes, trübes Flämmchen sichtbar, und die Offiziere diskutierten, da sie doch nichts Besseres zu tun hatten, eine Zeitlang über die Frage, ob es ein Feuer im freien Felde, ein erleuchtetes Fenster oder irgend etwas anderes sei. Rjabowitsch sah gleich den anderen auf die Flamme, und es schien ihm, dass sie ihm zulächelte und zuwinkte mit einem Ausdruck, als ob sie vom Kuss wüsste.

Als Rjabowitsch in sein Quartier kam, zog er sich sehr schnell aus und legte sich hin. In der gleichen Bauernstube waren außer ihm Lobytko und Oberleutnant Mersljakow einquartiert; der Letztere war ein stiller, wortkarger Bursche, der in seinem Kreise für sehr gebildet galt und überall, wo es nur möglich war, den »Europäischen Boten« las, dessen neuestes Heft er stets mit sich führte. Lobytko zog sich aus, ging lange mit dem Ausdruck eines Menschen, der irgendwie unbefriedigt ist, auf und ab und schickte schließlich den Burschen nach Bier. Mersljakow legte sich hin, zündete eine Kerze an und vertiefte sich in den »Europäischen Boten«.

»Wer mag sie sein?«, fragte sich Rjabowitsch, zur verrauchten Decke emporblickend.

Am Halse hatte er noch immer das ölige Gefühl, und die Wange am Munde war wie mit Pfefferminztropfen betupft. In seiner Phantasie flimmerten die Schultern und Arme der Fliederfarbenen, die Schläfen und die aufrichtigen Augen der Blonden in Schwarz, Taillen, Toiletten und Broschen. Er bemühte sich, seine Aufmerksamkeit auf einem dieser Bilder festzuhalten, doch die Bilder hüpften, zerflossen und flimmerten. Und wenn sie auf dem weiten schwarzen Hintergrunde, den jeder Mensch sieht, wenn er die Augen schließt, verschwanden, so hörte er hastige Schritte, das Rascheln eines Kleides und den Laut eines Kusses, und eine große, grundlose Freude bemächtigte sich seiner … Während er sich dieser Freude hingab, hörte er, wie der Bursche zurückkam und meldete, dass kein Bier aufzutreiben sei. Lobytko war sehr empört und begann wieder auf und ab zu gehen.

»Ist er denn kein Idiot?«, fragte er, bald vor Rjabowitsch und bald vor Mersljakow stehen bleibend. »Man muss doch wirklich ein vollkommener Trottel sein, um kein Bier auftreiben zu können! Was glauben Sie? Ist er denn keine Kanaille?«

»Selbstverständlich ist hier kein Bier aufzutreiben«, versetzte Mersljakow, ohne seine Augen vom »Europäischen Boten« loszureißen.

»So? Das ist Ihre Meinung?«, drang Lobytko auf ihn ein. »Du lieber Gott! Wenn Sie mich jetzt auf den Mond bringen, so treibe ich Ihnen augenblicklich Bier und Weiber auf! Gleich gehe ich aus und hole Bier … Sie können mich einen Schurken nennen, wenn ich kein Bier bringe!«

Er brauchte sehr viel Zeit, um sich anzukleiden und seine langen Stiefel anzuziehen. Dann rauchte er schweigend eine Zigarette und machte sich auf den Weg.

»Rabbeck, Grabbeck, Labbeck«, murmelte er vor sich hin, im Flure stehen bleibend. »Ich habe keine Lust, allein zu gehen. Rjabowitsch, wollen Sie nicht einen kleinen Spaziergang machen? Wie?«

Er bekam keine Antwort, kehrte um, zog sich langsam aus und legte sich hin. Mersljakow seufzte auf, legte den »Europäischen Boten« weg und blies die Kerze aus.

»Ja, ja, ja …«, murmelte Lobytko und steckte sich im Finstern eine neue Zigarette an.

Rjabowitsch zog sich die Bettdecke über den Kopf, rollte sich zusammen und versuchte, die vor ihm schwebenden Bilder zu sammeln und zu einem Ganzen zu verbinden. Es wollte aber dabei nichts herauskommen. Bald schlief er ein, und sein letzter Gedanke war, dass er heute etwas sehr Liebes und Freudiges erfahren hatte, dass in seinem Leben etwas Ungewöhnliches, Lächerliches und doch Gutes geschehen war. Dieser Gedanke verließ ihn auch im Traume nicht.

Als er erwachte, waren das ölige Gefühl am Halse und die Kühle an der Wange bereits verschwunden, aber ein ungeheures Freudegefühl durchbebte noch immer seine Brust. Er blickte entzückt auf die von der aufgehenden Sonne vergoldeten Fensterrahmen und lauschte den Geräuschen, die von draußen kamen. Dicht vor dem Fenster wurde sehr laut gesprochen. Sein Batteriechef Lebedizkij, der die Brigade erst eben eingeholt hatte, unterhielt sich mit dem Feldwebel. Er schrie, weil er nicht gewohnt war, leise zu sprechen:

»Und was gibt's noch?«

»Der Hufschmied hat gestern den ›Golubtschik‹ vernagelt. Der Feldscher hat ihm einen Umschlag von Ton und Essig gemacht. Jetzt führt man das Pferd langsam am Zaume nach. Dann hat sich gestern der Arbeitssoldat Artemjew einen Rausch angetrunken, und der Herr Oberleutnant befahlen, ihn auf die Protze der Reserve-Lafette zu setzen.«

Der Feldwebel meldete noch, dass Karpow die neuen Trompetenschnüre und Zeltstöcke vergessen hatte und dass die Herren Offiziere gestern Abend bei General von Rabbeck zu Besuch gewesen waren. Plötzlich erschien Lebedizkijs Kopf mit dem roten Vollbart im Fensterrahmen. Er kniff seine kurzsichtigen Augen zusammen, blickte auf die verschlafenen Offiziere und wünschte ihnen guten Morgen.

»Ist sonst alles in Ordnung?«, fragte er sie.

»Das Stangenpferd hat sich mit dem neuen Kummet den Widerrist wundgerieben«, antwortete Lobytko gähnend.

Der Batteriechef seufzte, dachte eine Weile nach und sagte sehr laut:

»Ich habe noch die Absicht, Alexandra Jewgrafowna zu besuchen. Ich muss doch nachschauen, was sie macht. Leben Sie wohl. Gegen Abend hole ich Sie wieder ein.«

Eine Viertelstunde später setzte sich die Brigade in Bewegung. Als sie durch die Landstraße an den Rabbeck'schen Getreidespeichern vorüberzog, warf Rjabowitsch einen Blick auf das Herrenhaus. Die Fensterläden waren noch geschlossen. Alles im Hause schien zu schlafen. Auch die, die ihn gestern geküsst hatte, schlief wohl noch. Er versuchte, sie sich schlafend vorzustellen. Ein offenes Schlafzimmerfenster, in das grüne Äste hineinschauen, Morgenfrische, Duft von jungen Pappeln, Flieder und Rosen, ein Bett, ein Stuhl, und auf dem Stuhle das Kleid, das gestern geraschelt hatte, Pantöffelchen vor dem Bett, eine kleine Uhr auf dem Nachttisch – das alles konnte er sich klar und deutlich vorstellen; aber die Gesichtszüge, das liebe schläfrige Lächeln, also gerade das, was wichtig und wesentlich war, entglitt seiner Vorstellungskraft, wie Quecksilber den Fingern entgleitet. Nach einer halben Werst sah er noch einmal zurück: die gelbe Kirche, das Herrenhaus, der Fluss und der Park waren vom Sonnenlicht übergossen; der Fluss mit seinen grünen Ufern spiegelte den blauen Himmel und flimmerte stellenweise silbern in der Sonne. Rjabowitsch blickte zum letzten Mal auf Mestetschki zurück, und ihm wurde plötzlich so traurig zumute, als ob er sich von etwas Liebem und Trautem losgerissen hätte.

Unterwegs zogen vor seinen Augen lauter altbekannte, durchaus uninteressante Bilder vorbei ... Rechts und links der Straße breiteten sich Korn- und Buchweizenfelder aus, in denen Saatkrähen herumhüpften; wenn er vorwärts blickte, sah er nur Staub und Soldatennacken: blickte er zurück, so sah er den gleichen Staub und Soldatengesichter ... An der Spitze schreiten vier Mann mit geschulterten Säbeln; sie bilden die Avantgarde. Ihnen folgen die Sänger, und nach diesen kommen die berittenen Trompeter. Die Avantgarde und die Sänger vergessen, wie die Fackelträger in einem Leichenzuge, jeden Augenblick die vorgeschriebene Distanz und gehen viel zu weit voraus ...

148

Rjabowitsch reitet neben dem ersten Geschütz der fünften Batterie. Er kann alle vier Batterien, die vor ihm fahren, überblicken. Einem Nichtmilitär erscheint dieser lange, schwerfällige Zug, den eine Brigade während des Marsches bildet, als ein kompliziertes und unverständliches Durcheinander; man kann nicht begreifen, warum einem jeden Geschütz so viel Menschen folgen und warum es von so vielen Pferden in sonderbarem Geschirr geschleppt wird; das Geschütz scheint ja gar nicht so schrecklich und schwer! Rjabowitsch kennt das alles und findet es gar nicht interessant. Er weiß längst, warum an der Spitze einer jeden Batterie neben dem Offizier ein behäbiger Feuerwerker reitet und warum dieser der Geschützführer heißt; nach diesem Feuerwerker kommen die Fahrer. Rjabowitsch weiß, dass die Pferde links, auf denen die Fahrer sitzen, Sattelpferde und die Pferde rechts – Handpferde heißen, und das interessiert ihn gar nicht mehr. Dem ersten Fahrer folgen die beiden Stangenpferde. Auf dem einen von ihnen sitzt wieder ein Fahrer mit dem gestrigen Staub auf dem Rücken und einem plumpen, komischen Holzklotz am rechten Knie; Rjabowitsch kennt auch die Bestimmung dieses Klotzes, und er erscheint ihm gar nicht komisch. Alle Fahrer schwingen mechanisch die Peitschen und schreien ab und zu die Pferde an. Das Geschütz selbst ist eigentlich unschön. Auf der Protze liegen unter einer wasserdichten Decke Hafersäcke; das Geschütz selbst ist über und über mit Teekesseln, Brotbeuteln und allerei Säckchen behangen und macht den Eindruck eines kleinen harmlosen Tieres, das, man weiß nicht, warum, von so viel Menschen und Pferden umringt ist. Neben dem Geschütz, an seiner windgeschützten Seite, marschieren, mit den Händen schlenkernd, sechs Mann Bedienungsmannschaften. Nach dem ersten Geschütz kommen neue Geschützführer, Fahrer, Stangenpferde, und ihnen folgt ein zweites Geschütz, das ebenso unschön und unimposant ist wie das erste. Dem zweiten Geschütz folgt das dritte, und diesem das vierte; beim vierten Geschütz reitet ein Offizier. Die Brigade besteht aus sechs Batterien, und jede Batterie aus vier Geschützen. Der ganze Zug ist etwa eine

149

halbe Werst lang. Zuletzt kommt der Train, dem nachdenklich, den Kopf mit den langen Ohren gesenkt, ein höchst sympathisches Geschöpf folgt: der Esel Magar, den irgendein Batteriechef einmal aus der Türkei mitgebracht hat.

Rjabowitsch blickte gleichgültig vorwärts und rückwärts, auf die Nacken und auf die Gesichter der Soldaten; sonst wäre er imstande, ein wenig einzunicken, aber heute war er zu sehr mit seinen neuen, angenehmen Gedanken beschäftigt. Anfangs, als die Brigade erst eben ausmarschiert war, suchte er sich einzureden, dass die Geschichte mit dem Kuss höchstens nur als ein kleines, geheimnisvolles Abenteuer aufzufassen sei, dass sie im Grunde genommen nicht die geringste Bedeutung habe und dass es zumindest dumm von ihm wäre, sie ernst zu nehmen; schließlich verzichtete er aber auf jede Logik und gab sich ganz den Traumbildern hin … Bald sah er sich im Salon der Rabbecks, an der Seite eines Mädchens, das zugleich der Fliederfarbenen und der Blonden in Schwarz glich; bald erschien vor seinen geschlossenen Augen ein ganz anderes, ihm völlig unbekanntes junges Mädchen, mit unbestimmten Gesichtszügen; er malte sich aus, wie er mit ihr spreche, sie liebkose, sich zu ihrer Schulter neige; stellte sich einen Krieg vor, den Abschied von ihr, dann die Rückkehr aus dem Felde, das erste Abendessen mit der Gattin und den Kindern …

»Zu den Stranghölzern!«, dröhnte das Kommando, so oft die Straße bergab ging.

Rjabowitsch schrie wie die andern »Zu den Stranghölzern!«, und fürchtete, dass dieser Schrei seine Gedankenkette zerreißen und ihn in die Wirklichkeit zurückversetzen würde …

Der Weg ging an einem Herrschaftsgute vorbei, und Rjabowitsch warf einen Blick über den Zaun in den Garten. Er sah eine schnurgerade, mit gelbem Sand bestreute, von jungen Birken eingefasste Allee. Sofort stellte er sich ein Paar kleine Frauenfüße vor, die über diesen gelben Sand schritten, und plötzlich stand in seiner Phantasie diejenige, die ihn gestern geküsst und die er sich beim Souper unmöglich hatte vorstellen können, klar und lebendig da. Dieses Bild blieb in seinem Gehirn und verließ ihn nicht mehr.

Um die Mittagsstunde erklang plötzlich hinten beim Train der Ruf:

»Achtung! Augen links! Die Herren Offiziere!«

In einer mit zwei weißen Pferden bespannten Equipage fuhr der Brigadier vorbei. Bei der zweiten Batterie ließ er halten und schrie etwas, was kein Mensch verstehen konnte. Mehrere Offiziere, darunter auch Rjabowitsch, galoppierten auf ihn zu.

»Nun, wie steht's?«, fragte der kleine und hagere General, mit den roten Augen zwinkernd. »Gibt's Kranke?«

Nachdem er die Antwort bekommen hatte, machte er einige kauende Bewegungen mit den Kiefern, dachte eine Weile nach und wandte sich schließlich an einen der Offiziere:

»Der zweite Fahrer am dritten Geschütz hat sich den Knie-bügel abgenommen und an die Protze gehängt. Bestrafen Sie die Kanaille!«

Dann blickte er auf Rjabowitsch und sagte:

»Bei Ihren Pferden sind, glaube ich, die Schwanzriemen zu lang …«

Nach einigen weiteren langweiligen Bemerkungen richtete der General seinen Blick auf Lobytko und lächelte.

»Oberleutnant Lobytko, Sie sehen so traurig aus«, sagte er. »Sie sehnen sich wohl nach Frau Lopuchow? Wie? Meine Herren, er sehnt sich doch nach der Lopuchow?«

Die Lopuchow war eine sehr korpulente und sehr groß gewachsene Dame, weit über vierzig. Der General, der eine Vorliebe für große Damen, ganz gleich welchen Alters, hatte, verdächtigte auch alle seine Offiziere der gleichen Schwäche. Die Offiziere lächelten devot. Der Brigadier war sichtlich zufrieden, dass er etwas sehr Komisches und Anzügliches gesagt habe, lachte laut auf, tippte seinen Kutscher in den Rücken und salutierte. Die Equipage fuhr weiter …

»Alles, was jetzt meine Phantasie beschäftigt und was mir so unmöglich und überirdisch erscheint, ist im Grunde genommen recht gewöhnlich«, sagte sich Rjabowitsch, den Staubwolken nachblickend, die die Generalsequipage begleiteten. »Es ist gewöhnlich und passiert einem jeden … Auch dieser General, zum Beispiel, hat wohl seinerzeit geliebt; jetzt ist er verheiratet und hat Kinder. Hauptmann Wachter ist gleichfalls verheiratet, und seine Frau liebt ihn, obwohl er einen hässlichen roten Hals und gar keine Taille hat … Salmanow ist roh und ein zu ausgesprochener Tatare; trotzdem hat er einen Roman gehabt, der zu einer Heirat führte … Ich bin wie die anderen und werde früher oder später das Gleiche erleben …«

Der Gedanke, dass er ein gewöhnlicher Mensch und dass auch sein Leben gewöhnlich sei, wirkte auf ihn ermutigend. Nun begann er sich, sie und sein Glück ganz kühn auszumalen, ohne seiner Einbildungskraft irgendwelche Schranken aufzuerlegen.

Gegen Abend erreichte die Brigade das Sommerlager. Die Offiziere ruhten in den Zelten aus, und Rjabowitsch, Mersljakow und Lobytko saßen um einen Koffer herum und aßen zu Abend. Mersljakow aß ohne Übereilung, zerkaute jeden Bissen sehr langsam und las in seinem »Europäischen Boten«, den er während des Essens auf den Knien hielt. Lobytko redete ununterbrochen und schenkte sich immer wieder Bier ein; Rjabowitsch, der nach all den Gedanken, die ihn den ganzen Tag beschäftigt hatten, wie benebelt war, schwieg und trank. Nach drei Glas Bier war er schon berauscht, und plötzlich überkam ihn das Verlangen, die Kameraden in sein Erlebnis einzuweihen.

»Gestern bei den Rabbecks passierte mir etwas Sonderbares«, begann er, indem er sich Mühe gab, einen gleichgültigen und sogar scherzenden Ton anzuschlagen. »Wissen Sie, ich komme ins Billardzimmer …«

Er begann die Geschichte vom Kuss sehr ausführlich zu erzählen und war schon nach einer Minute fertig … In dieser Minute hatte er bereits alles erzählt, und er staunte darüber, dass der ganze Bericht so wenig Zeit in Anspruch nahm. Er hatte geglaubt, dass er von diesem Kuss bis zum nächsten Morgen erzählen können werde. Als er fertig war, sah ihn Lobytko, der häufig log und darum keinem Menschen glaubte, mißtrauisch an und lächelte. Mersljakow bewegte seine Augenbrauen und sagte ruhig, ohne den Blick vom »Europäischen Boten« zu wenden:

»Herrgott! Wie kann man einem so um den Hals fallen, ohne ihn wenigstens beim Namen zu rufen?! ... Es wird wohl eine Verrückte gewesen sein.«

»Ja, höchstwahrscheinlich eine Verrückte ...«, gab Rjabowitsch zu.

»Ich habe aber folgenden Fall erlebt«, sagte Lobytko, indem er plötzlich erschrockene Augen machte. »Im vorigen Jahre reiste ich einmal nach Kowno ... Nehme mir ein Billett II. Klasse ... Der Wagen ist überfüllt, und vom Einschlafen ist keine Rede. Ich gebe dem Kondukteur fünfzig Kopeken ... Er nimmt mein Gepäck und bringt mich in ein leeres, abgeschlossenes Coupé ... Ich lege mich hin und hülle mich in meine Decke ... Sie müssen sich vorstellen, dass es stockfinster ist. Plötzlich spüre ich, wie mich jemand an der Schulter berührt und mir ins Gesicht atmet. Ich hebe die Hand und stoße auf einen Ellenbogen ... Nun öffne ich die Augen und sehe vor mir, denken Sie sich nur, ein Weib! Schwarze Augen, die Lippen rot wie frischer Lachs, die Nüstern blähen sich vor Leidenschaft, der Busen ist wie ein Paar Puffer ...«

»Erlauben Sie einmal«, unterbrach ihn Mersljakow vollkommen ruhig. »Das mit dem Busen kann ich noch zugeben; aber wie konnten Sie ihre Lippen sehen, wenn es im Coupé stockfinster war?«

Lobytko versuchte, sich herauszulügen und spottete über den so begriffsstutzigen Mersljakow. Das widerte Rjabowitsch an. Er ging vom Koffer weg, legte sich hin und gab sich das Wort, nie wieder offenherzig zu sein.

Nun begann das Lagerleben ... Ein Tag folgte dem andern, und jeder Tag war wie der andere. Rjabowitsch benahm sich, fühlte und dachte wie ein Verliebter. Jeden Morgen, wenn ihm sein Bursche den Waschkrug brachte, und er sich kaltes Wasser über den Kopf goß, sagte er sich, dass in seinem Leben etwas Schönes und Leuchtendes geschehen sei.

Abends, wenn seine Kameraden von Liebe und Weibern sprachen, setzte er sich zu ihnen und hörte ihnen mit dem gleichen Gesichtsausdruck zu, mit dem die Soldaten den Bericht von einer Schlacht, an der sie selbst teilgenommen, hören. Und wenn die angeheiterten Herren Offiziere, mit dem Setter Lobytko an der Spitze, Eroberungszüge nach der nahen Vorstadt unternahmen, war Rjabowitsch, der an diesen galanten Unternehmungen teilnahm, jedes Mal sehr traurig, fühlte sich schuldbeladen und bat »sie« im Gedanken um Vergebung ... In Stunden des Nichtstuns und in schlaflosen Nächten, wenn ihm der Wunsch kam, an seine Kindheit, Vater und Mutter und alles, was ihm lieb und wert war, zu denken, so gedachte er auch jedes Mal des Dorfes Mestetschki, des seltsamen Pferdes, des Generals von Rabbeck, dessen Frau, die der Kaiserin Eugenie so ähnlich sah, des dunklen Zimmers und der grellerleuchteten Ritze in der Tür ...

Am 31. August kehrte er aus dem Sommerlager in die Garnison zurück, doch nicht mit der ganzen Brigade, sondern mit nur zwei Batterien. Während des ganzen Marsches war er so aufgeregt, als ob er seine Heimat wiedersehen sollte. Er hatte das leidenschaftliche Verlangen, das seltsame Pferd, die Kirche, die unaufrichtige Familie der Rabbecks und das dunkle Zimmer wiederzusehen; »die innere Stimme«, die die Verliebten so oft betrügt, raunte ihm zu, dass er auch »sie« wiedersehen würde ... Er quälte sich mit der Frage: Wie wird sich die Begegnung abspielen? Worüber wird er mit ihr sprechen? Ob sie sich noch an den Kuss erinnert? Und wenn er ihr schließlich gar nicht begegnen sollte (dachte er sich), so würde es doch immerhin angenehm sein, das dunkle Zimmer aufzusuchen und das Ganze noch einmal in Gedanken zu durchkosten ...

Gegen Abend zeigten sich am Horizont die bekannte Kirche und die Getreidespeicher. Rjabowitsch bekam Herzklopfen ... Er hörte nicht darauf, was ihm ein Kamerad, der an seiner Seite ritt, erzählte, und blickte gespannt auf den in der Ferne schimmernden Fluß, auf das Dach des Herrenhauses und den Taubenschlag, über dem, von der untergehenden Sonne beleuchtet, Tauben kreisten.

Als er schon vor der Kirche war und die Meldung des Quartiermachers entgegennahm, wartete er jeden Augenblick, dass hinter der Kirchenmauer der Reiter erscheinen und die Offiziere zu einer Tasse Tee einladen werde. Aber die Meldung des Quartiermachers war zu Ende, die Offiziere saßen ab und gingen ins Dorf, doch der Reiter ließ sich nicht blicken …

»Rabbeck wird bald von den Bauern erfahren, dass wir angekommen sind, und den Boten nach uns schicken«, dachte sich Rjabowitsch, indem er in ein Bauernhaus eintrat. Er konnte nicht verstehen, warum sein Kamerad eine Kerze anzündete und die Burschen sich an den Samowars zu schaffen machten …

Eine schwere Unruhe bemächtigte sich seiner. Er legte sich hin, stand dann wieder auf und blickte zum Fenster hinaus, ob der Reiter noch nicht käme. Der Reiter kam nicht. Er legte sich hin, stand nach einer halben Stunde wieder auf und ging, von Unruhe getrieben, zur Kirche. Auf dem freien Platz vor der Kirchenmauer war es finster und einsam … Drei Soldaten standen dicht am Abhange und schwiegen. Als sie Rjabowitsch erblickten, fuhren sie auf und salutierten. Er erwiderte den Gruß und begann den bekannten Fußpfad hinunterzugehen.

Am andern Ufer war der ganze Himmel wie in Blut getaucht: der Mond ging eben auf; zwei Bauernweiber gingen, laut miteinander sprechend, in einem Gemüsegarten auf und ab und pflückten Kohlblätter; hinter den Gemüsegärten standen einige dunkle Bauernhäuser … Und auf dem Ufer, auf dem er sich befand, sah alles: der Fußpfad, das Gesträuch und die sich zum Wasser neigenden Bachweiden, genau so aus wie im Mai … Die freche Nachtigall ließ sich aber nicht mehr hören, und es duftete nicht mehr nach Pappellaub und jungem Gras.

Rjabowitsch kam zum Park und blickte hinein. Im Parke war es finster und still … Er konnte nur die weißen Stämme einiger

Birken und den Anfang der Allee unterscheiden; alles andere war zu einer schwarzen Masse zusammengeflossen. Rjabowitsch lauschte und blickte gespannt in die Finsternis; nachdem er so eine Viertelstunde gestanden und gelauscht und weder einen Ton noch einen Lichtschein entdeckt hatte, machte er sich langsam auf den Rückweg ...

Er ging ganz nahe zum Wasser heran. Vor ihm schimmerten weiß die Rabbeck'sche Badehütte und ein Badelaken, das am Brückengeländer aufgehängt war ... Er stieg auf die Brücke, stand eine Weile ohne jeden Zweck da und berührte das Laken. Es fühlte sich rau und kalt an. Er blickte hinunter auf das Wasser ... Es floss sehr schnell vorbei und rieselte kaum hörbar an den Pfählen der Badehütte. Der rote Mond spiegelte sich am linken Ufer; kleine Wellen liefen über das Spiegelbild hinweg, zerrissen es und wollten es gleichsam wegtragen ...

»Wie dumm! Wie dumm!«, dachte sich Rjabowitsch, auf das dahinströmende Wasser blickend. »So furchtbar dumm!«

Jetzt, wo er nichts mehr erwartete, sah er die Geschichte mit dem Kuss, seine Ungeduld, seine unbestimmten Hoffnungen und seine Enttäuschung in einem neuen grellen Lichte. Es kam ihm nicht mehr sonderbar vor, dass der General keinen Reiter geschickt hatte und dass er diejenige, die zufällig ihn statt eines andern geküßt hatte, niemals wiedersehen sollte; im Gegenteil, es wäre sonderbar, wenn er sie wiedersähe ...

Das Wasser lief, niemand wusste, wohin und wozu. Auch im Mai war es so gewesen; im Frühjahr kam das Wasser aus dem Flusse in den großen Strom, dann ins Meer, dann verdampfte es und wurde zu Regen, und nun floss vor Rjabowitschs Augen vielleicht wieder dasselbe Wasser ... Wozu? Warum?

Und die ganze Welt und das ganze Leben erschienen ihm als ein unverständlicher und zweckloser Scherz ... Als er aber seinen Blick vom Wasser losriss und zum Himmel hob, musste er wieder daran denken, wie ihn das Schicksal in Gestalt einer unbekannten Frau zufällig geküsst hatte; alle Gedanken und Bilder, die ihn während des Sommers erfüllt hatten, kamen ihm wieder in den Sinn, und sein Leben erschien ihm ungewöhnlich armselig, dürftig und farblos …

Als er in sein Bauernhaus zurückkehrte, fand er keinen seiner Kameraden vor. Der Bursche meldete ihm, dass sie sich alle zum General »Fontrjabkin« begeben hätten, der einen Reiter nach ihnen geschickt hatte! Für einen Augenblick flammte in Rjabowitschs Brust ein Freudengefühl auf; er dämpfte es aber gleich nieder, legte sich zu Bett und blieb, dem Schicksal zum Trotz, zu Hause und ging nicht zum General.

»Mareiles seltsame Ehegeschichte«

Es war Mai geworden. Frau Ziepe saß müßig und gedanken-
voll in ihrem Wohnzimmer. Vater Ziepe kam zum Zehnuhr-
frühstück heim. »Na, Imbiß her!« rief er sehr laut. Frau Ziepe
holte Schnaps und Wurst, aber so vornehm und ergeben, daß
ihr Mann sie fragte: »Was is wieder los?« »Mareile hat geschrieben«, antwortete sie und machte ihr unzufriedenes Gouvernan-
tengesicht. »So, unsere Malerin«, Ziepe lachte breit. »Stimmt's
da nich? Oder kommt's Kind?«

Dieses Lachen, der Stallgeruch, alles verletzte Frau Ziepe
heute an ihrem Manne, und sie wurde um so vornehmer.

»Mein Gott! Ich versteh's selbst nicht recht. Es sind Nuancen.
Aber mir ist so bang.«

»Nuancen – Unsinn, Mama!« fuhr Ziepe auf. »Zanken sie
sich, oder läuft er zu Frauenzimmern, oder was ist?«

Frau Ziepe weinte jetzt. »Sie schreibt von dem großen Mißverständnis ihrer Ehe und von Recht auf Freiheit – und Enttäuschung – ich weiß nicht – aber gut ist das nicht.«

»Quatsch«, donnerte Ziepe. »Schreib' ihr, ich hab' dich auch
enttäuscht, das is man so … und wenn eine 'nen Mann hat, soll
sie ihn halten, Männer sind heutzutage rar. Das sag' ich, Vater
Ziepe, und basta.« Er goß einen Gilka herunter und ging zu seiner Mistfuhre hinaus. –

Auch im Schloß erregte Mareiles seltsame Ehegeschichte alle.
Die Gräfin Blankenhagen, in einem Reitkleide in der Art des
Großen Kurfürsten und in Begleitung ihrer Tochter Ida und deren Gemahls Egon Sterneck, kam eigens von Steindorf herüber,
um zu sehen, was für Gesichter die Kaltiner zu Mareiles Ehegeschichte machen würden.

Tatsache war, daß Mareile ganz plötzlich ihre Ehe gelöst hatte
und zu der Fürstin Elise gezogen war. Hans Berkow war im

Unrecht, das stand fest. Was er getan hatte, wußte man nicht, aber für die Gesellschaft war er ein toter Mann. Um Mareile zu heben, mußte Hans Berkow sehr tief hinabgedrückt werden. Die five o'clocks der Fürstin Elise waren sehr besucht. Eine jede wollte Mareile schön und unumwunden über ihre Ehe sprechen hören. All diese Frauen, die ihre Ehen vor der Öffentlichkeit mit weißen Schleiern zu verhängen liebten, sie konnten sich an Mareiles Evangelium von der Pflicht der Empörung gegen den Mann, der die Frau nicht zur Liebe zu zwingen versteht, nicht satt hören. »Man muß diese entzückende Frau selbst sprechen hören«, berichtete Ida Sterneck. »Sie sagt – wie sagt sie doch? Sie sagte: ›Wenn der Mann die Frau nur so als die Schönheitslinie zu seinem Gebrauche ansieht – dann – dann entwürdigt sich die Frau.‹«

»Das sind so Redensarten unserer guten Fürstin«, meinte die Baronin.

»Nein aber«, drängte die Gräfin Blankenhagen, »es müssen doch Geschichten passiert sein. Wenn eine Ehe auseinandergeht, müssen doch Geschichten da sein, nicht wahr?«

Da begann Günther zu sprechen, spöttisch und erregt: »Geschichten, meine gnädige Frau Gräfin, werden Sie noch genug darüber zu hören kriegen. Daß Mareile aber keine Geschichten nötig hat, um zu handeln, das ist das Große an dieser Frau. Ja, bitte, wenn Sie in einem Brief einen Satz angefangen haben, und Sie merken, der geht so nicht weiter, der gibt keinen Sinn, dann streichen Sie ihn durch, nicht? Na also! Grad so macht's Mareile. Der Anfang mit Hans Berkow gibt ihr keinen rechten Sinn. Gut, sie macht ihren Strich darüber, so 'nen dicken, schwarzen Strich, wissen Sie, mitten durch den armen Hans durch … und sie wird einen besseren Satz anfangen.«

»Ach, sprecht nicht so von meinem armen Kinde!« klagte Seneïde, und ihre fanatischen Augen wurden feucht.

»Ja, eigene Sache«, schnarrte Egon Sterneck. »Das mit dem Strich, ganz hübsch. Nur wenn das Mode wird, ich meine bei unseren Frauen –«

»Unseren Frauen!« wiederholte Günther verwundert, »wer spricht denn von unseren Frauen? Ich spreche doch von den Mareilen.«

»Hm – ja so!«

Wie einst vor einem Jahre stieg Mareile an der kleinen Kaltiner Station aus dem Zuge. »Wieder kein Wagen, ich bin untröstlich, Signora, gnädige Frau«, sagte der Stationsvorsteher Ahlmeyer, »und bei Ihrer Abneigung gegen meinen Fuchs, na ja, spatlahm, freilich …«

So wanderte Mareile denn wieder über die Heide. Die Sonne ging hinter den Hügeln unter. Ein angenehmer Wind, voll von dem Dufte der Wacholderbüsche, wehte. Mareiles Gesicht war schmaler geworden. In die hellen, blühenden Farben hatte sich etwas wie ein bleiches Leuchten gemischt. Die Augen, die »durstig machenden Augen«, wie Hans Berkow sagte, schienen größer und reicher an Licht. Das Leben hatte auf dieser Schönheit die Spuren einer erregenden Erkenntnis zurückgelassen. Ja, heute war sie eine andere als damals, heute lächelte sie still vor sich hin, als genieße sie die süße Reife der eigenen Seele.

Der arme Hans! Er hatte sie in seiner Art geliebt, wie solch' eine morsche, abgetakelte Seele lieben kann. Sie konnte ihn nicht brauchen. Aber er hatte sie sehr stark begehrt und hatte sie ihre Sinne verstehen gelehrt, und erst, wenn ein Weib seine eigene Sinnlichkeit versteht, versteht es sich selbst. »Weißt du«, hatte Mareile zu Hans in Bordighera gesagt, in jenen wunderlich traumhaften Tagen des Eheanfangs, in denen Geist und Körper fiebern. »Weißt du, warum wir Mädchen, die auf den Schlössern aufwachsen, so dumm über die Liebe denken? Weil dort bei dem Gerede über die Liebe immer der Körper unterschlagen wird.«

»Das will ich meinen!« hatte Hans geantwortet. »Glaubst du, Diotima hätte so fein über die Liebe gesprochen, wenn sie von Tante Seneïde erzogen wäre?«

Eine glasige, graue Dämmerung sank auf das Land nieder. In der Kirche wurde der Sonntag eingeläutet. Unten auf der Dorfstraße tobten die Kinder vor dem Schlafengehen. Blonde Köpfe und nackte Beine legten helle Flecke in die Dämmerung. Nebel erhoben sich auf den Wiesen, spannen das Land in kühle Schleierstreifen ein. Im Felde begann eine Wachtel zu schnarchen, eintönig und unermüdlich, als spräche sie im Traum von unendlichen Kornfeldern. Das ergriff Mareile. So war's gut; hier wollte sie ruhen, bis das Erlebnis kam, das ihrer würdig wäre.

Über dem Schlosse stand der Mond. Aus den Fenstern drangen Stimmen und Klaviertöne, der hübsche Lärm jenes Lebens, das Mareile einst so schmerzhaft geliebt hatte.

Die Fenster des Inspektorhauses waren dunkel. Leise öffnete Mareile die Stubentür. Das Wohnzimmer war leer. Aus dem Schlafzimmer der Kinder aber klang Frau Ziepens Stimme. Sie sang ein Wiegenlied, müde und eintönig. Behutsam ging Mareile vor. Da saß die Mutter zwischen den Betten der Zwillinge. Etwas Mondlicht fiel in die matten Augen und auf die spitzen Züge des Gesichtes. Ihr zu Füßen kauerte die fünfzehnjährige Lene im Hemde. Den Kopf auf die Knie der Mutter gestützt, schlief sie. Mareile näherte sich leise und sank dann neben ihrer Mutter nieder. »Mareiling«, sagte Frau Ziepe tonlos; sie lehnte ihr heißes, eingefallenes Gesicht an Mareiles kühle Wange und weinte.

Auch Lene erwachte. Sie verstand nicht, was vorging, warum es wie Seide rauschte, warum es süß nach Orchideen duftete, warum Goldsachen im Mondschein flimmerten, bis auch sie die Arme ausbreitete und mit dem Seufzer schlaftrunkener Kinder »Mareiling« flüsterte.

Heinrich Heine

»Es ist heute der erste Mai«

Es ist heute der erste Mai. Wie ein Meer des Lebens ergießt sich
der Frühling über die Erde, der weiße Blütenschaum bleibt an
den Bäumen hängen, ein weiter, warmer Nebelglanz verbrei-
tet sich überall. In der Stadt blitzen freudig die Fensterscheiben der Häuser, an den Dächern bauen die Spatzen wieder ihre
Nestchen, auf der Straße wandeln die Leute und wundern sich,
daß die Luft so angreifend und ihnen selbst so wunderlich zu
Mute ist; die bunten Vierlanderinnen bringen Veilchensträußer;
die Waisenkinder, mit ihren blauen Jäckchen und ihren lieben,
unehelichen Gesichtchen, ziehen über den Jungfernstieg und
freuen sich, als sollten sie heute einen Vater wiederfinden; der
Bettler an der Brücke schaut so vergnügt, als hätte er das große
Los gewonnen, sogar den schwarzen, noch ungehenkten Makler,
der dort mit seinem spitzbübischen Manufakturwaren-Gesicht
einherläuft, bescheint die Sonne mit ihren tolerantesten Strahlen, – ich will hinauswandern vor das Tor.

Es ist der erste Mai, und ich denke deiner, du schöne Ilse –
oder soll ich dich »Agnes« nennen, weil dir dieser Name am besten gefällt? – ich denke deiner, und ich möchte wieder zusehen,
wie du leuchtend den Berg hinabläufst. Am liebsten aber möchte
ich unten im Tale stehen und dich auffangen in meine Arme. – Es
ist ein schöner Tag! Überall sehe ich die grüne Farbe, die Farbe
der Hoffnung. Überall, wie holde Wunder, blühen hervor die
Blumen, und auch mein Herz will wieder blühen. Dieses Herz
ist auch eine Blume, eine gar wunderliche. Es ist kein bescheidenes Veilchen, keine lachende Rose, keine reine Lilie, oder sonsti-
ges Blümchen, das mit artiger Lieblichkeit den Mädchensinn er-
freut, und sich hübsch vor den hübschen Busen stecken läßt, und
heute welkt und morgen wieder blüht. Dieses Herz gleicht mehr
jener schweren, abenteuerlichen Blume aus den Wäldern Bra-

siliens, die, der Sage nach, alle hundert Jahre nur einmal blüht. Ich erinnere mich, daß ich als Knabe eine solche Blume gesehen. Wir hörten in der Nacht einen Schuß, wie von einer Pistole, und am folgenden Morgen erzählten mir die Nachbarskinder, daß es ihre »Aloe« gewesen, die mit solchem Knalle plötzlich aufgeblüht sei. Sie führten mich in ihren Garten, und da sah ich, zu meiner Verwunderung, daß das niedrige, harte Gewächs mit den närrisch breiten, scharfgezackten Blättern, woran man sich leicht verletzen konnte, jetzt ganz in die Höhe geschossen war, und oben, wie eine goldene Krone, die herrlichste Blüte trug. Wir Kinder konnten nicht so hoch hinaufsehen, und der alte, schmunzelnde Christian, der uns lieb hatte, baute eine hölzerne Treppe um die Blume herum, und da kletterten wir hinauf, wie die Katzen, und schauten neugierig in den offenen Blumenkelch, woraus die gelben Strahlenfäden und wildfremden Düfte mit unerhörter Pracht hervordrangen.

Ja, Agnes, oft und leicht kommt dieses Herz nicht zum Blühen; so viel ich mich erinnere, hat es nur ein einziges Mal geblüht, und das mag schon lange her sein, gewiß schon hundert Jahr. Ich glaube, so herrlich auch damals seine Blüte sich entfaltete, so mußte sie doch aus Mangel an Sonnenschein und Wärme elendiglich verkümmern, wenn sie nicht gar von einem dunkeln Wintersturme gewaltsam zerstört worden. Jetzt aber regt und drängt es sich wieder in meiner Brust, und hörst du plötzlich den Schuß – Mädchen, erschrick nicht! ich hab mich nicht tot geschossen, sondern meine Liebe sprengt ihre Knospe, und schießt empor in strahlenden Liedern, in ewigen Dithyramben, in freudigster Sangesfülle.

Ist dir aber diese hohe Liebe zu hoch, Mädchen, so mach es dir bequem, und besteige die hölzerne Treppe, und schaue von dieser hinab in mein blühendes Herz.

Es ist noch früh am Tage, die Sonne hat kaum die Hälfte ihres Weges zurückgelegt, und mein Herz duftet schon so stark, daß es mir betäubend zu Kopfe steigt, daß ich nicht mehr weiß, wo die Ironie aufhört und der Himmel anfängt, daß ich die Luft mit meinen Seufzern bevölkere, und daß ich selbst wieder zerrinnen möchte in süße Atome, in die unerschaffene Gottheit; – wie soll das erst gehen, wenn es Nacht wird, und die Sterne am Himmel erscheinen, »die unglückselgen Sterne, die dir sagen können – –«

Es ist der erste Mai, der lumpigste Ladenschwengel hat heute das Recht, sentimental zu werden, und dem Dichter wolltest du es verwehren?

KLAUS MANN

»Ein windiger Frühlingstag«

Es war Anfang April, ein windiger Frühlingstag, am Rande der
Landstraße und auch auf den bräunlichen Wiesen lagen noch
Haufen mißfarbenen Schnees. Alles war naß, man stapfte durch
Schmutz, die Wiesen waren von Bächen und kleinen Rinnsalen
vielfach durchkreuzt. Die Bäume schüttelten sich kahl und lachend. Mama lachte gleichfalls, silbrig und erregt, weil der Wind
darauf aus war, ihre Frisur zu zerstören, die Hände schützend
vorm Haar, stolperte sie lachend dahin. Die Kinder lachten mit
ihr, alle fünf lachten sie jubelnd. Lachend begrüßten sie die fei-
ste Wirtin vom »Café am Wald«. Und nun die Treppe hinauf,
wo es nach fetter Hotelküche roch, auf Nummer 17 angeklopft,
das »Herein« gar nicht abgewartet, sondern die Türe aufgerissen
und im Sturmschritt ins Zimmer.

Till lief ihnen im schwarzen Pyjama entgegen, er war barfuß,
hatte ein triefend nasses Gesicht, und das Handtuch schwang
er wie eine Fahne. »Da seid ihr!« schrie er und lachte, weil die
Kinder so lachten, »ich wasche mich gerade – laßt euch nicht
stören –« Er lief ans Waschbecken zurück, während ihn die Kinder umringten, tauchte er das Gesicht tief ins Wasser.

Aber wo war Mama? Mama war unten geblieben. Hatte sie
mitten im Gelächter sich eines anderen besonnen? Hatte sie sich
irgendwo tückisch versteckt? Oder war sie nach Hause gerannt?
Welcher Unverstand! Die Kinder schrien nach ihr, Till lief mit
ihnen hinaus auf den Flur, triefend naß und mit nackten Füßen.
»Mama, wo bist du?« schrien die Kinder. Und er, dazwischen:
»Wo bist du, Mama?« – Aber sie war fort und verschwunden,
alles Schreien nützte da nichts. »Wir werden schon ohne sie fertig«, lachte Till, und sie liefen ins Zimmer zurück.

Während die Kinder in seinen Sachen kramten, zog er sich
an. Ein solches Durcheinander von Zeitschriften, Broschüren

und Büchern hatten sie noch niemals gesehen, bei der »Berliner Illustrirten« lag der »Wille zur Macht«, das »Neue Testament« bei einem amerikanischen Modejournal, eine Schrift über Sexualpathologie bei Buddhas Reden, naturwissenschaftliche Werke bei zweifelhaften Pariser Roman-Novitäten, Broschüren über Rußland dazwischen, viel Photographien, kubistische Zeichnungen, Puppen. Die Kinder blätterten aufgeregt in allen Journalen, schrien vor Schreck und Freude über expressionistische Reproduktionen, machten sich kichernd aufmerksam auf komische Titelblätter, ausgefallene Namen. Halb angezogen trat Till zu ihnen. Mit ihnen lachend, musterte er den Wust von Büchern und Heften. »Ja, ja, ich bin ein junger europäischer Intellektueller!« sagte er, und sein Lachen war hell und vergnügt.

Kaum war er angezogen, stellte er fest: jetzt wollen wir baden gehen, aber dieser Plan entsetzte die Kinder. Das sei unmöglich, beteuerten sie alle vier durcheinander, vor Mai sei an Baden überhaupt nicht zu denken, bis vor kurzem war auf dem Klammer-Weiher noch Eis. »Sie bekommen den Starrkrampf vor Kälte!« prophezeite altklug Renate. – Aber Till meinte, das werde sich finden und war schon die Treppen hinunter.

Nichts Schlimmes ahnend, saß die Bademeisterin vor ihrem Häuschen, wie konnte sie so gräßlichen Überfalls gewärtig sein? »Aber junger Herr, junger Herr!« krächzte sie speichelnd, »Sie holen sich die ärgste Diphtherie, ich sag's, wie's ist!« Renate pflichtete ihr kräftig bei, Fridolin wurde hämisch und bös. »Potz Mekka und Medina!« fluchte er orientalisch, »tun Sie, was Sie nicht lassen können!« – Till kam aus dem Lachen gar nicht heraus. Der Alten gegenüber ließ er alle seine Künste spielen, er streichelte sie mit Liebkosungen und phantastischen Namen der Zärtlichkeit. Auch Renate gelang es nicht, ihn zu beruhigen. Um Heiners willen hätte er von seinem Vorhaben noch am ehesten Abstand genommen, denn Heiner war ganz bedrückt und still geworden; »wenn es Ihnen nur nichts schadet!« sagte er leise.

Endlich war es ihm gelungen, der Alten eine rote Badehose abzulocken, schon war er in der Auskleidekabine verschwunden. Noch schwatzte die Alte fassungslos vor sich hin – so was sei ihr noch niemals passiert und: »bei dem windigen Wetter!« – da lief er auch schon über das Sprungbrett. Das Sprungbrett federte unter seinem Schritt, er lachte und fror, noch im Abspringen winkte er lachend den Kindern. In der Luft machte er bravourös einen Purzelbaum – er schimmerte in der Luft – dann spritzte das Wasser und Till war verschwunden. Die Kinder erschraken, nun war es geschehen, der Starrkrampf, sie hatten es ja gewußt. Heiner sagte kein Wort mehr, aber sein Gesicht wurde weiß und er zitterte, daß die Zähne ihm klapperten. – Aber da tauchte schon, überraschend weit weg, Tills Kopf aus dem Wasser, er blies die Backen auf, schnaufte und lachte, mit großen Stößen schwamm er dahin.

Wer kam da über die Wiesen gerannt? Das war Mama, aber sie hatte ein wütendes Gesicht. Mama kam keuchend herbei, sie schimpfte schon aus der Ferne. »Nein, das ist unerhört!« rief sie, ganz außer Atem, »nein, so etwas – nein, das ist unerhört!« Bei den Kindern machte sie halt, sie legte die Arme mit großer Geste um Renate und Heiner. »Gewiß hat er euch zwingen wollen, mit ihm zu baden!« schalt sie mit einer aufgelösten und entgleisten Stimme. »Das ist entsetzlich von ihm – das ist eine Gemeinheit –« Aber die Bewegung, mit der sie die Kinder beschützte, war künstlich und starr, ihre Augen waren nicht bei den Kindern, bei dem Schwimmenden waren sie, der jetzt mit breiten Stößen aufs Ufer zurückruderte. – »Er holt sich ganz sicher den Tod«, sagte Christiane plötzlich, leise und klagend, und sie nahm ihre Hand von den Schultern der Kinder.

Till war schon an Land, von Wasser triefend, nackt, mit verwehtem Haar kam er auf Christiane zu. »Ich bin nicht da, um auf Sie aufzupassen«, klagte sie ohne Fassung, »ich kenne Sie gar nicht – ruinieren Sie sich, wenn Sie wollen – aber meine Kinder! Ich weiß bestimmt, daß Sie meine Kinder auch zu diesem Wahnsinn haben verleiten wollen!« Und sie hatte wieder die unnatürliche und übertriebene Geste, mit welcher sie die Kinder an sich zog.

Jetzt stand ihr Till direkt gegenüber. Er lachte nur, antwortete nicht. Sein Leib bebte, wie der Leib eines jungen Hengstes, der stille steht nach dem Galopp. Seine Brust keuchte, sein herrliches Lachen keuchte mit und war atemlos, wie es ein Läufer lacht, der als Erster am Ziel ist. Die rote Badehose machte seinen Leib noch nackter und ausgezogener, als wäre er völlig unbekleidet gewesen. Sein kindisches und schamloses Lachen über diese eigene Nacktheit war so, daß Christiane versinken zu müssen glaubte. Wie war es möglich, diesem Blick zu entfliehen? Warum öffnete sich jetzt nicht die Erde?

JUDITH HERMANN

»Eine Einladung«

Ende April erzählte Mimi mir das erste Mal von ihrem Bruder Arild.

Sie sagte, Arild ist Bauer. Er hat den Hof übernommen, das Land und die Schweine. Er hat die Aufgabe übernommen, das weiterzuführen, was seine Vorfahren angefangen haben, aber er hat den Maßstab vergrößert. Unsere Eltern hatten einige hundert Schweine, Arild hat beinah tausend.

Sie unterbrach sich und sah mich an, sie wartete ab, was ich zu dieser Mitteilung zu sagen hätte. Ich hatte nichts dazu zu sagen. Ich sagte ihr nicht, dass ich das mit den Schweinen schon von meinem Bruder gehört hatte.

Sie sagte, er hat die Ställe ausgebaut, das Güllesilo installiert, den Hof saniert. Er hat eine Frau geheiratet, die ihn innerhalb kürzester Zeit vor die Wahl gestellt hat, sich zwischen ihr und der Familie zu entscheiden, und er hat sich für diese Frau entschieden. Er hat sich gegen die Familie und für eine Furie entschieden.

Mimi drückte das so aus. Sie sagte, als ich seine Frau das erste Mal gesehen habe, bin ich nach Hause gegangen und habe eine Hetäre mit Reißzähnen gezeichnet. Mit Fangarmen und Reißzähnen. Ich musste eine Hetäre zeichnen, und das habe ich getan.

Arild hatte sich von seiner Familie über Jahre ferngehalten. Er hatte seinen Eltern und seiner Schwester Hausverbot erteilt, er hatte sein Ding gemacht, es hatte allen das Herz gebrochen. Aber im vergangenen Herbst war diese Frau plötzlich wieder weggegangen. Sie hatte ihre Sachen gepackt und war von einem auf den anderen Tag verschwunden, alle hatten die Luft angehalten. Sie hatten gewartet, aber sie war nicht mehr zurückgekommen, und nun, sagte Mimi, wäre es wieder möglich, auf den Hof zu gehen. Es wäre vielleicht wieder möglich, ein Gespräch mit Arild zu führen. Zeit mit ihm zu verbringen.

Sie sagte, ich liebe meinen Bruder. Er war ein König. Er ist ein König.

Wir fuhren Anfang Mai an einem meiner freien Abende hin. Es war warm, und die Felder dufteten schon nach wilder Kamille, trockener Erde und Salz. Wir wollten eigentlich eine Runde mit dem Rad drehen, ans Meer fahren, am Meer entlang zurück, so wie immer, aber auf der Straße, die über die alte Deichlinie führt, brach Mimi diese Runde ab.

Vielleicht hatte sie schon vorher gewusst, dass sie abbrechen würde.

Sie stieg am Feld vom Rad, deutete zu dem Hof, der am Ende des Feldes im Schatten hoher Pappeln lag wie ein Tier in seinem Nest, und sagte, das ist unser Land. Das ist Arilds Hof. Lass uns rübergehen und einen Schnaps mit ihm trinken.

Ihr Gesicht war ernst, und es glühte. Sie hob entschlossen ihr Rad über den Graben und riss es zwischen den jungen Rapsstängeln hinter sich her. Es hatte das ganze Frühjahr nicht geregnet, und die Erde war ockerfarben, voller klaftertiefer Sprünge und Risse, sie stäubte unter Mimis Sandalen auf wie Rauch. Aber der Raps blühte, er war leuchtend gelb, und seine Stiele waren stark. Jetzt, wo Mimi sich entschieden hatte, konnte sie nicht schnell genug sein. Ich stolperte hinter ihr her, ich schwitzte, ich war mir gar nicht sicher, ob ich mit Arild Schnaps trinken wollte, ob ich alldem gewachsen sein würde. Mimi war seit Jahren nicht mehr auf dem Hof gewesen. Sie hatte ganz offensichtlich Wurzeln, und sie war außer sich.

Der Hof lag still. Es gab nichts, was herumstand, alles war aufgeräumt, extrem sauber, beinahe tot. Wir sprachen nicht mehr miteinander, wir flüsterten noch nicht einmal. Mimi schob ihr Rad in die Scheune, sie winkte mich mit der linken Hand ungeduldig hinter sich her. Schwarze, winzige Katzen lugten zwischen staubigen Heuballen hervor. Aus dem fensterlosen Anbau konnte ich die Schweine hören, ihr hohes, schrillendes Fiepen.

Wir gingen durch die Scheune durch, die Stallgasse lang und hinten wieder raus. Arild stand an der offenen Fliegengittertür der Küche. Er musste uns schon in seinem Rapsfeld gesehen haben, möglicherweise hatte er darüber nachgedacht, auf uns zu schießen. Er sah aus, als hätte er gerade geschlafen, seine Haare waren an der einen Seite zerzaust, seine Wange vom Kissen zerfurcht. Seine Wangenknochen waren hoch und breit wie Mimis, aber er hatte ziemlich harte Falten, die hatte Mimi nicht, obwohl sie um einiges älter war als er, und seine Augen waren so klein, als hätte er sie eigentlich gerne versteckt. Er trug eine Jeans und ein schönes, ausgewaschenes Flanellhemd, auf seinen Handgelenken wuchs büschelweise goldenes Haar. Er nahm die Hände aus den Hosentaschen, verschränkte die Arme vor der breiten Brust. Er schüttelte den Kopf, dann drehte er sich um und verschwand in der Küche. Für Mimi war das eine eindeutige Aufforderung, hinter ihm herzugehen.

Eine Einladung.

Die Küche war so aufgeräumt wie der Hof. Eine einzige angeschlagene Tasse mit dem Emblem von Manchester United im Abwaschbecken, eine Kaffeemaschine, ein Kalender für Landmaschinen über dem Herd, das war alles, der ganze mögliche Rest war in Wandschränken verräumt. In der Mitte der Küche stand ein Tisch für eine Großfamilie, das abgenutzte Holz am Kopfende verriet Arilds Platz. Mimi setzte sich auf den Stuhl ihm gegenüber, sehr weit weg. Ich wusste eine Weile nicht, wohin ich mich setzen sollte, dann entschied ich mich für einen Stuhl in der Mitte, zwischen ihnen beiden. Arild wartete das ab. Es war nicht zu erkennen, was er von unserem Besuch hielt. Er klappte einen der Schränke auf, holte drei Gläser raus und ließ sie über den Tisch schlittern wie Pucks übers Eis. Er holte einen Kanister aus dem Schrank und stellte ihn dazu.

Er sagte, Marille.

Er verschwand im Flur, wir hörten Schubladen auf- und zugehen, dann kam er mit einer zerknickten Schachtel Pralinen zurück, die er genauso über den Tisch schlittern ließ wie die Gläser.

Er sagte, Frauen mögen Schokolade. Oder was.

Die Pralinen landeten in Mimis Schoß, und sie betrachtete sie mit gesenktem Kopf, schließlich legte sie sie würdevoll vor sich hin.

Arild setzte sich. Er roch nach Silage und nach Aftershave. Er holte eine Packung Zigaretten aus seiner Hemdtasche, klopfte sich eine Zigarette raus, zündete sie mit einem Sturmfeuerzeug an, hielt sie zwischen Daumen und Zeigefinger, zog und stieß den Rauch aus. Lange her, dass ich jemanden so hatte rauchen sehen. Er quittierte mein Staunen mit dem Ansatz eines überlegenen Lächelns, dann bot er mir eine an.

Ich sagte, nein danke.

Mimi räusperte sich.

Sie sagte höflich, ist ordentlich hier. Bisschen karg vielleicht.

Sie saß kerzengerade am Kopfende des Tisches, ihre Wangen waren mädchenhaft gerötet, auf ihrer Stirn standen Schweißperlen. Sie schob die Pralinen noch ein Stückchen weiter von sich weg, zog ihre Strickjacke aus und hob ihr Glas.

Sie sagte, Cheers.

Arild sagte, Cheers. Ist karg, stimmt. Musste sein. Ging nicht anders.

Er hob sein Glas, rückte mit dem Stuhl vom Tisch ab, lehnte sich an, spreizte extrem weit die Beine und drückte das Kreuz durch wie vor einem Kampf. Er ruckte mit dem Kopf zum Garten vor dem Fenster hin und sagte zu Mimi, wie geht's dir in deiner Hundehütte da draußen.

Mimi wusste offensichtlich nicht, was sie auf diese Frage antworten sollte.

Arild schien das zu beruhigen. Er trank sein Glas in einem Zug aus und schenkte sich sofort das nächste ein. Er warf mir einen jähen wilden und überraschten Blick zu, als hätte er mich gerade erst bemerkt; es war deutlich, dass er gerne noch was gefragt, noch mal seine Stimme benutzt hätte, aber ihm fiel nichts mehr ein. Er trank ein zweites Glas, goss Mimi nach und mir auch. Nach dem vierten Glas Marille sah er sich in der Lage, uns durchs Haus zu führen. Es gab nicht viel zu zeigen. Im Wohnzimmer stand eine lederne Couch vor einem Fernseher, auf dem sich Elefanten durch die Serengeti schleppten. Auf der Couch lag eine braune Decke, auf dem Boden davor eine Tube Fußcreme auf einer Fernsehzeitung. In dem kleinen Zimmer neben der Küche erblühten Sterne auf dem Bildschirmschoner eines Computers, der auf einem Stapel Umzugskisten stand. Das war alles. Alle anderen Zimmer waren leer, bis auf die eine oder andere dieser Kisten. Es herrschte eine Leere, als wäre das Haus Schauplatz eines Verbrechens, eines Blutbades gewesen und als wäre eine ganze Mannschaft angerückt, um die Spuren zu beseitigen.

Tabula rasa.

Arild hatte eindrücklich Tabula rasa gemacht.

Wir gingen in die Küche zurück und tranken weiter Schnaps. Arild holte aus der Scheune Biere dazu, hinter ihm her tapsten die schwarzen Katzen in den Flur, er sagte, unter diesen Umständen sei ihm das egal, aber eigentlich hätten Katzen im Haus nichts verloren. Mimi stand am Küchenfenster und sah andächtig zu, wie die Sonne hinter den Deich rollte, aus den trockenen raschelnden Pappeln kamen zögernd die Fledermäuse raus. Die Schweine schrien außer Rand und Band. Mimi ging hoch, rumorte in den oberen Zimmern herum, Arild und ich lauschten, er auf die Schweine, ich auf Mimis Schritte, und dann beugte ich mich vor und legte meine Hand um seinen Nacken. Ich hätte nicht sagen können, mit welchem Ausdruck – Angriff oder Fürsorge, ich tat es einfach, und er gab nach. Er gab sich dem Druck meiner Hand hin, so, als hätte er schon vorher gewusst, dass ich das machen, dass es darauf hinauslaufen würde, und erst viel später dachte ich, er hat gar nicht nachgegeben, er hat sich weggeduckt.

Mimi kam mit einem Plattenspieler wieder runter. Sie baute den Plattenspieler im größten Zimmer auf, schleppte eine Box hinterher, eine Kiste mit alten Platten. Arild riss alle Fenster auf. Wir zogen uns die Schuhe aus, Mimi legte John Lee Hooker auf,

dann J. J. Cale, After Midnight, öffnete ungeduldig ihren Haar-
knoten, fächerte den Strick ihrer schwarzweißen Haare auseinander. *After Midnight we gonna let it all hang down, after midnight we gonna chugalug and shout, soul gonna be peaches and
cream.* Arild tanzte auf Socken, die Bierflasche in der Linken, er
tanzte wie ein Bär. Er drückte mich in die Ecke des Zimmers und
machte seine Gürtelschnalle auf, seine Handgelenke waren pel-
zig, ich ging in die Knie, ich konnte mich nicht daran erinnern,
jemals auf eine solche Weise angefasst worden zu sein. Zu diesen
Dingen so aufgefordert worden zu sein – direkt, beinah sach-
lich. Die Musik war derartig laut, dass man sie sicher bis in den
Ort hinein hören konnte. Draußen fuhr langsam ein Auto vorbei, und die Scheinwerfer tasteten sich durch den Raum wie der
Lichtstrahl eines Leuchtturms. Mimi legte sich auf die lederne
Couch, sie kreuzte die nackten Füße, sie sagte, das ist ja eine
richtige Teufelsaustreibung hier, Satans Ziege, alle Höllenhunde,
wer hätte das für möglich gehalten. Wer hätte das gedacht.

Sie sagte, ich ruh mich bisschen aus. Kümmert euch nicht um
mich, ich muss mich nur ein bisschen ausruhen, mal kurz die
Augen schließen, das ist sicher in Ordnung für euch.

Sie sagte, es riecht nach Schwefel, findet ihr nicht.

Sie seufzte zufrieden, schob die Unterlippe vor und pustete
sich die Haare aus dem Gesicht, sie fächerte sich mit der Fernsehzeitung Luft zu, drehte sich auf die Seite. Die Katzen saßen
auf dem Fensterbrett, sie hoben die Pfoten und spreizten die
Krallen, putzten sich lange, legten die Schwänze sorgsam um
sich herum.

Wir fuhren zurück, als es hell wurde. Die Sonne kam hoch, die
Felder dampften, die Fledermäuse hingen kopfüber in den Pap-
peln, und die Landstraße war ein endloses Band in blassrotem
Licht. Arild begleitete uns in die Scheune, er schob mein Rad für
mich raus, gab mir einen Kuss und drückte Mimi die Schachtel
Pralinen vor die Brust.

Er sagte, ich geh in den Stall.

Es klang so befriedigt. Ich stellte mir das vor – wie er die

Stalltür aufschließen, glühend und betrunken vor seine tausend Schweine treten, wie er sie begrüßen würde.

Mimi lächelte.

Sie sagte, wir pfeifen ab, Arild. So long. Wir sehen uns.

Sie gähnte ausgiebig, streckte sich, sah sich um und begutachtete den Tag. Alles glänzte.

Wir stiegen aufs Rad und fuhren los, drehten uns nicht noch mal um.

Mimi sagte, die Schöne kriegt den Kuss und die Dicke die Schokolade, so ist es immer schon gewesen, so muss es sein.

Wir konnten uns darüber nicht beruhigen. Ich musste absteigen, ein Stück schieben, ich konnte nicht mehr weiterfahren.

Siehst du, sagte Mimi. So ist es bei uns. Auf dem Land. Gefällt es dir ein bisschen?

»Jetzt im Frühling lockt unwiderstehlich der Garten«

Gartenglück und prächtige Natur

JOHANN PETER UZ

Frühling auf dem Lande

Der Frühling ist nirgend reizender, als hier. Armer Freund! Sie reden auch vom Frühling? Sie, die im Rauche einer engen Stadt eingeschlossen leben, und die Stimme der Nachtigall nur bei den Poeten hören? In Städten, glauben Sie mir, ist nur ein halber Frühling: der Hauch der Weste ist daselbst nur halb so lieblich, und die Blumen lachen mit einem nur gemeinen Reize. Dort kennet man die Schönheiten der Natur bloß dem Namen nach. Nur auf dem Lande kennet, fühlet und genießt man sie: und ich kann, ohne zu lügen, sagen, daß ich auf dem Lande bin, ob ich gleich in einer Stadt mich aufhalte, die nicht wenig Lärmen verursachet.

Ich kann wie auf dem Land und als ein Schäfer leben:
Als Schäfer? ich betrüge mich!
Wer wird mir Schäferinnen geben?
Und ohne Schäferin sind Schäfer lächerlich.
Zwar Mädchen sind hier, wie Göttinnen,
So artig, als die Schäferinnen;
Doch nicht so fromm, wie sie und ich.
Sie sind, wie überall, die Quelle süßer Schmerzen,
Voll Unschuld auf der Stirn, voll Schelmerei im Herzen.
So schlimm dies Völkchen ist, wer, leider! liebt es nicht?
Ein schöner Blick war stets dem Weisen überlegen:
Ein Blick entrunzelt sein Gesicht:
Der Fromme sündigt ihrentwegen,
Schielt übern Cubach weg und spricht:
Ach! wär kein Mädchen auf der Erden,
Wir würden alle selig werden!

Dergleichen Gedanken schleichen, wenn ich mich der hohen poetischen Sprache, ich, der ich unpoetisch bin, bedienen darf, selbst in meinem geheimsten Herzen zuweilen herum, bei meinen einsamen Spaziergängen, wo alles um mich herum lachet. Was für entzückende Spaziergänge! Hier verlohnet sichs doch der Mühe, daß ich meine verwöhnten Füße ermüde. Sie sollten nur sehen, wie ich laufe, ich, den Sie oft faul gescholten haben, weil ich Ihnen auf Ihren Tagereisen durch meist unangenehme Örter zu folgen, keine Lust hatte! Hier bieten die angenehmsten Szenen der Natur sich mir selbst und ungesucht an.

Kaum eil ich fliegend aus den Toren;
So kann ich mich im Grünen sehn;
So fühl ich freier Lüfte Wehn:
Die Lerche singt; ich sehe Floren
Durch hundert Gärten landhaft gehn.
Nicht mit beseeltem Marmor strahlen,
Nicht mit Orangenwäldern prahlen
Die Gärten hier zur schönen Zeit.
Nebst einem kleinen Sommerhause,
Zu einem abendlichen Schmause
Gewähren sie der Fröhlichkeit
Viel Gras, sich scherzend hinzustrecken,
Und, Amors Freuden zu verstecken,
Viel Schatten, viel Dunkelheit.
Vergnügen lacht auf allen Wegen
Im Schoß des Frühlings mir entgegen,
Und Lust begegnet jedem Blick.

GOTTFRIED KELLER

»Frohe Lüfte wehten«

Der Frühling war gekommen; schon lagen viele Frühpflanzen, nachdem sie flüchtige schöne Tage hindurch mit ihren Blüten der Menschen Augen vergnügt, nun in stiller Vergessenheit dem stillen Berufe ihres Reifens, der verborgenen Vorbereitung zu ihrer Fortpflanzung ob. Schlüsselblümchen und Veilchen waren spurlos unter dem erstarkten Grase verschwunden, niemand beachtete ihre kleinen Früchtchen. Hingegen breiteten sich Anemonen und die blauen Sterne des Immergrün zahllos aus um die lichten Stämme junger Birken, am Eingänge der Gehölze, die Lenzsonne durchschaute und überschien die Räumlichkeiten zwischen den Bäumen, vergoldete den bunten Waldboden; denn noch sah es hell und geräumig aus, wie in dem Hause eines Gelehrten, dessen Liebste dasselbe in Ordnung gebracht und aufgeputzt hat, ehe er von einer Reise zurückkommt und bald alles in die alte tolle Verwirrung versetzt. Bescheiden und abgemessen nahm das zartgrüne Laubwerk seinen Platz und ließ kaum ahnen, welche Gewalt und Herrlichkeit in ihm harrte. Die Blättchen saßen symmetrisch und zierlich an den Zweigen, zählbar, ein wenig steif, wie von der Putzmacherin angeordnet, die Einkerbungen und Fältchen noch höchst exakt und sauber, wie in Papier geschnitten und gepreßt, die Stiele und Zweigelchen rötlich lackiert, alles äußerst aufgedonnert. Frohe Lüfte wehten, am Himmel kräuselten sich glänzende Wolken, es kräuselte sich das junge Gras an den Rainen, die Wolle auf dem Rücken der Lämmer, überall bewegte es sich leise mutwillig, die losen Flocken im Genicke der jungen Mädchen kräuselten sich, wenn sie in der Frühlingsluft gingen, es kräuselte sich in meinem Herzen. Ich lief über alle Höhen und blies an einsamen, schön gelegenen Stellen stundenlang auf einer alten großen Flöte, welche ich seit einem Jahre besaß. Nachdem ich die ersten Griffe einem musikalischen Schuhmachergesellen abgelernt, war an weiteren Unterricht nicht zu denken und die ehemaligen Schulübungen waren längst in ein tiefes Meer der dunkelsten Vergessenheit geraten. Darum bildete sich, da ich doch bis zum Übermaß anhaltend spielte, eine wildgewachsene Fertigkeit aus, welche sich in den wunderlichsten Trillern, Läufen und Kadenzen erging. Ich konnte ebenso fertig blasen, was ich mit dem Munde pfeifen oder aus dem Kopfe singen konnte, aber nur in der härteren Tonart, die weichere hatte ich allerdings empfunden und wußte sie auch hervorzubringen, aber dann mußte ich langsam und vorsichtiger spielen, so daß diese Stellen gar melancholisch und vielfach gebrochen sich zwischen den übrigen Lärm verflochten. Musikkundige, welche in entfernterer Nachbarschaft mein Spiel hörten, hielten dasselbe für etwas Rechtes, belobten mich und luden mich ein, an ihren Unterhaltungen teilzunehmen. Als ich mich aber mit meiner mächtigen braunen Röhre einfand, deren Klappe einer messingenen Türklinke glich, und verlegen und mit bösem Gewissen die Ebenholzinstrumente mit einer Unzahl silberner Schlüssel, die stattlichen Notenblätter sah, bedeckt von Hieroglyphen, da stellte es sich heraus, daß ich rein zu gar nichts zu gebrauchen, und die Nachbaren schüttelten verwundert die Köpfe. Desto eifriger erfüllte ich nun die frische Luft mit meinem Flötenspiele, welches dem schmetternden und doch monotonen Gesange eines großen Vogels gleichen mochte, und empfand, unter stillen Waldsäumen liegend, innig das schäferliche Vergnügen des siebzehnten Jahrhunderts und zwar ohne Absicht und Gemachtheit.

ELIZABETH VON ARNIM

Verzauberter April

Als Mrs. Wilkins am nächsten Morgen aufwachte, blieb sie einige Minuten lang im Bett liegen, bevor sie aufstand und die Fensterläden öffnete. Was würde sie von ihrem Fenster aus sehen? Eine strahlende Welt oder eine verregnete Welt? Aber schön würde sie sein, wie immer sie auch aussehen mochte.

Sie fand sich in einem kleinen Schlafzimmer mit weißgetünchten Wänden, einem Steinboden und einigen wenigen alten Möbeln. Die Betten – es gab zwei – waren aus Eisen, schwarz emailliert und bemalt mit bunten Blumensträußchen. Sie blieb liegen, um den großen Augenblick, wenn sie ans Fenster ging, hinauszuzögern, so wie man das Öffnen eines lieben Briefes und seine Freude daran hinauszögert. Sie hatte keine Ahnung, wieviel Uhr es war; sie hatte vergessen, sie aufzuziehen, seit sie zuletzt, Jahrhunderte war das her, in Hampstead schlafen gegangen war. Man hörte keinen Laut im Haus, und so vermutete sie, es müsse noch früh sein, dennoch hatte sie das Gefühl, als hätte sie ewig geschlafen – so ausgeruht, so rundum zufrieden war sie. Sie lag da, die Arme um den Kopf verschränkt, und dachte, wie glücklich sie war, und ihre Lippen waren in seligem Lächeln hochgezogen. Allein im Bett zu sein: welch Wonnezustand. Sie war seit fünf Jahren nicht einmal ohne Mellersh im Bett gewesen; ah, diese kühle Geräumigkeit; die Bewegungsfreiheit; das Gefühl der Sorglosigkeit, der Keckheit, wenn man an den Dekken zog, weil man es wollte, oder sich die Kissen zurechtstupste, um es noch behaglicher zu haben! Es war, als entdecke man eine Freude völlig neu.

Mrs. Wilkins sehnte sich zwar danach, aufzustehen und die Läden zu öffnen, aber sie fühlte sich dort, wo sie war, einfach pudelwohl. Sie seufzte vor Behagen und blieb weiter liegen, schaute um sich, registrierte alles in ihrem Zimmer, ihrem eigenen kleinen Zimmer, ihrem ureigenen Zimmer, in dem sie sich ganz nach Gusto während dieses einen glücklichen Monats einrichten konnte, ihr Zimmer, das sie sich von ihrem Ersparten erworben hatte, die Frucht ihrer geheimen Entbehrungen, ihr Zimmer, dessen Tür sie abschließen konnte, wenn sie es wollte, und wo niemand das Recht hatte hereinzukommen. Es war ein so seltsames kleines Zimmer, ganz anders als alle, die sie kannte, und so angenehm. Es war wie eine Zelle. Die beiden Betten ausgenommen, beschwor es eine glückliche Askese. ›Und der Name des Gemachs‹, zitierte sie in Gedanken, lächelnd das Zimmer betrachtend, ›war Friede.‹

Ja, das war schon herrlich, dazuliegen und zu denken, wie glücklich sie war, aber draußen vor den Läden war es noch herrlicher. Sie sprang auf, zog sich die Pantoffeln an, denn es gab nichts auf dem Steinboden als einen kleinen Vorleger, lief zum Fenster und stieß die Läden auf.

»Oh!« rief Mrs. Wilkins aus.

All der strahlende Glanz Italiens im April lag ausgebreitet ihr zu Füßen. Die Sonne ergoß sich über sie. Das Meer schlummerte darin, fast unbewegt. Jenseits der Bucht ruhten auch die lieblichen Berge, reich an Farbnuancen, im Licht; und unterhalb ihres Fensters, am Fuße des blumenübersäten Grashügels, aus dem sich die Mauer des Castellos erhob, stand eine große Zypresse, die wie ein großes schwarzes Schwert durch die zarten Blau-, Violett- und Rosatöne der Berge und des Meeres schnitt.

Sie staunte. Solche Schönheit; und sie war da, um sie zu sehen. Solche Schönheit; und sie am Leben, um sie zu fühlen. Ihr Gesicht war in Licht gebadet. Köstliche Düfte stiegen zu ihrem Fenster hoch und umschmeichelten sie. Eine leichte Brise bewegte sanft ihr Haar. Weit draußen in der Bucht trieb eine Schar von Fischerbooten, fast ohne Bewegung, wie ein Schwarm weißer Vögel, auf dem ruhigen Meer. Wie schön, wie schön! Nicht zuvor gestorben zu sein …, das sehen zu dürfen, zu atmen, zu fühlen … Sie starrte mit offenem Mund. Glücklich? Welch dürftiges, gewöhnliches Alltagswort. Aber was konnte man denn sagen, wie ließe es sich beschreiben? Es war, als müßte sie zerspringen, als wäre sie zu klein, um soviel Freude in sich zu halten, als wäre sie von Licht durchdrungen. Und wie erstaunlich das war, diese reine Seligkeit zu fühlen, wo sie doch überhaupt nichts Selbstloses tat oder im Sinn hatte, vielmehr nur das tun würde, was sie wollte. Nach Meinung aller, die sie im Leben kennengelernt hatte, müßte sie zumindest Gewissensbisse haben. Nicht die Spur davon. Irgendwie stimmte da etwas nicht. Seltsam, daß sie zu Hause so gut gewesen war, so furchtbar gut, und bloß Qual empfunden hatte. Gewissensbisse jeder Art waren dort ihr Los gewesen; Schmerzen, Kränkungen, Entmutigungen, während sie die ganze Zeit unermüdlich selbstlos war. Jetzt hatte sie all ihr Gutsein abgelegt und in die Ecke geworfen wie einen Haufen durchnäßter Wäsche, und sie fühlte nur Freude. Sie hatte sich des Gutseins entledigt und genoß ihre Nacktheit. Sie war entblößt und frohlockte. Und dort, fern in der trüben Muffigkeit von Hampstead, erboste sich Mellersh.

Sie versuchte, sich Mellersh vorzustellen, versuchte, ihn beim Frühstück zu sehen und wie er verbittert an sie dachte; und sieh da, Mellersh selbst begann zu schimmern, wurde rosig, dann blaßviolett, dann zu einem hinreißenden Blau, verlor die Konturen, irisierte. Tatsächlich entschwand Mellersh, nachdem er noch einen Augenblick lang gezuckt hatte, im Licht.

›Na so was‹, dachte Mrs. Wilkins und starrte gleichsam hinter ihm her. Wie ungewöhnlich das war, sich Mellersh nicht vorstellen zu können; sie, die jeden Zug an ihm, jeden Gesichtsausdruck auswendig kannte. Es gelang ihr einfach nicht, ihn zu sehen, wie er war. Sie konnte ihn nur verklärt sehen, in Einklang mit allem. Die bekannten Worte der öffentlichen Danksagung kamen ihr spontan in den Sinn, und sie ertappte sich dabei, wie sie Gott pries, sie erschaffen und beschützt zu haben, ihn pries für alle Wohltaten dieses Lebens, vor allem aber für seine unschätzbare Liebe; und das geschah mit lauter Stimme; in einer plötzlichen Anwandlung von Dankbarkeit. Mellersh dieweil zog in diesem Augenblick verärgert seine Stiefel an, bevor er in die triefenden Straßen hinausging, und dachte Bitterböses von ihr.

Sie begann sich anzuziehen, wobei sie sich zu Ehren des Frühsommertages für leichte weiße Sachen entschloß, packte ihr Gepäck aus und brachte ihr schnuckeliges Zimmer in Ordnung. Sie ging mit schnellen, entschiedenen Schritten umher, ihr langer dünner Körper war gestreckt, ihr kleines Gesicht, das zu Hause vor lauter Anstrengung und Angst so zerknittert aussah, glättete sich. Alles, was sie vor diesem Morgen gewesen war und getan hatte, alles, was sie gefühlt und ihr Kummer gemacht hatte, war verschwunden. Mit jeder ihrer Sorgen verhielt es sich wie mit Mellershs Bild, sie löste sich in Farbe und Licht auf. Und sie bemerkte Dinge, die sie seit Jahren nicht bemerkt hatte – als sie ihr Haar vor dem Spiegel frisierte, nahm sie es bewußt wahr und dachte: ›Das ist aber hübsch.‹ Jahrelang hatte sie vergessen, daß sie so etwas wie Haar hatte, sie flocht es am Abend und löste es am Morgen mit derselben Eile und Gleichgültigkeit, mit der sie ihre Schuhe schnürte und aufschnürte. Jetzt auf einmal sah sie das Haar, und sie wickelte sich vor dem Spiegel einige Strähnen um die Finger und war froh, daß es so hübsch war. Mellersh konnte es auch nicht gesehen haben, denn er hatte nie ein Wort darüber verloren. Wenn sie aber wieder zu Hause wäre, würde sie ihn darauf aufmerksam machen. »Mellersh«, würde sie sagen, »guck dir mein Haar an. Gefällt es dir nicht, daß du eine Frau mit honiggoldenen Locken hast?«

Sie lachte. Sie hatte noch nie dergleichen zu Mellersh gesagt, und die Vorstellung amüsierte sie. Aber warum hatte sie es nicht getan? Nun ja – sie hatte immer Angst vor ihm gehabt. Komisch, vor irgend jemandem Angst zu haben; und besonders vorm eigenen Mann, den man doch auch in seinen schlichteren Momenten sah, wie beim Schlafen, wo er nicht, wie es sich gehörte, durch die Nase atmete.

Als sie fertig war, öffnete sie die Tür, um hinüberzugehen und zu sehen, ob Rose wach war, die am Abend zuvor von einem schläfrigen Mädchen in einer Zelle ihr gegenüber untergebracht worden war. Sie würde ihr guten Morgen wünschen und dann zur Zypresse hinunterlaufen und dort bleiben, bis das Frühstück fertig war, und nach dem Frühstück würde sie nicht ein einziges Mal aus dem Fenster schauen, bis sie Rose geholfen hatte, alles für Lady Caroline und Mrs. Fisher vorzubereiten. Es gab so viel zu tun an diesem Tag: sich häuslich niederzulassen, die Zimmer in Ordnung zu bringen; sie durfte Rose das nicht allein überlassen. Für die beiden Neuankömmlinge würden sie alles so heimelig machen, die von Blumen leuchtenden Zellen würden ihnen einen entzückenden Anblick bieten. Sie erinnerte sich, daß sie sich gewünscht hatte, Lady Caroline möge nicht herkommen; wie abstrus, jemanden aus dem Paradies ausschließen zu wollen, nur aus der Befürchtung, man wäre dann gehemmt! Als ob das was ausmachte, und als ob sie nicht so oder so befangen wäre. Außerdem, was für ein Grund. Zumindest konnte sie sich in dieser Angelegenheit nicht vorwerfen, gutherzig gewesen zu sein. Und sie erinnerte sich, sie wollte auch Mrs. Fisher nicht dabeihaben, weil sie ihr arrogant vorgekommen war. Wie seltsam war sie doch. Wie seltsam, sich über solch geringfügige Dinge Sorgen zu machen und ihnen somit Wichtigkeit beizumessen.

Die Schlafzimmer und zwei der Aufenthaltsräume in San Salvatore lagen im obersten Stockwerk und gingen auf eine weitläufige Halle mit einem großen Glasfenster an der Nordseite. San Salvatore besaß viele kleine Gärten an den verschiedensten Stellen und auf verschiedenen Ebenen. Das Gärtchen, auf das dieses Fenster hinunterblickte, befand sich auf der höchsten Stelle des Festungswalls und konnte nur durch die entsprechende Halle auf dem Stockwerk darunter betreten werden. Als Mrs. Wilkins aus ihrem Zimmer kam, war das Fenster weit offen, und in der Sonne hinten stand ein Judasbaum in voller Blüte. Kein Mensch in der Nähe, kein Geräusch von Stimmen oder Schritten. Kübel mit Callas thronten auf dem Steinboden, und auf einem Tisch flammte ein Riesenstrauß wilder Kapuzinerkresse. Geräumig, blumenreich, still, mit dem großen Fenster am Ende, das sich zum Garten hin öffnete, und dem Judasbaum aberwitzig schön im Sonnenschein, schien das alles Mrs. Wilkins, die festgehalten wurde auf ihrem Weg zu Mrs. Arbuthnot, zu gut, um wahr zu sein. Würde sie wirklich einen ganzen Monat darin leben dürfen? Bis zu diesem Zeitpunkt hatte sie das Schöne, wie es sich ihr rein zufällig bot, portiönchenweise ergattern müssen – ein gänseblümchenübersätes Fleckchen auf einem Feld in Hampstead an einem herrlichen Tag, einen Streifen Sonnenuntergang zwischen zwei Schornsteinkappen. Sie war nie an wirklich vollkommen schönen Orten gewesen. Nicht einmal in einem ehrwürdig alten Haus, und so etwas wie Blumenfülle in ihrer Wohnung war unerschwinglich für sie. Manchmal hatte sie sich im Frühling sechs Tulpen bei Shoolbred's gekauft, da es ihr unmöglich war, ihnen zu widerstehen, und war sich bewußt, daß Mellersh, falls er erführe, wieviel sie gekostet hatten, dies unentschuldbar fände; aber sie waren bald verwelkt, und danach gab es keine mehr. Was den Judasbaum betraf, hatte sie keine Ahnung, was das eigentlich war, und sie betrachtete ihn, wie er sich da draußen gegen den Himmel abhob, mit der verzückten Miene einer, die eine himmlische Vision hat.

Mrs. Arbuthnot, die aus ihrem Zimmer kam, traf sie so an, mitten in der Halle stehend, den Blick starr.

›Was glaubt sie denn nun zu sehen?‹ dachte Mrs. Arbuthnot.

»Wir *sind* in Gottes Hand«, sagte Mrs. Wilkins, sich ihr zuwendend, im Brustton der Überzeugung.

»Oh!« sagte Mrs. Arbuthnot rasch, während sich ihre eben noch lächelnde Miene verfinsterte. »Wieso, was ist passiert?«

Mrs. Arbuthnot war nämlich mit einem wunderbaren Gefühl der Sorglosigkeit, der Erleichterung aufgewacht und wollte nun nicht entdecken, daß ihr Bedürfnis nach Geborgenheit doch nicht gestillt werden konnte. Sie hatte nicht einmal von Frederick geträumt. Zum ersten Mal seit Jahren war ihr der nächtliche Traum erspart geblieben, daß er bei ihr war und sie offen und ehrlich miteinander sprachen, und dann das traurige Erwachen. Sie hatte wie ein Säugling geschlafen und war zuversichtlich aufgewacht; das einzige, was sie in ihrem Morgengebet sagen wollte, hatte sie festgestellt, war ›danke‹. So war es beunruhigend zu hören, daß sie doch in Gottes Hand war.

»Es ist hoffentlich nichts passiert?« fragte sie besorgt.

Mrs. Wilkins schaute sie einen Augenblick lang an und lachte. »Wie seltsam«, sagte sie und küßte sie.

»Was ist seltsam?« wollte Mrs. Arbuthnot wissen, und ihr Gesicht hellte sich auf, weil Mrs. Wilkins lachte.

»Wir. Dies hier. Alles. Es ist so wundervoll. Es ist so seltsam und so herrlich, daß wir mittendrin sind. Ich glaube, wenn wir dereinst in den Himmel kommen – über den wir soviel reden –, werden wir ihn keinen Deut schöner finden.«

Mrs. Arbuthnots Gesichtszüge entspannten sich wieder bis hin zu einem sorglosen Lächeln. »Ist es nicht göttlich?« sagte sie.

»Warst du je, je in deinem Leben so glücklich?« fragte Mrs. Wilkins und packte sie am Arm.

»Nein«, sagte Mrs. Arbuthnot. Und sie war es auch nicht gewesen; niemals; nicht einmal in der ersten Liebeszeit mit Frederick. Denn immer war in jenem anderen Glück der Schmerz nahe gewesen, bereit, sie mit Zweifeln zu quälen, sie sogar mit dem Übermaß ihrer Liebe zu quälen; wohingegen dies hier das einfache Glück des völligen Einklangs mit ihrer Umgebung war, das Glück, das nichts verlangt, das sich darauf beschränkt, nur zu empfangen, zu atmen, zu sein.

»Schauen wir uns den Baum aus der Nähe an«, sagte Mrs. Wilkins. »Ich kann's nicht glauben, daß es nur ein Baum ist.«

Und Arm in Arm gingen sie durch die Halle, und ihre Männer hätten sie nicht wiedererkannt, ihre Gesichter waren so jung in ihrem Eifer, und zusammen standen sie am offenen Fenster, und als ihre Augen, nachdem sie sich an dem wunderbaren purpurnen Ding gesättigt hatten, weiter zwischen den Schönheiten des Gartens umherschweiften, sahen sie auf der niedrigen Mauer am östlichen Rand sitzend, über die Bucht blickend, die Füße in den Lilien wippend, Lady Caroline.

Sie waren erstaunt. Und vor lauter Erstaunen sagten sie nichts, sondern standen ganz still, Arm in Arm, und starrten von oben auf sie hinunter.

Auch sie hatte ein weißes Kleid an, und ihr Kopf war unbedeckt. Sie hatten sich an jenem Tag in London, als ihr Hut fast bis zur Nase reichte und ihre Pelze bis über die Ohren, keine Vorstellung gemacht, wie hübsch sie war. Sie hatten einfach geglaubt, sie sei halt anders als die Frauen im Club, und das hatten die selbst auch gedacht, ebenso die Kellnerinnen, die sie von der Seite her immer wieder beäugten, wenn sie die Ecke passierten, wo sie plaudernd dasaß; aber sie hatten keine Vorstellung gehabt, daß sie so hübsch war. Außerordentlich hübsch. Alles an ihr war, was es war, im Superlativ. Ihr blondes Haar war sehr blond, ihre lieblichen grauen Augen waren sehr lieblich und sehr grau, ihre dunklen Wimpern sehr dunkel, ihre weiße Haut sehr weiß, ihr roter Mund sehr rot. Sie war ungewöhnlich schlank – ganz mädchenhaft, auch wenn es da nicht an den kleinen Rundungen unter ihrem leichten Kleid fehlte, wo kleine Rundungen sein sollten. Sie blickte sinnend über die Bucht und hob sich klar gegen den Hintergrund des Blaus ab. Sie saß direkt in der Sonne. Ihre Füße baumelten zwischen den Blättern und Blüten der Lilien, als mache es nichts aus, wenn diese geknickt oder zerdrückt würden.

»Der Kopf muß ihr doch brummen«, flüsterte Mrs. Arbuthnot schließlich, »wie sie da in der Sonne sitzt.«

»Einen Hut müßte sie tragen«, flüsterte Mrs. Wilkins.

»Sie zerdrückt die Lilien.«

»Aber das sind genauso ihre Lilien wie unsere.«

»Nur ein Viertel.«

Lady Caroline wandte den Kopf. Sie schaute einen Augenblick hoch zu ihnen, überrascht, daß sie soviel jünger aussahen als damals im Club und weit weniger reizlos. Ja, sie waren eigentlich sogar reizvoll, wenn eine in falscher Aufmachung je wirklich reizvoll sein konnte. Noch bevor sie ihnen winkend zulächelte und guten Morgen wünschte, hatte ihr Blick, in Windeseile über die beiden gleitend, jeden Zentimeter an ihnen wahrgenommen.

Es gab nichts an ihrer Kleidung, wie sie sofort bemerkte, was für sie von Interesse hätte sein können. Das dachte sie nicht bewußt, sie stand nämlich schönen Kleidern und der Sklaverei, die sie einem auferlegen, sehr ablehnend gegenüber, ihrer Erfahrung nach bekamen sie in dem Augenblick, wo man sie hatte, Gewalt über einen und ließen einem keine Ruhe, bis sie überall gezeigt worden waren und jeder sie gesehen hatte. Man führte nicht die Kleider auf den Gesellschaften vor; nein, sie waren es, die einen vorführten. Es war ein großer Irrtum zu glauben, daß eine Frau, eine ausgesprochen gut angezogene Frau, ihre Kleidung abnutzte; vielmehr war es die Kleidung, die eine Frau abnutzte – indem sie sie zu jeder Tages- und Nachtzeit hierhin und dorthin schleppte. Kein Wunder, daß die Männer länger jung blieben. Eine neue Hose allein konnte die nicht in Aufregung versetzen. Sie konnte sich nicht vorstellen, daß eine Männerhose, selbst die schickste, sich je so benahm, sich dermaßen ins Zeug legte. Ihre Bilder waren konfus, aber sie dachte, was ihr so in den Sinn kam, und gebrauchte die Bilder, die sie nun mal mochte. Als sie von der Mauer aufstand und zum Fenster ging, war es ihr eine Beruhigung zu wissen, daß sie einen ganzen Monat mit Leuten verbringen würde, deren Kleidung, wie sie sich vage erinnerte, vor fünf Sommern aktuell gewesen war.

»Ich bin gestern morgen angekommen«, sagte sie, zu ihnen hochblickend, und lächelte. Sie war einfach bezaubernd. Sie hatte alles, selbst ein Grübchen.

»Das ist jammerschade«, sagte Mrs. Arbuthnot und lächelte zurück, »wir wollten Ihnen nämlich das schönste Zimmer aussuchen.«

»Oh, das habe ich schon getan«, sagte Lady Caroline. »Zumindest glaube ich, daß es das schönste ist. Es hat Ausblick nach zwei Seiten – ich liebe Zimmer mit zwei Ausblicken, Sie nicht? Zum Meer hin nach Westen und über diesen Judasbaum nach Norden.«

»Und wir wollten es für Sie mit Blumen schmücken«, sagte Mrs. Wilkins.

»Oh, das hat Domenico schon gemacht. Gleich, als ich ankam, habe ich ihn darum gebeten. Er ist der Gärtner. Er ist wunderbar.«

»Es ist natürlich keine schlechte Sache«, sagte Mrs. Arbuthnot ein wenig zögernd, »unabhängig zu sein und genau zu wissen, was man will.«

»Ja, das erspart einem manche Schwierigkeit«, meinte Lady Caroline zustimmend.

»Aber so unabhängig sollte man nicht sein«, sagte Mrs. Wilkins, »daß man anderen keine Möglichkeit mehr läßt, Großmut zu zeigen.«

Lady Caroline, die Mrs. Arbuthnot angeblickt hatte, blickte nun Mrs. Wilkins an. Damals in dem merkwürdigen Club hatte sie bloß einen verschwommenen Eindruck von Mrs. Wilkins bekommen, denn die andere hatte allein geredet, und ihr Eindruck war der einer so verschüchterten und unbeholfenen Person gewesen, daß es das beste schien, ihr keine Aufmerksamkeit zu schenken. Sie vermochte nicht einmal ganz normal auf Wiedersehn zu sagen, ohne dabei Qualen auszustehen, rot zu werden und ins Schwitzen zu geraten. Und darum blickte sie die Sprecherin einigermaßen verwundert an; und ihre Verwunderung wuchs noch, als Mrs. Wilkins sie offen und geradezu bewundernd anschaute und im Brustton der Überzeugung, die geäußert sein will, hinzufügte: »Mir war nicht klar, daß Sie *so* hübsch sind.«

Sie starrte Mrs. Wilkins an. Gewöhnlich sagte man ihr dies nicht so frank und frei. Obwohl sie von Komplimenten verwöhnt war – wie sollte sie es nicht sein nach geschlagenen achtundzwanzig Jahren –, verwunderte sie die Offenheit, mit der es geschah, und das von einer Frau.

»Sehr freundlich von Ihnen, daß Sie das denken«, sagte sie.

»Aber Sie *sind* wunderschön«, sagte Mrs. Wilkins. »Wirklich, ganz wunderschön.«

»Hoffentlich«, sagte Mrs. Arbuthnot in liebenswürdigem Ton, »machen Sie das Beste daraus.«

Lady Caroline starrte darauf Mrs. Arbuthnot an. »Oh, ja«, sagte sie. »Ich mache das Beste daraus. Tue ich, seit ich denken kann.«

»Weil es nämlich«, sagte Mrs. Arbuthnot lächelnd und hob warnend den Zeigefinger, »nicht ewig währt.«

Lady Caroline mußte nun befürchten, diese zwei Damen seien exzentrisch. Wenn das stimmte, würde sie sich langweilen. Nichts langweilte sie so sehr wie Leute, die darauf bestanden, exzentrisch zu sein, sich wie Kletten an sie hängten und sie dumm herumstehen ließen. Und die eine, die Bewundererin – es würde lästig werden, wenn die ihr ständig auf den Fersen blieb, um sie anzuschauen. Sie wünschte sich von diesen Ferien ein Wegkommen von allem Bisherigen, sie wünschte sich Erholung durch völligen Kontrast. Bewundert und beharrlich verfolgt zu werden war kein Kontrast, es war das Ewiggleiche; und sich mit zwei Exzentrikerinnen zusammengesperrt zu finden oben auf einem steilen Hügel in einem mittelalterlichen Castello, das ausdrücklich zum Zweck erbaut worden war, ein leichtes Ein und Aus zu verhindern, würde, befürchtete sie, nicht besonders erholsam sein. Vielleicht sollte sie lieber weniger entgegenkommend sein. Sie waren ihr als solch ängstliche Geschöpfe erschienen, selbst die Dunkle – sie konnte sich nicht an ihre Namen erinnern –, damals im Club, daß sie es für ungefährlich gehalten hatte, betont freundlich zu sein. Nun waren sie hier bereits aus ihren Schalen geschlüpft; mit einem Mal. Und nichts von Ängstlichkeit bei ihnen festzustellen. Wenn sie denn beim allererersten Kontakt so rasch aus ihren Schalen geschlüpft waren, würden sie sich ihr, wenn nicht im Zaum gehalten, bald aufdrängen, und dann hieße es Abschied nehmen vom Traum ihrer dreißig stillen erholsamen Tage, wo sie ungestört in der Sonne lag, ihren inneren Frieden fand und nicht angequatscht, hofiert und total in Beschlag genommen wurde, sondern sich einfach von der Mattigkeit erholte, der tiefen, düsteren Mattigkeit des Zuviels.

Außerdem gab es noch Mrs. Fisher. Auch sie mußte im Zaum gehalten werden. Lady Caroline war aus zwei Gründen zwei

Tage früher als abgemacht aufgebrochen: Erstens wollte sie vor den anderen ankommen, um sich das Zimmer oder die Zimmer auszusuchen, die ihr am meisten zusagten, und zweitens hielt sie es für wahrscheinlich, daß sie sonst mit Mrs. Fisher hätte reisen müssen. Sie wollte nicht mit Mrs. Fisher reisen. Ebensowenig mit Mrs. Fisher ankommen. Sie sah überhaupt keinen Grund, warum sie auch nur einen Augenblick lang etwas mit Mrs. Fisher zu tun haben sollte.

Unglücklicherweise war aber Mrs. Fisher ebenfalls von dem Verlangen erfüllt, als erste in San Salvatore anzukommen und sich das Zimmer oder die Zimmer auszusuchen, die ihr am meisten zusagten, und sie und Lady Caroline waren schließlich doch zusammen gereist. Bereits in Calais begannen sie es zu vermuten; in Paris zu befürchten; in Modane wurde es Gewißheit; in Mezzago versuchten sie es zu verbergen, indem sie in zwei separaten Droschken nach Castagneto fuhren, wobei die Nase der einen während der Fahrt fast den Nacken der anderen berührte. Aber als der Weg plötzlich vor der Kirche und den Stufen endete, war weiteres Ausweichen unmöglich; und angesichts dieses jähen und schwierigen Finales ihrer Reise blieb ihnen nichts anderes übrig, als sich zusammenzutun.

Wegen Mrs. Fishers Stock mußte sich Lady Caroline um alles kümmern. Im Planen sei sie zwar rege, erklärte Mrs. Fisher aus ihrer Droschke, nachdem ihr die Situation klargeworden war, aber leider verhindere ihr Stock die Ausführung. Die beiden Kutscher sagten Lady Caroline, Jungen aus dem Dorf müßten das Gepäck zum Castello hinauftragen, und sie machte sich auf die Suche nach ihnen, während Mrs. Fisher wegen ihres Stockes in der Droschke wartete. Mrs. Fisher konnte Italienisch, aber nur, wie sie erläuterte, Dantes Italienisch, das Matthew Arnold mit ihr zu lesen pflegte, als sie ein kleines Mädchen war, und sie glaubte, das gehe wohl über die Köpfe der Jungen. Und darum war Lady Caroline, sie konnte sehr gut das ganz normale Italienisch, offensichtlich diejenige, die alles erledigen mußte.

»Ich bin in Ihren Händen«, sagte Mrs. Fisher, die ruhig in ihrer Droschke saß. »Bitte sehen Sie in mir nur eine alte Frau mit Stock.«

Und wenig später, als es die Stufen und das Kopfsteinpflaster zu der Piazza hinunter und den Kai entlangging, dann den Zickzackweg hoch, sah Lady Caroline sich gezwungen, so langsam mit Mrs. Fisher zu wandeln, als wäre es ihre eigene Großmutter.

»Tja, mein Stock«, bemerkte Mrs. Fisher hin und wieder selbstzufrieden.

Und als sie sich an einer Biegung des Zickzackweges, wo Plätze waren, ausruhten, und Lady Caroline, die gern weitergelaufen wäre, um schnell ganz nach oben zu gelangen, aus Menschlichkeit genötigt war, wegen des Stockes bei Mrs. Fisher zu bleiben, erzählte ihr Mrs. Fisher, wie sie einmal mit Tennyson auf einem Zickzackweg spaziert war.

»Ist sein ›Heimchen am Herd‹ nicht wunderbar?« fragte Lady Caroline geistesabwesend.

»*Der* Tennyson«, sagte Mrs. Fisher, wandte ihr den Kopf zu und beobachtete sie einen Augenblick lang über ihre Brille.

»Nicht?« sagte Lady Caroline.

»Ich spreche von Alfred«, sagte Mrs. Fisher.

»Oh«, sagte Lady Caroline.

»Und es war auch ein Weg«, fuhr Mrs. Fisher unnachsichtig fort, »seltsamerweise wie der hier. Kein Eukalyptus natürlich, ansonsten aber seltsamerweise wie der hier. Und an einer Biegung wandte er sich mir zu und sagte – ich sehe genau, wie er sich mir zuwendet und sagt …«

Ja, Mrs. Fisher mußte im Zaum gehalten werden. Ebenso diese beiden am Fenster. Vielleicht besser, gleich damit anzufangen.

Sie bedauerte es, daß sie ihre Mauer verlassen hatte. Sie hätte ihnen bloß zuwinken und warten sollen, bis sie zu ihr in den Garten hinuntergekommen wären.

Und so ignorierte sie Mrs. Arbuthnots Bemerkung und den erhobenen Zeigefinger und sagte betont kühl – zumindest versuchte sie, es kühl klingen zu lassen –, vermutlich gingen sie jetzt frühstücken, was sie schon getan habe; aber ihr Los war es, daß ihre Worte, wie kühl sie auch beabsichtigt waren, immer warm und liebenswürdig klangen. Sie hatte nämlich eine einnehmende und bezaubernde Stimme, was einzig und allein auf eine spezielle Formation der Kehle und des Gaumens zurückzuführen war und überhaupt nichts mit dem zu tun hatte, was sie gerade fühlte. Folglich glaubte nie jemand, er werde barsch angefahren. Es war richtig lästig. Und wenn sie einen eisigen Blick wagte, wirkte er überhaupt nicht eisig, denn ihre Augen, liebliche Augen, um es gleich zu sagen, hatten als zusätzlichen Liebreiz lange, sanfte, dunkle Wimpern. Kein eisiger Blick konnte aus Augen wie diesen dringen; er wurde aufgefangen in den sanften Wimpern, und die Angestarrten dachten nur, daß man sie mit einer schmeichelhaften und erlesenen Aufmerksamkeit betrachtete. Und war sie je schlecht gelaunt oder richtig verärgert – und wer ist das nicht manchmal in dieser Welt? –, sah sie nur so traurig aus, daß jedermann auf sie zueilte, um sie zu trösten, wenn möglich mit einem Kuß. Es war mehr als lästig, es war zum Verrücktwerden. Die Natur hatte entschieden, ihr Aussehen und ihre Stimme sollten engelhaft sein. Sie konnte nie unliebsam oder grob sein, ohne völlig mißverstanden zu werden.

»Ich habe auf meinem Zimmer gefrühstückt«, sagte sie und tat ihr möglichstes, um schroff zu klingen. »Vielleicht sehe ich Sie später.«

Sie nickte ihnen zu und ging zurück zu ihrem Platz auf der Mauer, wo die Lilien sich so angenehm kühl um ihre Füße schmiegten.

HUGO VON HOFMANNSTHAL

Gärten

Es ist ganz gleich, ob ein Garten klein oder groß ist. Was die Möglichkeiten seiner Schönheit betrifft, so ist seine Ausdehnung so gleichgültig, wie es gleichgültig ist, ob ein Bild groß oder klein, ob ein Gedicht zehn oder hundert Zeilen lang ist. Die Möglichkeiten der Schönheit, die sich in einem Raum von fünfzehn Schritt im Geviert, umgeben von vier Mauern, entfalten können, sind einfach unmeßbar. Es können im Hof eines Bauernhauses eine alte Linde und ein gekrümmter Nußbaum beisammenstehen und zwischen ihnen im Rasen durch eine Rinne aus glänzenden Steinen das Wasser aus dem Brunnentrog ablaufen, und es kann ein Anblick sein, der durchs Auge hindurch die Seele so ausfüllt wie kein Claude Lorrain. Ein einziger alter Ahorn adelt einen ganzen Garten, eine einzige majestätische Buche, eine einzige riesige Kastanie, die die halbe Nacht in ihrer Krone trägt. Aber es müssen nicht große Bäume sein, sowenig als auf einem Bild ein dunkelglühendes Rot oder ein prangendes Gelb auch nur an einer Stelle vorkommen muß. Hier wie dort hängt die Schönheit nicht an irgendeiner Materie, sondern an den nicht auszuschöpfenden Kombinationen der Materie. Die Japaner machen eine Welt von Schönheit mit der Art, wie sie ein paar ungleiche Steine in einen samtgrünen, dicken Rasen legen, mit den Kurven, wie sie einen kleinen kristallhellen Wasserlauf sich biegen lassen, mit der Kraft des Rhythmus, wie sie ein paar Sträucher, wie sie einen Strauch und einen zwerghaften Baum gegeneinanderstellen, und das alles in einem offenen Garten von soviel Bodenfläche wie eines unserer Zimmer. Aber von dieser Feinfühligkeit sind wir noch weltenweit, unsere Augen, unsere Hände (auch unsere Seele, denn was wahrhaft in der Seele ist, das ist auch in den Händen). Immerhin kommen wir allmählich wieder dorthin zurück, wo unsere Großväter waren oder mindestens unsere naiveren Urgroßväter: die Harmonie der Dinge zu fühlen, aus denen ein Garten zusammengesetzt ist: daß sie untereinander harmonisch sind, daß sie einander etwas zu sagen haben, daß in ihrem Miteinanderleben eine Seele ist, so wie die Worte des Gedichtes und die Farben des Bildes einander anglühen, eines das andere schwingen und leben machen.

Ein alter Garten ist immer beseelt. Der seelenloseste Garten braucht nur zu verwildern, um sich zu beseelen. Es entsteht unter diesen schweigenden grünen Kreaturen ein stummes Suchen und Fliehen, Anklammern und Ausweichen, eine solche Atmosphäre von Liebe und Furcht, daß es fast beklemmend ist, unter ihnen allein zu sein. Und doch sollte es nichts Beseelteres geben als einen kleinen Garten, in dem die lebende Seele seines Gärtners webt. Es wollte hier überall die Spur einer Hand sein, die zauberhaft das Eigenleben aller dieser stummen Geschöpfe hervorholt, reinigt, gleichsam badet und stark und leuchtend macht. Der Gärtner tut mit seinen Sträuchern und Stauden, was der Dichter mit den Worten tut: er stellt sie so zusammen, daß sie zugleich neu und seltsam scheinen und zugleich auch wie zum erstenmal ganz sich selbst bedeuten, sich auf sich selbst besinnen. Das Zusammenstellen oder Auseinanderstellen ist alles: denn ein Strauch oder eine Staude ist für sich allein weder hoch noch niedrig, weder unedel noch edel, weder üppig noch schlank: erst seine Nachbarschaft macht ihn dazu, erst die Mauer, an der er schattet, das Beet, aus dem er sich hebt, geben ihm Gestalt und Miene. Dies alles ist ein rechtes abc, und ich habe Furcht, es könnte trotzdem scheinen, ich rede von raffinierten Dingen. Aber ein jeder Blumengarten hat die Harmonie, die ich meine: seine Pelargonien im Fenster, seine Malven am Gatter, seine Kohlköpfe in der Erde, das Wasser dazwischenhin, und, weil das Wasser schon da ist, Büschel Schwertlilien und Vergißmeinnicht dabei, und, wenn's hochkommt, neben dem Basilikum ein Beet Federnelken; das alles ist einander zugeordnet und leuchtet eins durchs andere. Gleicherweise hat jeder ältere Garten, der zu einem bürgerlichen oder adeligen Haus gehört, seine Harmonie, ich rede von Gärten, die heute mehr als sechzig Jahre alt sind: da hat jeder größere Baum seinen Frieden um sich und streut seinen Schatten auf einen schönen stillen Fleck oder auf einen breiten, geraden, rechtschaffenen Weg, die Blumen sind dort, wo sie wollen und sollen, als hätte die Sonne selbst sie aus der Erde hervorgeglüht, und der Efeu hat sich mit jedem Stück Holz und Mauer zusammengelebt, als könnte eins ohne das andere nicht sein. Das ist aber nicht bloß der edle Rost, den die Zeit über die angefaßten Dinge bringt, sondern auch die Anlage, deren selbstsichere Simplizität die paar Elemente der ganzen Kunst in sich hält.

Es hat nicht jeder einen alten Garten bei seinem Hause, und wer heute baut, soll nicht einen alten Garten kopieren, sondern ihm seine paar Wahrheiten ablernen. Wer heute einen Garten anlegt, hat eine feinfühligere Zeit darin auszudrücken, als die unserer Urgroßväter Anno Metternich und Bäuerle war. Er hat eine so merkwürdige, innerlich schwingende, geheimnisvolle Zeit auszudrücken, als nur je eine war, eine unendlich beziehungsvolle Zeit, eine Zeit, beladen mit Vergangenheit und bebend vom Gefühl der Zukunft, eine Generation, deren Sensibilität unendlich groß und unendlich unsicher und zugleich die Quelle maßloser Schmerzen und unberechenbarer Beglückungen ist. Irgendwie wird er mit der Anlage dieses Gartens seine stumme Biographie schreiben, so wie er sie mit der Zusammenstellung der Möbel in seinen Zimmern schreibt. Der Ausgleich zwischen dem Bürgerlichen und dem Künstlerischen (es gibt im Grunde nichts, was dem Dichten so nahesteht, als ein Stück lebendiger Natur nach seiner Phantasie umzugestalten), der Ausgleich zwischen dem Netten und dem Pittoresken, der Ausgleich zwischen dem Persönlichen und der allgemeinen Tradition, dies alles wird unseren neuen Gärten ihre nie zu verwischenden Physiognomien geben. Sie werden da sein und werden ganz etwas Bestimmtes sein, eine jener Chiffern, die eine Zeit zurückläßt für die Zeiten, die nach ihr kommen. Es werden Gärten sein, in denen die Luft und der freigelassene Raum eine größere Rolle spielen wird als in irgendwelchen früheren Zeiten. Nichts wird ihre ganze Atmosphäre so stark bestimmen als die überall fühlbare Angst vor Überladung, eine vibrierende, nie einschlafende Zurückhaltung und eine schrankenlose Andacht zum Einzelnen. Es wird unendlich viel freie Luft nötig sein, um diesem Trieb für das Einzelne so stark nachzuhängen, als er mächtig sein wird. Denn er wird zunächst die ganze Sensibilität dessen ausfüllen, der einen Garten anlegt. Fürs erste wird nichts da sein als ein unendlicher Hunger und Durst nach dem Erfassen der einzelnen Elemente der Schönheit. Man wird sich besinnen, daß man niemals den einzelnen Strauch genossen hat, niemals die einzelne Staude, niemals die einzelne Blume, kaum jemals den einzelnen Baum. Denn immer hatte die Gruppe den einzeln blühenden Strauch verschlungen, das Boskett alles zu einem formlosen Knäuel von Grün vermengt. Die Reaktion gegen diesen gärtnerischen Begriff der »Gruppe« wird heftig sein und von unberechenbarer Fruchtbarkeit, denn man wird erkennen, daß die »Gruppe« den ganzen Reiz der individuellen und so bestimmten Formen verschluckt hat, um an seine Stelle ihre eigenen schablonenhaften Formen zu setzen.

Die Gärtner der neuen Gärten aber werden für sich mit Leidenschaft zunächst die einfachsten Elemente, die geometrischen Elemente der Schönheit, wiedererobern. Dieser Leidenschaft wird fürs erste alles andere weichen, selbst das Bedürfnis nach Schatten. Man möchte schon heute wünschen, es möge die Periode nicht zu kurz sein, in der eine frisch geweckte Feinfühligkeit sich satt trinkt an der Schönheit des Einzelnen: die gefühlte Form eines überhängenden Busches, die gefühlte Form des noch blütenlosen Schaftes der Taglilie, die gefühlten Formen der einzelnen Rispe, der einzelnen Staude, des einzelnen Blümchens, gefühlt mit der äußersten Intimität des Mannes, der jeden Keim in seinem Garten kennt, an jedes glänzende Blatt mit dem Auge gerührt, jeden jungen Trieb in zarten Fingern gewogen und um seine Kraft gefragt hat: auf diesen Elementen wird die zarte, zurückhaltende Harmonie des neuen Gartens ruhen, und die Farbe wird nur das Letzte an Glanz hineinbringen wie das

Auge in einem Gesicht. Eine nie aussetzende respektvolle Liebe für das Einzelne wird immer das Besonderste an diesem Garten sein. Nicht leicht wird sich die Farbe eines leuchtenden Beetes wiederholen, und ein schön blühender Strauch wird nirgends da und dort seinen Zwillingsbruder haben.

Ich weiß nicht, was bedeutender und schöner sein kann, als wenn den noch mächtigen, starrenden Strunk eines abgestorbenen Baumes eine wuchernde Rose oder eine dunkelrote Klematis überspinnt; dies ist ein Anblick, in dem etwas Sentimentales sich mit einem ganz primitiven Vergnügen mischt, das Tote vom Leben zugedeckt zu sehen. Aber wenn ich das in einem Garten dreimal finde, so ist es degradiert, und mir wäre lieber, man hätte den Strunk ausgehauen und die Rose an der Stallmauer hinaufgezogen. Ich weiß aus der Zeit, da ich fünf Jahre alt war, was für die Phantasie eines Kindes der Strauch mit den fliegenden Herzen ist. Wären ihrer sechs davon in dem Garten gewesen statt des einen, der in einer Ecke stand, unweit eines alten, unheimlichen Bottichs, unter dem die Kröte wohnte, aus den sechs hätte ich mir wenig gemacht: der eine war mir wie der Vertraute einer Königstochter. Wir dürfen in diesen Dingen keine abgestumpftere Phantasie haben als ein fünfjähriges Kind und müssen fühlen, wie die Vielzahl ein Zaubermittel ist, das wir brauchen dürfen, um den Rhythmus zu schaffen, das aber alles verdirbt, wo wir sie gedankenlos wuchern lassen.

Blütenduft berauscht, von Blume zu Blume fliegt; nein, er wird ein Regenwurm, der in allen geheimnisvollen stickstoffhaltigen und würzigen Genüssen der Erde schwelgt.

Jetzt im Frühling lockt unwiderstehlich der Garten. Kaum haben die Gärtner den Suppenlöffel aus der Hand gelegt, sind sie auch schon bei ihren Beeten anzutreffen, das Hinterteil zum strahlenden Himmel erhoben; hier zerreiben sie eifrig einen Klumpen Erde zwischen den Fingern, dort pressen sie ein kostbares Stück vorjährigen Mistes an die Wurzeln einer Pflanze, da zupfen sie Unkraut, dort klauben sie Steine auf; hier wieder lockern sie die Erde um die Erdbeeren herum, kurz darauf bükken sie sich, die Nase am Boden, vor einigen Salatpflanzen und streicheln verliebt über die zarten Wurzeln. In dieser gebückten Lage genießen sie den Frühling, während über ihnen die Sonne im feierlichen Fluge um die Erde kreist, die Wolken vorübereilen und die himmlische Vogelschar sich paart. Schon erschließen sich die Kirschblüten, die jungen Blätter entfalten ihr zartes Grün, die Amseln schnippen verliebt; da richtet sich nun der echte Gärtner auf, streckt seinen Rücken und seufzt tiefsinnig: »Im Herbst muß ich tüchtig düngen und mehr Sand zugeben.«

Aber es gibt auch Augenblicke, wo sich der Gärtner zu seiner ganzen Größe aufrichtet und wächst: und das ist die Stunde, wo er seinem Garten die heilige Handlung des Gießens erteilt. Da steht er hoch aufgerichtet und gleichsam erhaben und lenkt das Wasser aus dem Hydranten; das erfrischende Naß ergießt sich in silbrigem rauschendem Strahl, der aufgelockerten Erde entströmt ein duftender Atem von Feuchtigkeit, jedes Blatt wuchert gleichsam ins Grüne und glänzt wohlgefällig vor lauter Freude, daß man es anbeißen möchte. »Aber nun ist es genug«, flüstert der Gärtner verklärt; damit meint er weder den mit Blüten übersäten Kirschbaum noch die rote Johannisbeere, er denkt dabei nur an die braune Gartenerde.

Und während die Sonne langsam versinkt, sagt der Gärtner, auf dem Gipfel der Zufriedenheit angelangt: »Aber heute habe ich mich geplagt!«

JOSEPH VON EICHENDORFF

Lesen im Birnbaum

Damals ging ich oft heimlich und ganz allein nach dem Gebirge,
das mir Rudolph an jenem letzten Abend gezeigt hatte, und
hoffte in meinem kindischen Sinne zuversichtlich, ihn dort noch
wiederzufinden. Wie oft überfiel mich dort ein Grausen vor den
Bergen, wenn ich mich manchmal droben verspätet hatte und
nur noch die Schläge einsamer Holzhauer durch die dunkelgrünen Bogen heraufschallten, während tief unten schon hin und
her Lichter in den Dörfern erschienen, aus denen die Hunde
fern bellten. Auf einem dieser Streifzüge verfehlte ich beim Her-
untersteigen den rechten Weg und konnte ihn durchaus nicht
wiederfinden. Es war schon dunkel geworden und meine Angst
nahm mit jeder Minute zu. Da erblickte ich seitwärts ein Licht;
ich ging darauf los und kam an ein kleines Häuschen. Ich guckte
furchtsam durch das erleuchtete Fenster hinein und sah darin
in einer freundlichen Stube eine ganze Familie friedlich um ein
lustig flackerndes Herdfeuer gelagert. Der Vater, wie es schien,
hatte ein Büchelchen in der Hand und las vor. Mehrere sehr
hübsche Kinder saßen im Kreise um ihn herum und hörten, die
Köpfchen in beide Arme aufgestützt, mit der größten Aufmerksamkeit zu, während eine junge Frau daneben spann und von
Zeit zu Zeit Holz an das Feuer legte. Der Anblick machte mir
wieder Mut, ich trat in die Stube hinein. Die Leute waren sehr
erstaunt, mich bei ihnen zu sehen, denn sie kannten mich wohl,
und ein junger Bursche wurde sogleich fortgesandt, sich anzukleiden, um mich auf das Schloß zurückzugeleiten. Der Vater
setzte unterdes, da ich ihn darum bat, seine Vorlesung wieder
fort. Die Geschichte wollte mich bald sehr anmutig bedünken.
Mein Begleiter stand schon lange fertig an der Tür. Aber ich
vertiefte mich immer mehr in die Wunder; ich wagte kaum zu
atmen und hörte zu und immer zu und wäre die ganze Nacht

geblieben, wenn mich nicht der Mann endlich erinnert hätte, daß meine Eltern in Angst kommen würden, wenn ich nicht bald nach Hause ginge. Es war der gehörnte Siegfried, den er las.

Rosa lachte. – Friedrich fuhr, etwas gestört, fort:

Ich konnte diese ganze Nacht nicht schlafen, ich dachte immerfort an die schöne Geschichte. Ich besuchte nun das kleine Häuschen fast täglich und der gute Mann gab mir von den ersehnten Büchern mit nach Hause, so viel ich nur wollte. Es war gerade in den ersten Frühlingstagen. Da saß ich denn einsam im Garten und las die Magelone, Genoveva, die Heymonskinder und vieles andere unermüdet der Reihe nach durch. Am liebsten wählte ich dazu meinen Sitz in dem Wipfel eines hohen Birnbaumes, der am Abhange des Gartens stand, von wo ich dann über das Blütenmeer der niedern Bäume weit ins Land schauen konnte, oder an schwülen Nachmittagen die dunklen Wetterwolken über den Rand des Waldes langsam auf mich zukommen sah.

Rosa lachte wieder. Friedrich schwieg eine Weile unwillig still. Denn die Erinnerungen aus der Kindheit sind desto empfindlicher und verschämter, je tiefer und unverständlicher sie werden, und fürchten sich vor großgewordenen, altklugen Menschen, die sich in ihr wunderbares Spielzeug nicht mehr zu finden wissen.

Dann erzählte er weiter:

Ich weiß nicht, ob der Frühling mit seinen Zauberlichtern in diese Geschichten hineinspielte oder ob sie den Lenz mit ihren rührenden Wunderscheinen überglänzten – aber Blumen, Wald und Wiesen erschienen mir damals anders und schöner. Es war, als hätten mir diese Bücher die goldenen Schlüssel zu den Wunderschätzen und der verborgenen Pracht der Natur gegeben. Mir war noch nie so fromm und fröhlich zumute gewesen. Selbst die ungeschickten Holzstiche dabei waren mir lieb, ja überaus wert. Ich erinnere mich noch jetzt mit Vergnügen, wie ich mich in das Bild, wo der Ritter Peter von seinen Eltern zieht, vertiefen konnte, wie ich mir den einen Berg im Hintergrunde mit Burgen, Wäldern, Städten und Morgenglanz ausschmückte, und in das Meer dahinter, aus wenigen groben Strichen bestehend und die Wolken drüber mit ganzer Seele hineinsegelte. Ja, ich glaube wahrhaftig, wenn einmal bei Gedichten Bilder sein sollen, so sind solche die besten. Jene feineren, sauberen Kupferstiche mit ihren modernen Gesichtern und ihrer bis zum kleinsten Strauche ausgeführten und festbegrenzten Umgebung verderben und beengen alle Einbildung, anstatt daß die Holzstiche mit ihren verworrenen Strichen und unkenntlichen Gesichtern der Phantasie, ohne die doch niemand lesen sollte, einen frischen, unendlichen Spielraum eröffnen, ja sie gleichsam herausfordern.

Alle diese Herrlichkeit dauerte nicht lange. Mein Hofmeister, ein aufgeklärter Mann, kam hinter meine heimlichen Studien und nahm mir die geliebten Bücher weg. Ich war untröstlich. Aber Gott sei Dank, das Wegnehmen kam zu spät. Meine Phantasie hatte auf den waldgrünen Bergen, unter den Wundern und Helden jener Geschichten gesunde, freie Luft genug eingesogen, um sich des Anfalls einer ganz nüchternen Welt zu erwehren. Ich bekam nun dafür Campes Kinderbibliothek. Da erfuhr ich denn, wie man Bohnen steckt, sich selber Regenschirme macht, wenn man etwa einmal wie Robinson auf eine wüste Insel verschlagen werden sollte, nebstbei mehrere zuckergebackene edle Handlungen, einige Elternliebe und kindliche Liebe in Scharaden. Mitten aus dieser pädagogischen Fabrik schlugen mir einige kleine Lieder von Matthias Claudius rührend und lockend ans Herz. Sie sahen mich in meiner prosaischen Niedergeschlagenheit mit schlichten, ernsten, treuen Augen an, als wollten sie freundlich tröstend sagen: »Lasset die Kleinen zu mir kommen!« Diese Blumen machten mir den farb- und geruchlosen, zur Menschheitssaat umgepflügten Boden, in welchen sie seltsam genug verpflanzt waren, einigermaßen heimatlich. Ich entsinne mich, daß ich in dieser Zeit verschiedene Plätze im Garten hatte, welche Hamburg, Braunschweig und Wandsbeck vorstellten. Da eilte ich denn von einem zum andern und brachte dem guten Claudius, mit dem ich mich besonders gerne und lange unterhielt, immer viele Grüße mit. Es war damals mein größter innigster Wunsch, ihn einmal in meinem Leben zu sehen.

Bald aber machte eine neue Epoche, die entscheidende für mein ganzes Leben, dieser Spielerei ein Ende. Mein Hofmeister fing nämlich an, mir alle Sonntage aus der Leidensgeschichte Jesu vorzulesen. Ich hörte sehr aufmerksam zu. Bald wurde mir das periodische, immer wieder abgebrochene Vorlesen zu langweilig. Ich nahm das Buch und las es für mich ganz aus. Ich kann es nicht mit Worten beschreiben, was ich dabei empfand. Ich weinte aus Herzensgrunde, daß ich schluchzte. Mein ganzes Wesen war davon erfüllt und durchdrungen, und ich begriff nicht, wie mein Hofmeister und alle Leute im Hause, die doch das alles schon lange wußten, nicht ebenso gerührt waren und auf ihre alte Weise so ruhig fortleben konnten.

Hier brach Friedrich plötzlich ab, denn er bemerkte, daß Rosa fest eingeschlafen war. Eine schmerzliche Unlust flog ihn bei diesem Anblicke an. Was tu' ich hier, sagte er zu sich selber, als alles so still um ihn geworden war, sind das meine Entschlüsse, meine großen Hoffnungen und Erwartungen, von denen meine Seele so voll war, als ich ausreiste? Was zerschlage ich den besten Teil meines Lebens in unnütze Abenteuer ohne allen Zweck, ohne alle rechte Tätigkeit? Dieser Leontin, Faber und Rosa, sie werden mir doch ewig fremd bleiben. Auch zwischen diesen Menschen reisen meine eigentlichsten Gedanken und Empfindungen hindurch, wie ein Deutscher durch Frankreich. Sind dir denn die Flügel gebrochen, guter mutiger Geist, der in die Welt hinausschaute, wie in sein angebornes Reich? Das Auge hat in sich Raum genug für eine ganze Welt, und nun sollte es eine kleine Mädchenhand bedecken und zudrücken können? – Der Eindruck, den Rosas Leben während seiner Erzählung auf ihn gemacht hatte, war noch nicht vergangen. Sie schlummerte rückwärts auf ihren Arm gelehnt, ihr Busen, in den sich die dunklen Locken herabringelten, ging im Schlafe ruhig auf und nieder. So ruhte sie neben ihm in unbeschreiblicher Schönheit. Ihm fiel dabei ein Lied ein. Er stand auf und sang zur Gitarre:

Ich hab' manch Lied geschrieben,
Die Seele war voll Lust,
Von treuem Tun und Lieben,
Das Beste, was ich wußt'.

Was mir das Herz bewogen,
Das sagte treu mein Mund,
Und das ist nicht erlogen,
Was kommt aus Herzensgrund.

Liebchen wußt's nicht zu deuten
Und lacht mir ins Gesicht,
Dreht sich zu andern Leuten
Und achtet's weiter nicht.

Und spielt mit manchem Tropfe,
Weil ich so tief betrübt,
Mir ist so dumm im Kopfe,
Als wär' ich nicht verliebt.

Ach Gott, wem soll ich trauen?
Will sie mich nicht verstehn,
Tun all' so fremde schauen,
Und alles muß vergehn.

MAX HALBE

Der Frühlingsgarten

Vor etwa einem Menschenalter stand am äußersten Rande der alten süddeutschen Universitätsstadt, in der ich mein erstes Studentensemester verlebt habe, ein einstöckiges, breit hingelagertes Landhaus von vornehmem, wenn auch etwas baufälligem Ansehen, in der Art eines Schlößchens aus dem achtzehnten Jahrhundert. Der kokett geschweifte Dachgiebel über dem Mittelgeschoß, in den die einzige Oberstube des sonst ebenerdigen Hauses eingebaut war, trug noch die Formen eines vereinfachten und ländlichen Rokokos. Dagegen zeigte der auf sechs glatten hölzernen Säulen ruhende Verandavorbau vor dem Mitteltrakt bereits ausgesprochene Empirebehandlung und mochte einem äußeren Bedürfnis zuliebe in der späteren Napoleonischen Zeit angefügt worden sein.

Der Überlieferung zufolge sollte der letzte Kurfürst aus der nachmals erloschenen Linie, die über Stadt und Land regiert hatte, das Schlößchen für eine seiner Mätressen erbaut und hier in ihren weißen Armen so manchen heiter lichten Frühlingsabend und manche schwüle Sommernacht verlebt haben. In der Tat sah man unter dem Verandasäulenbau dicht vor dem Hauseingang eine runde Porphyrfliese in den Boden eingelassen, die das kurfürstliche Wappen mit der Umschrift *MON REPOS* und der Jahreszahl *A D 1773* trug.

Was aber das Schönste war an diesem einstigen kurfürstlichen Liebesheim: es lag inmitten eines mächtigen, ganz verwilderten und verwachsenen Obst-, Blumen- und Baumgartens, der ursprünglich wohl ebenso wie das Haus selbst im französischen Geschmack angelegt gewesen war, denn es zeigten sich noch Reste von Wasserkünsten, schnurgeraden Gartenwegen und ausgearteten Taxushecken. Über dies alles aber waren die Mairegen und Juligluten, Novemberstürme und Märzenschnee eines vollen Jahrhunderts niedergegangen und hatten die zierlichen Blumenbeete fortgewaschen, die gezirkelten Bosketts in wildes Gestrüpp verwandelt und die nackten Leiber der Marmorgöttinnen mit grünen Mänteln von Moos bedeckt. Die warme, weiche, südliche Natur hatte den feuchtüppigen Schoß dieses Bodens mit ihrem fruchtbaren Atem gesegnet. In unerschöpflicher Werdelust hatte sie keimen, wachsen, blühen, absterben und von neuem verschwenderisch aufsprießen lassen, und die bürgerlich geschäftigen Menschen, die hier nach dem wollüstigen Kurfürsten und der galanten Hofdame eingezogen und wieder verschwunden waren, hatten unbekümmert um den Geschmack eines vergangenen Geschlechts in die verfallenen Reste der alten Herrlichkeit hineingepflanzt und -gesät, -gewühlt, -gegraben, bis die einst so übersichtliche und regelmäßige Gartenanlage sich zu einer wuchernden und schier undurchdringlichen Wildnis zusammengeschlossen hatte.

Da standen hundertjährige Ulmen, Linden und Kastanien, breitästig und hochwipflig, in deren Zweigen viele Generationen von Amseln und Finken genistet und ihre Sehnsucht mit immer gleichem Wohllaut in den jungen Lenz hinausgeflötet und -geschluchzt hatten. Der Faulbaum war da, dessen weiße Dolden die ersten Maiennächte mit schwülem Hauch erfüllten, Goldregen, Weiß- und Rotdorn, die es ihm an betäubendem Duft gleichtaten, zarte Pfirsich- und Aprikosenstämmchen, ein Wald von Apfel-, Kirsch- und Birnbäumen, die, angetan mit ihrem weiß und rosa Blütenkleid, in der bleichen Dämmerung windstiller Aprilabende wie Geisterbäume dastanden. Da sah man Reben- und Obstspaliere, an den Mauern des Hauses hinauf- und von Baum zu Baum in Mannshöhe entlang gezogen, dazwischen die langen Rücken der Gemüsebeete: Kohlköpfe, Salate, Küchenkräuter, hochumsponnene Bohnenstangen und niedrigeres Erbsengerank, ein blinkendes, schillerndes, gleißendes, saftgrünes, fettgraues, würziges Blattwerk. Einige Schritte weiter, und man trat über einen üppig weichen Rasenteppich, in den der Fuß versank, in die vornehme Zurückgezogenheit hochstämmiger Rosenstöcke, leidenschaftlich duftender Nelkenbeete und schmachtender Gruppen von Narzissen und Feuerlilien. Aber als ob die neugierige und anmaßende Zudringlichkeit des weit und breit wuchernden Volkes von Nutzpflanzen und Küchenkräutern selbst vor diesem aristokratischen Quartier hochmütig und zwecklos blühender Schönheit nicht haltmachen wolle, so mischten sich zwischen die abgeschlossenen Zirkel der Rosen, Päonien und Narzissen auch hier wieder einzelne Obstbäume von zwangloser Behäbigkeit, verwachsene Himbeer- und Stachelbeersträucher, winzige Beete kriechender Gartenerdbeeren und das Emporkömmlingsgeschlecht kletternder Rebengewinde.

Ringsherum aber um diese Welt von Fruchtbarkeit und Wachstum, geilen Sprießens und hochmütigen Blühens, verwitterter Marmornymphen und zartgrüner Salatköpfe mit dem inmitten eingebetteten Rokokoschlößchen, ringsherum um dies alles zog sich eine dicke, weiße, mannshohe Steinmauer, innen überragt von einer fortlaufenden, undurchdringlich dichten Fliederhecke, die sich zur Himmelfahrts- und frühen Pfingstzeit über und über mit weißen und lila Blütendolden wie zum Brautfest des jungen Frühlings schmückte.

Schlößchen und Garten mochten zur Zeit des alternden Kurfürsten und seines jungen Liebchens noch einsam in der wohlbebauten Ebene gelegen haben, weitab von der schicksalsreichen Universitäts- und einstigen Residenzstadt, die sich mit ihrer hochragenden, efeuumgrünten Schloßruine wohl gerade nur auf das schmale kleine Fleckchen beschränkte, wo die Waldhöhen sich öffnen und dem schnell hinschießenden Bergfluß den Austritt in die dunstige Ebene freilassen.

Auch zu der Zeit, als ich mit ahnungsvollem Herzen und leichtem Gepäck meinen Einzug in das Studententum hielt, war die Stadt, wenn auch auf beiden Ufern dem Fluß entlang weiter hinausgewachsen, doch immer noch mit ihren ausgreifenden Spinnenarmen in einiger Entfernung von der verzauberten Gartenwildnis, und man mußte wohl eine gewisse Mühe und Pfadfinderschaft aufwenden, um den Weg zu entdecken.

Schon am ersten Tage, als ich, um Quartier zu suchen, durch die Straßen der Stadt und weiter hinaus vor die Tore streifte, hatten mich die hohen, fernen Baumwipfel wunderlich angezogen, aber vor der verschlossen abweisenden Parkpforte hatte mich plötzlich der Mut verlassen, und gesenkten Kopfes, als schämte ich mich vor irgendwem oder irgendetwas, hatte ich den Rückzug angetreten. Und nun stand ich an einem warmen, wolkenlosen Aprilnachmittag, tags darauf, zum zweitenmal vor dem bronzenen Gartentor mit seinem hochmütigen Löwenhaupt, das in einer unwahrscheinlichen Heraldik modelliert war.

Ich war mittelgroß, blond, schlank und achtzehn Jahre alt. Die Welt, in die ich soeben hinausgetreten war, erschien mir voller seltsamer Rätsel und holder Abenteuer, die wie bunte Schmetterlinge unter einem tiefblauen Frühlingshimmel vor meinen berauschten Augen gaukelten und mich lockten, ihnen in die traumhafte Ferne nachzujagen. Was Wunder, daß diese grüne wilde Parkeinsamkeit, die hier wie eine umgürtete Insel mitten in den offenen Feldern der reichen Ebene lag, es mir mit ihrer geheimnisvollen Unnahbarkeit angetan hatte!

Das Herz klopfte mir bis zum Halse herauf, als ich mit einem selbstvergessenen Ruck, wie es der letzte Griff eines Ertrinkenden ist, an dem rostigen Ringe des Löwenmaules zog und gleich darauf ein kleiner grauhaariger, über die Maßen dicker Mann, fast wie ein Alräunchen aussehend, mit einem uralt verwitterten und doch wieder merkwürdig zeitlosen Gesicht, mir öffnete. »Kommen Sie nur herein, junger Herr!« sagte er gleichmütig und rückte an seinem Sammetkäppchen. Die Frau wartet schon auf Sie.«

Ohne mir im Augenblick klarzumachen, was das bedeuten könne, da ich mich doch ganz unbekannt hier wußte, folgte ich dem voranwatschelnden Alten, der so etwas wie ein Gärtner oder ein allgemeines Hausfaktotum sein mochte, durch einen dämmergrünen Laubengang und befand mich um eine kurze scharfe Wegbiegung herum plötzlich angesichts des dichtumrankten Schlößchens und vor der schon wartenden Hausherrin.

Es war eine feine, zarte, aber wohlgewachsene und ebenmä-
ßige Erscheinung in mittleren Jahren, mit edeln Zügen, die noch
schön zu nennen waren, und großen dunkeln leidenschaftlichen
Augen, in die sich verlorne Jugend und überwundener Schmerz
gerettet zu haben schienen. Das tief kastanienbraune Haar war
in der Mitte gescheitelt und fiel wellig um die reine freie Stirn.
Sie trug ein leichtes, helles, duftiges Sommerkleid und einen Flo-
rentinerhut am Arm. Alles an ihr erschien anmutig und mädchenhaft und von so gewinnendem Reiz, daß ich sofort eine
unendliche Sympathie in mir empfand, als sei ich einer längst
gekannten mütterlichen Freundin wieder begegnet.

Auch schien es, als werde diese rasche Sympathie von der
schönen graziösen Frau ein wenig erwidert, denn ich fühlte ihre
Augen nicht ohne Wohlgefallen auf mir ruhen, als ich ihr nun
mein Anliegen vorbrachte. Seltsam! Alle meine Bangigkeit, mit
der ich soeben noch vor dem Gartentor gestanden hatte, war
wie durch ein Zauberwort von mir genommen, und es war, wie
wenn der heimatliche Friede dieses Frühlingsgartens mir mit
sanften weichen Händen über die heißen Schläfen streichelte.

»Haben Sie wirklich den Weg zu uns gefunden?« sagte die
schöne Frau und schüttelte lächelnd den Kopf. »Es muß schon
ein Sonntagskind sein, wem das gelingt.«

»Ein Sonntagskind?« erwiderte ich. »Das bin ich allerdings.
Wenigstens an einem Sonntag geboren. Also halt' ich mich dafür.«

Die schöne Frau sah mich mit einem bedeutsamen Blick an
und lächelte wieder.

»Zu uns kommen *nur* Sonntagskinder heraus. Und nur Sonntagskindern wird aufgemacht.«

Wir schwiegen beide. Ich hatte das Gefühl, als hielte mich irgend etwas im Bann, ich wußte nicht was.

»Aber es ist ja gar nicht so schwer, hier herauszufinden«,
meinte ich schließlich unsicher. »Man sieht die Linden und Ulmen schon von weitem.«

»Es mag doch wohl schwerer sein, als es scheint«, entgegnete sie nachdenklich. »Man muß auch die richtigen Augen im Kopfe haben, um die Bäume zu entdecken. Vielleicht haben nur Sonntagskinder die Augen.«

»Ja, eine verzauberte Insel!« sagte ich plötzlich, scheinbar ohne Zusammenhang, und fegte mit meinem Arm begeistert durch die Luft. »Eine richtige verzauberte Insel! Hier werd' ich Gedichte machen können! Gedichte …!«

»Wollen Sie Gedichte machen oder wollen Sie leben?« fragte sie mit einem reizend mokanten Lächeln um die Mundwinkel, das ihrem mädchenhaft fraulichen Antlitz eine ganz neue Beleuchtung gab.

»Am liebsten beides!« rief ich entzückt. »Denn gehört nicht auch beides zusammen wie Donner und Blitz oder wie Flamme und Licht?«

»Erst leben«, erwiderte sie und hob bedeutsam, doch ohne Lehrhaftigkeit, den Finger. »Erst leben und dann Gedichte machen! Dazu sind Sie nach Monrepos gekommen. Auf die verzauberte Insel, mein Herr.«

Ich sah sie an in ihrer reifen und doch so jugendlichen Grazie und fühlte, wie mir eine Blutwelle ins Gesicht schoß.

»Ja, leben!« rief ich und breitete die Arme hoch über dem Kopf. »Leben! Leben! Und alles andere … alles andere nachher …«

»Das findet sich dann von selbst«, fiel sie ein und lächelte ungemein schalkhaft. »Bei Sonntagskindern natürlich nur. Die schütteln die Verse nur so von den Bäumen herunter wie Äpfel und Nüsse. Aber erst müssen doch Bäume gewachsen sein, nicht wahr, mein Herr?«

»Hier gibt es ja Bäume in Hülle und Fülle, um Verse zu schütteln«, sagte ich übermütig.

»Und auch die Menschen sind da, um leben zu lernen«, nickte sie.

Ich mußte mich wohl etwas verwundert umgesehen haben, denn sie setzte lächelnd hinzu:

»Ich habe drei Töchter, mein Herr. Es ist nicht so einsam, wie

es scheint. Und jetzt wollen wir Ihren künftigen Musensitz betrachten gehen.«

Plötzlich fiel mir ein, daß ich mich noch nicht vorgestellt hatte.

»Mein Name ist Ziegler, Bernhard Ziegler«, sagte ich und
machte eine ziemlich linkische Verbeugung, über die ich mich
selbst im stillen ärgerte.

»Frau von Mitnacht«, entgegnete sie einfach.

CHRISTOPH RANSMAYR

Der Eisgott

Ich sah den weinenden Sohn des Gärtners auf der Freitreppe eines Herrenhauses in der irischen Grafschaft Cork. Er hielt einen kopfgroßen Eisklumpen mit beiden Händen hoch und rief nach seinem Vater, um ihm zu zeigen, was für ein unförmiger, glasiger Brocken aus jenem Schatz geworden war, den er seit Monaten in der Tiefkühltruhe vor dem milden Klima des irischen Südens bewahrte.

Der Gärtner war gerade dabei, fünf Cordyline-Palmen zu pflanzen, die am Morgen von einer Baumschule in Bantry geliefert worden waren, und bedeutete mir, seinem Helfer, beim Ausheben der Erdlöcher für die Wurzelballen eine kurze Pause zu machen; er werde gleich wieder zurück sein. Dann ging er ein breites, wogendes Beet voll gelb und rot blühender Calla, Aronstäben und Flamingoblumen entlang auf die Freitreppe zu, um seinen Sohn zu trösten. Über die windbewegten Blüten hinweg betrachtet, sah der Kleine auf der Treppe aus wie ein kindlicher Atlas, der eine seltsam winterliche Weltkugel gegen den Himmel stemmte.

An diesem windigen Frühsommertag schien im Garten des Herrenhauses, der sich in einem sanft zum Atlantik und einem felsigen Strand abfallenden Park verlor, alles in Bewegung: Die blauen Hortensien, die Rhododendren und Kamelien, die hundertjährigen Baumfarne mit ihren Wedeln, groß wie die einer Kokospalme, die Myrten, Erdbeerbäume und Pinien, die Feigenbäume, die Jahr für Jahr bittere Früchte trugen, die Magnolien, roten und weißen Fuchsien und selbst die *Gunnera brasiliensis* mit ihren gigantischen, an einen Riesenrhabarber erinnernden Blättern – Blättern, größer als ein Doppelbett! –, alles, was in diesem Garten am Meer, von den Ausläufern des Golfstroms begünstigt und vom Gärtner gepflegt, in tropischer und subtropischer Üppigkeit blühte und wuchs, nickte sich raschelnd und rauschend zu, verneigte sich voreinander, schaukelte, wippte, schwankte, wiegte und bog sich im Wind – nur der weinende Atlas, die Säule der Welt, stand inmitten aller tanzenden organischen Pracht still. Sein Schatz, sein behüteter Schatz, hatte seine Gestalt verloren.

Ich hatte den schneeigen Globus, den er jetzt in die Hände seines Vaters legte, in den vergangenen Monaten immer wieder und in verschiedenen Stadien einer Verwandlung gesehen: Als Anfang Februar an diesem Küstenstrich zum erstenmal seit mehr als drei Jahren wieder Schnee gefallen war, hatte sich Kieran, der Sohn des Gärtners, bemüht, der dünnen Schneedecke, die schon nach wenigen Stunden wieder versickert war, den ersten Schneemann seines Lebens abzutrotzen. Er mußte dazu schließlich selbst die weißen Polster von den damals in voller Blüte stehenden Kamelien schütteln, um genug Masse für die Erschaffung eines Männchens zu gewinnen, das seinem Vater gerade bis an die Knie reichte.

Weil in der Grafschaft Cork auch die Winterluft mild bleibt wie im tiefen Süden und Kierans Sorge um seine Schöpfung groß war, hatte seine Mutter Schaffleisch aus der Kühltruhe ausgelagert – es gab aus diesem Grund ein großes Essen mit Freunden aus Skibbereen – und so dem Schneemann eine Zuflucht geschaffen. Der weiße Zwerg war seither, zumeist vor einem begeisterten kindlichen Publikum, zu verschiedenen Gelegenheiten aus seiner eisigen Finsternis gehoben und wieder darin versenkt worden und hatte in den jähen Temperaturwechseln begonnen, da und dort einen Pelz aus Kondensationskristallen anzusetzen, Eis- und Schneespeck, war durch alle Vorführungen aber erkennbar und bewundernswert geblieben. Es schien, als könnte der mit dem allmählichen Verlust der Formen verbundene Alterungsprozeß zu keinen Veränderungen führen, über die der Sohn des Gärtners und seine Freunde in ihrem Vergnügen am bloßen Dasein eines Schneemanns in einer ringsum grünen, blühenden Welt nicht liebevoll hinwegsahen. Was für ein schöner Mann:

ein Pinienzapfen als Nase, die gefrorenen Früchte des Erdbeerbaums als Augen, ein Mund aus einem dürren Rosenzweig, die wächsernen Blätter einer Kamelie als Ohren und der Kopf geschmückt mit einem Kranz aus grünem Lorbeer.

Dieser Schneekönig wäre als der weiße Held von Kinderfesten oder als kostbarer, stummer Freund, den Kieran heimlich ans Licht holte, wenn er die Tiefkühltruhe verbotenerweise allein öffnete, gewiß noch oft, vielleicht sogar bis zum nächsten Schneefall aus seiner eisigen Finsternis aufgetaucht – hätte nicht in den vergangenen Tagen ein Sturm getobt. Die Windstärken ließen den Atlantik mit einer solchen Gewalt gegen die Steilküste und die unbewohnten Inseln in Sichtweite des Gartens rollen, daß turmhohe Gischtvorhänge an Klippen und Felsen emporstiegen, unter Donnerschlägen zerrissen und in vielarmigen Kaskaden in ein brodelndes Chaos zurückstürzten.

Der Sturm entwurzelte Bäume, knickte Strommasten, verfinsterte Dörfer, legte Werkstätten still, ließ Bildschirme erblinden – und Kühltruhen abtauen. Die katastrophale Wärme, die alles Gefriergut an vielen Küstenkilometern allmählich zu durchdringen begann und selbst an den kältesten Orten Schmelzungs- und Verfallsprozesse in Gang setzte, hatte den Schneemann zwar nicht zerstört, ihn aber in jenen mit Kamelienblättern und Rosenholz gespickten Klumpen verwandelt, zu dem er nach der Wiederherstellung der Schaltkreise gefror.

Der Gärtner setzte sich jetzt mit seinem Sohn auf die oberste Treppenstufe, hielt den Klumpen ins Sonnenlicht, drehte und schwenkte ihn und brachte so seine klaren, durchscheinenden Partien zum Funkeln. Was er seinem Sohn dazu sagte, konnte ich über die vielen schaukelnden und nickenden Blumen und Blätter hinweg nicht verstehen, aber der Kleine hörte zu schluchzen auf und stimmte dann auch eifrig nickend irgendeiner Frage zu, nach der sich der Gärtner erhob und das, was vom Schneekönig geblieben war, auf jene von Efeu umrankte Säule legte, auf der bis gestern ein steinerner Faun gestanden hatte; der Sturm hatte ihn vom Sockel gestürzt und zerschlagen.

An der Stelle des entthronten Fauns schimmerte nun ein glasiger, kugeliger Eisgott, vor dem der Gärtner plötzlich mit erhobenen Armen auf die Knie fiel und dann wie ein Priester oder Vorbeter irischer Frömmigkeit Strophe um Strophe eines monotonen Singsangs leierte, bis alle Trauer um den verwandelten Schneemann verflogen schien und sein Sohn zu lachen begann. Und zu diesem Singsang und dem vor der Weite des windbewegten Parks und des von Wellen gezähnten atlantischen Horizonts fast unhörbaren Lachen begann die schmelzende Gottheit Tropfen für Tropfen die Säule hinab- und der schwarzen Gartenerde entgegenzukriechen und sickerte endlich dem Februarschnee in die Unterwelt nach.

Quellenverzeichnis

Elizabeth von Arnim (1866–1941)
Verzauberter April (Auszug)
Aus: Dies.: Verzauberter April. Aus dem Englischen von Adelheid Dormagen. Insel, Berlin 2013.
© Insel Verlag Frankfurt am Main und Leipzig 1992

Zsuzsa Bánk (* 1965)
Ostern
Aus: Dies.: Die hellen Tage. Fischer Taschenbuch, Frankfurt am Main 2012.

Walter Benjamin (1892–1940)
Der enthüllte Osterhase oder Kleine Versteck-Lehre
Aus: Ders.: Denkbilder. In: Gesammelte Schriften. Bd. VI. Fragmente vermischten Inhalts. Autobiographische Schriften. Suhrkamp, Frankfurt am Main 1972.

Iwan Bunin (1870–1953)
Frühling
Aus: Ders.: Frühling. Erzählungen 1913. Aus dem Russischen von Dorothea Trottenberg. Herausgegeben und mit einem Nachwort versehen von Thomas Grob. Fischer Taschenbuch, Frankfurt am Main 2019.
© 2016 Dörlemann Verlag AG, Zürich

Joseph von Eichendorff (1788–1857)
Lesen im Birnbaum*
Aus: Ders.: Ahnung und Gegenwart. Bergland Verlag, Wien 1949.

Johann Wolfgang Goethe (1749–1832)
»So unstet hast Du nichts gesehn als dieses Herz«
Aus: Ders.: Die Leiden des jungen Werthers. In der Fassung von 1774. Fischer Taschenbuch, Frankfurt am Main 2008.

Max Halbe (1865–1944)
Der Frühlingsgarten (Auszug)
Aus: Ders.: Der Ring des Lebens. Ullstein [o. J.]

Heinrich Heine (1797–1856)
»Es ist heute der erste Mai«
Aus: Ders.: Die Harzreise. Nach der Erstausgabe herausgegeben von L. Leonhard. Rösl, München 1919.

Judith Hermann (* 1970)
»Eine Einladung«
Aus: Dies.: Daheim. S. Fischer, Frankfurt am Main 2021.

Hugo von Hofmannsthal (1874–1929)
Gärten
Aus: Ders.: Gesammelte Werke. Reden und Aufsätze I. Fischer Taschenbuch Verlag, Frankfurt am Main 1979.

Felicitas Hoppe (* 1960)
Picknick der Friseure
Aus: Dies.: Picknick der Friseure. Geschichten. Fischer Taschenbuch, Frankfurt am Main 2006.

Jean Paul (1763–1825)
Maiwanderung*
Aus: Ders.: Siebenkäs. In: Das Frühlingsbuch. Gedichte und Prosa. Herausgegeben von Hans Bender und Nikolaus Wolters. Insel Verlag, Frankfurt am Main 1998.

Franz Kafka (1883–1924)
Zerstreutes Hinausschauen
In: Ders.: Die Erzählungen und andere ausgewählte Prosa. Herausgegeben von Roger Hermes. Fischer Taschenbuch, Frankfurt am Main 2006.

Gottfried Keller (1819–1890)
»Frohe Lüfte wehten«
Aus: Ders.: Der grüne Heinrich. In: Sämtliche Werke und ausgewählte Briefe. Herausgegeben von Clemens Heselhaus. Dritter Band. Carl Hanser Verlag, München 1958.

Eduard von Keyserling (1855–1918)
»Mareiles seltsame Ehegeschichte«
Aus: Ders.: Beate und Mareile. Fischer Taschenbuch Verlag, Frankfurt am
  Main 1983.

Peter Kurzeck (1943–2013)
Ein Kirschkern im März (Auszug)
Stroemfeld Verlag 2004
© Schöffling & Co. Verlagsbuchhandlung GmbH, Frankfurt am Main.

Klaus Mann (1906–1949)
»Ein windiger Frühlingstag«
Aus: Ders.: Kindernovelle. Mit einem Nachwort von Herbert Schlüter.
  Fischer Taschenbuch, Frankfurt am Main 1999.

Thomas Mann (1875–1955)
Frühling auf dem Zauberberg*
Aus: Ders.: Der Zauberberg. S. Fischer, Frankfurt am Main 2002 (= Große
  kommentierte Frankfurter Ausgabe, Band 5.1)

Robert Musil (1880–1942)
Kindergeschichte
Aus: Ders.: Nachlaß zu Lebzeiten. In: Gesammelte Werke. Bd. 7. Herausge-
  geben von Adolf Krisé. Rowohlt, Reinbek bei Hamburg 1978.

Wilhelm Raabe (1831–1910)
April
Aus: Ders.: Sämtliche Werke. Band 1: Die Chronik der Sperlingsgasse, Ein
  Frühling, Strobiliana. Vandenhoek und Ruprecht, Göttingen 1965.

Christoph Ransmayr (* 1954)
Der Eisgott
Aus: Ders.: Atlas eines ängstlichen Mannes. S. Fischer, Frankfurt am Main
  2012.

Rainer Maria Rilke (1875–1926)
Heiliger Frühling
Aus: Ders.: Die Erzählungen. Insel Verlag, Frankfurt am Main 1995.

Joachim Ringelnatz (1883–1934)
Ostermärchen
Aus: Auerbach's deutscher Kinder-Kalender auf das Jahr 1901. Herausgegeben von Georg Bötticher. Fernau, Leipzig 1900.

Joseph Roth (1894–1939)
Konzert im Volksgarten
Aus: Ders.: Werke. Herausgegeben und eingeleitet von Hermann Kesten. Vierter Band: Kleine Prosa. Kiepenheuer und Witsch, Köln 1976.

Adalbert Stifter (1805–1868)
Veilchen
Aus: Ders.: Gesammelte Werke. Gütersloh: Bertelsmann, 1956.

Theodor Storm (1817–1888)
Im Schloßgarten
Aus: Ders.: Werke. Herausgegeben von Gottfried Honnefelder. Bd. I. Gedichte, Märchen und unheimliche Geschichten, Novellen. Auf der Universität. Insel Verlag, Frankfurt am Main 1982.

Lew Tolstoi (1828–1910)
Frühling
Aus: Ders.: Jünglingsjahre. Deutsch von Hanny Brentano. Mit Bildschmuck von Prof. A. Brentano. Josef Habbel, Regensburg [o.J.].

Anton Tschechow (1860–1904)
Der Kuss
Aus: Ders.: Liebesgeschichten. Aus dem Russischen von Alexander Eliasberg. Fischer Taschenbuch, Frankfurt am Main 2010.

Kurt Tucholsky (1890–1935)
Frühlingsvormittag
Aus: Ders.: Gesammelte Werke, Band 3, 1921–1924. Rowohlt, Reinbek bei Hamburg 1975.

Johann Peter Uz (1720–1796)
Frühling auf dem Lande
Aus: Ders.: Sämtliche poetische Werke. Herausgegeben von August Sauer. Göschen, Stuttgart 1890.

Oscar Wilde (1854–1900)
Der selbstsüchtige Riese
Aus: Ders.: Der glückliche Prinz und andere Märchen. Aus dem Englischen
    von Richard Zoozmann. Fischer Taschenbuch, Frankfurt am Main 2010.

Virginia Woolf (1882–1941)
»Sei gegrüßt, Glück!«
Aus: Dies.: Orlando. Eine Biographie. Deutsch von Brigitte Walitzek. In:
    Virginia Woolf: Gesammelte Werke. Prosa 7. Herausgegeben von Klaus
    Reichert. Frankfurt am Main, S. Fischer 1990.

Stefan Zweig (1881–1942)
Frühlingsfahrt durch die Provence
Aus: Ders.: Auf Reisen. Feuilletons und Berichte. Herausgegeben und mit
    einer Nachbemerkung versehen von Knut Beck. Frankfurt am Main,
    S. Fischer 1987.

* Mit Sternchen markierte Titel wurden von der Herausgeberin gewählt.

Julia Gommel-Baharov (Hg.)
Schöne Ferien!
Geschichten für die glücklichste Zeit des Jahres

»Hast du dies Buch in deiner Hand: Hurra! dann gehts ins Ferienland!« *Kurt Tucholsky*

»Sorrent im August: Ich habe nun zwei Wochen kein deutsches Wort gehört und kein italienisches verstanden. So läßt sich's mit den Menschen leben, alles geht am Schnürchen und jedes aufreibende Mißverständnis ist ausgeschlossen.«
Karl Kraus

Mit Texten von Peter Stamm, Alice Munro, Robert Gernhardt, Judith Hermann, Roger Willemsen und vielen anderen.

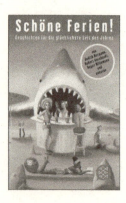

240 Seiten, broschiert

Weitere Informationen finden Sie auf
www.fischerverlage.de

AZ 596-90418/1